KB267980

난 꼬맹이가 아니야

난 꼬맹이가 아니야

앙마천사 N세대 연애 소설

초판 1쇄 찍은 날 § 2003년 5월 15일
초판 1쇄 펴낸 날 § 2003년 5월 25일

지은이 § 최승지
펴낸이 § 서경석

편집장 § 문혜영
편집책임 § 이종민
마케팅 § 정필 · 강양원 · 이선구 · 김규진 · 홍현경

펴낸곳 § 도서출판 청어람
등록번호 § 제1081-1-89호
등록일자 § 1999. 5. 31
어람번호 § 제4-0003호

주소 § 경기도 부천시 원미구 심곡1동 350-1 남성B/D 3F (우) 420-011
전화 § 032-656-4452 팩스 § 032-656-4453
http://www.chungeoram.com
E-mail § eoram99@chollian.net

ⓒ 최승지, 2003

값 8,000원

ISBN 89-5505-689-3 04810

※ 파본은 본사나 구입하신 서점에서 교환하여 드립니다.
※ 저자와 협의하여 인지를 붙이지 않습니다.

앙마천사 N세대 연애 소설

난 꼬맹이가 아니야

도서출판

고등학교 2학년 때 우연히 인터넷 소설을 접하면서 문득 나도 한번 해보고 싶다는 생각을 하게 되었다. 그렇게 틈틈이 연습장에 대고 생각나는 대로 스토리를 끄적이기 시작한 게 어느새 하루 종일 다음 이야기를 생각하는 등 점점 깊이 빠져들고 말았다.

그 후 이 글들을 어떻게 할까 생각하다가 그저 재미 삼아 연재를 시작했다. 그런데 예상 밖으로 독자 분들의 감상멜이 오자 그때부터는 단순한 재미가 아닌 하나의 의무감으로 접어들고 있었다. 그 소설이 바로 '난 꼬맹이가 아니야' 이다. 제목은 한참을 고민하던 중 문득 꼬맹이란 단어를 연상하자 나도 모르게 불쑥 튀어나온 것이었다. 아마도 내 잠재 의식 안에서는 모든 게 이미 결정되어져 있었던 게 아닌가 싶다.

이 소설은 앙마천사의 처녀작이라는 말이 항상 뒤따라오면서 내게 자극을 주었다. 사실 멋모를 때 썼던 소설인만큼 너무나도 부족하다. 그랬기에 이 작품이 출판된다는 것이 약간은 무섭기도 하고, 많은 걱정이 뒤따름이 사실이다.

편집을 하면서 참으로 오랜만에 이 소설을 다시 보게 되었다. 그동안 얼마나 방치해 두었었는지 내 자신이 원망스러울 정도였다. 하지만 한 자 한 자 되짚어 보자 그때의 기억들이 떠올라 나도 모르게 웃음을 지었다. 아마도 이것은 나의 고등학교 생활을 즐겁게 해주었던 하나의 동기가 되었었는지도 모른다.

내 자신이 소설 속 세영이가 되어 유한이라는 남자를 상상해 보기도 하고, 때로는 유한이가 되어 세영이라는 여자에 대해 관심을 쏟으면서 어느새 나도 모르게 푹 빠져 버리고 말았던 작품. 만약 이 소설을 쓰지 않았더라면 뒤의 작품도, 그 뒤의 작품도 없었을 거라는 생각이 든다.

소설을 쓰면서 이상한 버릇이 생겼다. 누군가의 이야기를 듣고 있노라면 나도 모르게 영상으로 그려 내 소설 속에 맞추려고 하는 것. 때문에 꼬맹이 소설 중에는 실제로 내 친구들의 이야기가 들어 있기도 하다.

소설을 쓰면서 간혹 심하게 독촉하는 사람들로 인해 마음이 상한 적도 있었지만 그때마다 다른 많은 분들의 격려와 응원으로 지금의 앙마선사가 있을 수 있었다.

누구보다 내게 가장 큰 힘이 되어준 건 우리 엄마였다. 공부는 하지 않은 채 하루가 멀다 하고 컴퓨터 앞에 앉는 나를 무작정 꾸짖기보다는 조금이라도 도움이 되려 노력했던 엄마. 그 덕분에 마음 놓고 글을 쓸 수 있었다. 물론 가끔은 나의 이기주의로 인해 다투기도 했지만 나를 적극적으로 밀어주시는 엄마에게 고마움을 느끼는 것은 그때나 지금이나 매한가지이다.

항상 못난 딸 믿어주시고 사랑해 주셔서 감사합니다. 엄마, 사랑해요~ ♡ 언니랑 지성이도 사랑해~ 그리고 유일하게 내가 글 쓰는 걸 알았던 고등학교 친구 서인이~ 공부 안 하고 소설 쓴다고 구박하기도 했지. ㅋㅋ 좋은 말들 항상 고마워. ^-^ 주은이, 슬기 보고 싶어. 금운 오빠! 잘살아? ㅋㅋ 작가의 말에 이름 넣어주었으니 밥 사달란 말야! 그리고 한신대학교 국어국문학과 선배님들과 동기. ^-^ 다들 너무너무 좋아요. >_< 이름을 다 넣고 싶지만 혹시 한 사람이라도 빠뜨릴까 봐. ㅋㅋ 모두를 정말정말 좋아하는 제 마음 알아주세요. *-_-*

　마지막으로 항상 제게 은혜를 베풀어주시고 기회를 마련해 주시는 하나님께 진정으로 감사드립니다.

—5월의 어느 날 앙마천사 올림

첫만남  1

“이러시면… 안 돼요. >_<”

스윽—

점점 가까이 다가오는… 꽃미남. ㅠ_ㅠ

“안 된다니깐요~ 우린 아직 너무 어려요. >_< 안 돼… 안 돼…
돼… 돼. 돼.”

안 된다고 연거푸 외치면서도 이미 그의 얼굴에 현혹되어 입을 쭈
우욱~ 내밀고 있었다. 점점 더 가까워지는 나이쓰 뽕짝 나이트! 딱
걸렸어! 나의 두 뺨을 꼬옥 잡고 서서히 +_+ 그의 따뜻한 입김이 내
입술을 간지럽히고 정신이 몽롱해지려는데…….

벌컥—!!

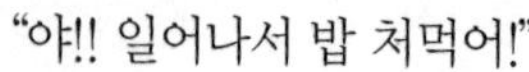

“야!! 일어나서 밥 처먹어!”

쿨럭. =_=; 뭐, 뭐야! 꾸, 꿈이었던 거야?? 정말 잘생겼었는데! 아이쒸! 거의 닿았는데 정말 아깝다. ㅠ_ㅠ 내 너를 용서치 않으리.

휘리릭~

달콤한 나의 꿈자리를 방해한 동생의 낯짝에 베개를 던져 가볍게 꽂아주고는 승리의 브이를 날렸다. ㅡ_ㅡv 그리곤 동생이 정신을 차리기 전에 후닥닥 방을 뛰쳐나왔다. 생각해 보건대 내 방에서 내가 왜 도망 나와야 하는 걸까. 그렇다. 나의 동생은 성깔이 정말정말! 더럽다. ㅠ_ㅠ

내 이름은 진세영. 나이는 꽃처럼 싱싱하고 파릇파릇한 19세. 키는 말하기 싫지만 160㎝ 쪼오금 못 된다. 분명히 말하지만 아주 쪼금이다. 성격은 매우 좋은… 아, 알았다. ㅡ_ㅡ 솔직히 말하마. 귀여운 척 쪼금 하고, 생긴 것은 뽀얀 피부에 쌍꺼풀은 없으나 작지는 않고… 친구가 말하기를 좋게 말하면 백치미, 솔직히 말하면 띨띨해 보인다고 했다. 하지만 웃으면 정말 이쁘다. ^_^v 일명 칭하기를 꽃미소라 하죠. 좀 믿어라. ㅡ_ㅡ

고등학교에 입학 후 내게 고백한 아이한테도 그런 말을 들었었다.

“웃는 모습이… 정말 예뻐. /^||^/”

ㅋㅎㅎㅎ ^_^; 중요한 건 ㅡ_ㅡ; 그 후로 나한테 접근하는 일이 없었다.

퍼벅! ㅡ0ㅡ

갑자기 묵직한 게 짜릿한 느낌과 함께 뒷덜미의 신경을 타고 전신으로 쏴아— 퍼지면서 머리가 앞으로 고꾸라졌다.

뭐, 뭐얏! 재빨리 고개를 들어 아픔의 근원지를 갈구려 했으나 목이 너무너무 아파서 고개를 들 수가 없었다. -_-;

"깨워줘도 지랄이야."

빠직. 아침부터 열받게 한다. 언니한테 말하는 꼬락서니 하고는. 저렇게 성질이 더러운데 왜 남자는 많을까. 말은 이렇게 하지만 사실 동생이 무섭다. 그래서 독백으로 말하는 거다. 얼굴에 직접 대고는 절대로! 못한다. 그래, 나 소심하다.

적어도 하루에 5번 이상 세진이를 찾는 전화가 온다. 중요한 건 모두의 목소리가 다르다는 것. 아마도 저거 얼굴에 뽕 간 거다. -_-; 솔직히 인정하긴 싫지만 이쁘긴 이쁘다. 나를 닮았나? 그러면 뭐 하나 성격은 개떡 고질라 같은 게, 까놓고 말해서 성격만큼은 저거보다 내가 훨~씬 낫다고 100% 자부할 수 있다! 움훼훼~ -_-v

"ㄱㄱㅑㅇㅏㅇㅏ—!! >_<"

왜 놀라냐고? 정말 기분 엿 같게도 동생이 들이댄 거울 속 내 모습을 보고 놀랐다. 스스로를 보고 놀라다니. 엄청 추할 만큼 눈이 심하게 부어 있었다. 어제 정보의 바다에서 헤엄을 너무 오랫동안 친 거 같다. 자제의 필요성을 절실히 느끼는 순간이었다. 스스로도 정이 떨어질 것 같으니.

냉장고 문을 벌컥 열고는 차가운 녹차 티백을 꺼내서 눈에 붙였다. 자칭 예쁜 아이라고 우기는 동생 덕분에 미용에 관한 정보를 남들 아는 만큼(?)은 안다. 퉁퉁 부은 눈에 마른 녹차 티백을 얹으면 붓기가

가라앉는다나? 근데… 물이 줄줄 흐른다. ——;; 아직 물기가 덜 빠진 것 같다. 오른쪽 얼굴이 뜨거워지는 게 느껴지는 걸 봐서 동생이 또 레이저 빔을 쏘고 있나 보다.

"다 마른 걸로 하라니까 왜 사람 귀찮게 해!!"

우흐흑. 내가 서러워서 못 살아. 뭐, 그래도 5분 정도 하고 나니까 조금 괜찮아진 거 같기도 하고. +_+

♬외로워도 슬퍼도 나는 안 울어♬

내 벨소리다. -_-;

"여부세여? ^-^*"

[야, 귀여운 척하며 받지 마! -0- 토 나오려고 그래.]

"헉! 유진아, 아침부터 웬일이야?"

[아침?? 자다가 봉창 두드려?? 지금 해가 중천이다!!]

허걱! 저, 정말? 유진이의 말을 듣고 재빨리 시선을 돌리니 시계 작은 바늘이 벌써 숫자 12를 넘어가고 있었다. 역시 밤새 정보의 바다를 헤엄친 것은 무리였다. -_-

[야! 조는 거야?]

"헉! 설마 그럴 리가~ 근데 웬일? +_+"

[배고파. 울 집 와서 밥 좀 해.]

"아줌마 계시자나."

[부모님이 여행 가시면서 아줌마 휴가 줘버렸단 말야.]

"그럼 내가 아줌마 대신이야?"

[엉! 빨랑 와. 끊는다.]

“유, 유진아! 김유진!!”

또 자기 말만 하고 끊어버린다. 내 동의? 허락? 그런 건 상관 안 한다. 평소에는 나를 너무너무 이뻐하다가도 배만 고프면 눈에 뵈는 게 없다. -_-

어쩌겠어. 마음씨 고운 내가 참아야지. 오호호호~

김유진은 나 진세영의 베스투 뿌렌드다. 키는 170㎝에 얼굴도 정말 예쁘다. +_+ 그녀는 섹쉬터프의 결정체이고, 나는 발랄깜찍귀여움의 결정체이다. 아, 알았다. 어리버리띨띨이의 결정체이다. 하지만 이래 봬도 인상 쓰면 무섭다.

어쨌든 유진이네 집에 가야 한다. 겨울인데도 불구하고 후드 달린 티에 치마를 입고 길을 나섰다. 근데 정말 춥다. 뼛속까지 파고드는 겨울의 갈바람이여! 마치 나를 놀리기라도 하듯 더욱더 심하게 부는 바람. 바람아~ 멈추어다오오오오오~

하지만 모진 역경에도 굴하지 않고, 머리를 휘날리며… 사실은 찬바람에 땡땡 얼어버린 볼이 찢어질 듯한 아픔을 느끼며 걸었다. 게다가 뭐? 해가 중천에 떠? 시간이 그 시간인 건 확실했으나 사실 해는 없었다.

한참을 바람과 씨름하며 걸어가는데 맞은편에 한 무리(?)들이 몰려오는 게 보였다. 일요일인데도 불구하고 교복을 입고 돌아다니는 것으로 보아 어제 집에 안 들어간 -_-^ 비행청소년이 틀림없다. 공부를 하고 온 게 아니냐구?? No! 보면 안다. 그래그래! -_-^ 내가 그랬다.

이야아~ +_+ 잘생겼다. 슬쩍 봤는데 맨 앞에 훤칠하니 잘생긴 넘이 뒤에 똘마니들을 이끌고 가고 있는 게 틀림없다. 옛말에 하나도 틀린 거 없이 유유상종 끼리끼리 논다고 똘마니들도 참 잘생겼구나. 두목 같은 녀석은 피부가 뽀얗다. 귀여운 이미지면서도 왠지 모르게 느껴지는 저 카리스마! +_+ 앵두 같은 입술! *-_-* 바람에 흩날리는 오렌지 빛 머리칼! -0- 감격스럽다.

내 딴엔 힐끔 본다고 본 건데 보다 보니 눈이 안 떨어져 너무 자세히 본 거 같다. 녀석! 아무리 강한 척해도 날씨가 추우니 양쪽 볼이 빨간 거 봐라. ㅋㄷㅋㄷ 카리스마 다 무너진다.

그렇게 녀석은 내 곁을 지나갔다. 목도리를 하고 있던데… 흐음, 따뜻하겠다.

"꼬맹아!"

엥? 나를 부르는 건가? 에이, 설마…….

"야! 꼬맹아!!"

온 길바닥에 울려 퍼지는 목소리에 나도 모르게 발길을 멈추고 뒤를 돌아보니 아까 그 잘생긴 녀석이 똘마니들은 저만치 두고 내 쪽을 향해 뚜벅뚜벅 걸어오고 있었다. 혹시 아까 쳐다보면서 웃었다고 때리려는 건가? 쫄았다. 유진아, 나 좀 살려줘! ㅠ_ㅠ

어느새 가까이 다가온 녀석은 허리를 숙여 내 얼굴을 뚫어져라 쳐다봤다. 무서워라.

"저, 저요? O_O"

"그럼 여기 너 말고 꼬맹이가 또 있냐?"

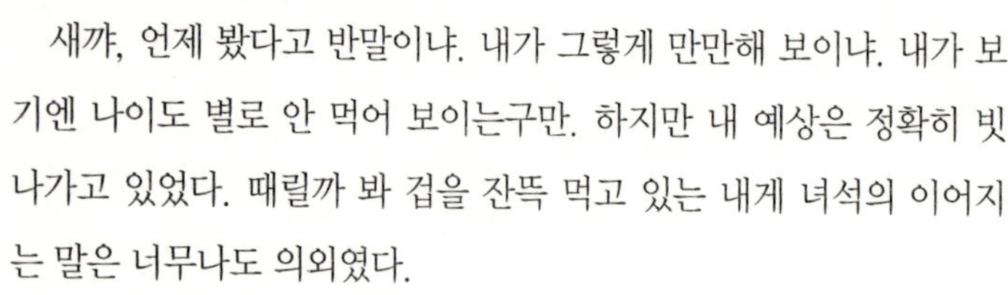

새꺄, 언제 봤다고 반말이냐. 내가 그렇게 만만해 보이냐. 내가 보기엔 나이도 별로 안 먹어 보이는구만. 하지만 내 예상은 정확히 빗나가고 있었다. 때릴까 봐 겁을 잔뜩 먹고 있는 내게 녀석의 이어지는 말은 너무나도 의외였다.

"이런 날씨에 그렇게 입고 다니면 춥잖아. ^-^*"

엥? 웬 친절? 게다가 나를 향해 날리는 저 꽃들은 내 정신을 빼놓기에 충분했다. 녀석은 자기 목도리를 풀어 내 목에 감아주었다. 혹시 아직도 내가 꿈을 꾸고 있는 건가? 녀석의 뽀얀 얼굴이 가까이 다가올수록 심장이 두근, 세근, 네근… 얼굴이 화끈, 수끈, 물끈… 미치고, 파치고, 솔까지 치는 줄 알았다. -_-;;

"저… 아세요? o_o"

그래, 나를 아는 사람인가 보다. 혹시나 하는 마음에 최대한 눈을 크게 뜨고 궁금한 표정으로 물었다.

"응! ^-^*"

오~ 꽃! 꽃! -0- 코피 쏟을 거 같다. 의미삼장한 말과 꽃미소를 마구 뿌리면서 녀석은 긴 다리로 휘적휘적 똘마니들에게 가버렸다. 나를 안다구? 난 모르겠는데. -_-a 아무리 내 기억력이 딸린다고는 하지만 저 정도 외모면 내가 잊었을 리 없는데. 와아~ +_+ 목도리에서 바닐라 향이 난다. ㅎㅎ 나 찍혔나 봐. +_+ 넋을 잃고 실성한 사람마냥 배시시 웃던 나는 이상한 소리에 정신이 번쩍 들었다. 다름 아닌……

♬외로워도 슬퍼도 나는 안 울어♬

읙! 핸드폰이 울린다. 호, 혹시? 폴더를 열자 '베스트' 라는 발신자 명이 네온싸인과 함께 반짝이고 있었다. 난 죽었다. ㅠ0ㅠ

[야! 너 어디야?!]

"하핫~ 유, 유진아."

[나 굶겨 죽이려고 오다가 길바닥에서 자냐?]

"헉! -0-;; 아, 아니야! 가고 있어. 금방 갈게. 끊는다!"

유진이 입에서 나올 다음 말이 두려워 급히 폴더를 닫아버리고 눈썹이 휘날리게 뛰었다. 아까 그 녀석의 바닐라 향을 맡으며.

헉헉! 체력 검사 100m 달리기 이후로 오랜만에 뛰었더니 숨이 차다. 언제나 느끼는 거지만 유진이네 집 정말 크다. 한참을 감탄하면서 벨을 누르려고 폼을 잡는데 문이 열린다. -_- 누르지도 않았는데.

[빨랑 들어와!!]

카랑카랑한 유진이의 목소리가 온 길바닥에 울려 퍼졌다. 유진이는 그랬다. 내가 올 때쯤 되면 벨을 누르기 전에 문을 열어줘야 한다면서 인터폰을 들고 있었다. 처음에는 문 앞에 CCTV가 설치돼 있는 줄 알았다. 하하. ^^;; 아무리 무서운 유진이도 내게만은 친절했거늘 역시 먹는 거 앞에서 사람이 개 되긴 쉬운 일이다.

거실로 들어서자 유진이는 소파에 요염하게 다리를 꼬고 앉아서 나를 매섭게 노려보고 있었다.

"하핫. ^-^; 유진아, 오랜만이야~"

"뭐래니. 어제도 봤잖아! 그것도 학교에서 내내!!"

"그, 그랬나? 근데 난 왜 이렇게 네가 보고 싶었는지 몰라. ^^;"

"쳇! -_-+"

"뭐, 뭐해줄까? ^-^;"

나의 비굴함에 그녀는 흐뭇한 미소를 지었다.

한 시간 뒤—

식탁에는 진수성찬이 차려져 있었다. 이래 봬도 요리에는 자신있다. -_-v 아마 그 누구도 이 미녀가 먹을 거 앞에서 이렇게 개가 되리라곤 상상도 못할 것이다. 하지만 앞서 말했듯이 먹을 것은 언제든지 쉽게 사람을 바꾼다. 먹는 내내 정말 한마디도 안 한다.

잠시 후 드디어 배가 채워졌는지 서서히 이쁜 유진이로 돌아가고 있었다.

"이쁜 세영아~ 맛있었어~ ^-^"

나에게 늘 친절한 유진의 모습으로 돌아왔다. 반가워. ㅠ_ㅠ

그런데 -_- 아니나 다를까. 유진은 의미심장한 표정으로 웃음을 짓고는 말했다.

"빨리 일어나~"

"또… 가자구?"

"그러엄~ 당근말밥이쥐잉~ 가자아~ 옷 갈아입자. ^-^"

저렇게 먹어도 살이 안 찌는 이유. 늘 가자고 한다. 어디를? 나이트를. -_-;; 유진이는 내 손목을 잡고 이층 맨 끝 방문을 벌컥 열었다. 그렇다! 일명 드레스 룸.

여기에는 내 옷도 있다. 내 옷을 가져다 놓은 게 아니라… 유진이가 사줬다. 생일 때나 특별한 날에는 기대해도 좋다. 하지만 유진이가 사주는 옷들을 평소에는 입고 다닐 수가 없다. 주로 나이트나 파티 갈 때 입는 옷들이다. 아마 집에 가져가면 세진이가 다 가져가 버릴 거다. -_-;;

그렇게 가고 싶음 혼자 가면 될 것을 혼자서는 죽어도 안 간다. 오죽하면 방학 때 유진이의 해외 여행에 내가 따라가게 되었을까. 유진이 부모님께서 해외 여행을 권하셨을 때 그녀의 첫 마디였다.

"엄마~ 세영이도 데리고 갈래."

그래서 나는 많은 친구들의 부러움을 받으며 해외를 휩쓸(?)었었다.

"유진아, 왜 여기 왔어? 늘(?) 가던 데로 가자."

"여기가 물이 좋단 말야~"

"쫓겨나면 어떡해."

"너 이 언니를 뭘로 보고! 잘 봐~"

입구에 이르자 웨이터로 보이는 녀석들이 능글맞게 웃기 시작했다. 유진이는 섹쉬하고 요염하고 도발적인 눈빛과 함께 꽃미소를 날리며 말했다.

"우리 물 좋지. ^-^*"

흠. -_-^ 말하는 것 하고는. 하지만 그런 내 생각을 철저히 무너뜨리듯 녀석들은 고개가 부러져라 끄덕였다. 짜식들이 이쁜 건 알아 가지고. 호호. 물론 유진이를 칭하는 거다. 겸손.

언제나 느끼는 거지만 나이트는 좋긴 하지만 엄청 시끄럽다.

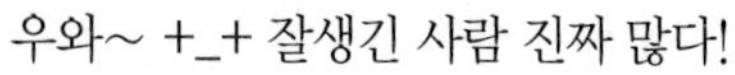

우와~ +_+ 잘생긴 사람 진짜 많다!

"세영아, 오랜만에 몸 좀 풀어볼까? 오늘은 누가 끝까지 남아서 춤추나 내기하자!"

야야, 그런 건 내가 지지… 가 아니지~ 나도 한춤 한다 이거야.

"그래! ^-^ 진 사람이 이긴 사람 숙제해 주기!"

우리가 스테이지에 오르자 점점 우리만의 활동 무대(?)가 시작됐다. 사람들은 우리의 춤을 보며 자연스럽게 우리만의 공간을 잡아주었고, 유진이와 나는 오랜만에 몸을 풀면서 많은 남자들의 뜨거운 시선을 *-_-* 느끼며 몸을 흔들었다. 참지 못한 몇몇 남자들은 다가왔고 내 몸을 더듬는 손길이 느껴졌다. ㅠ_ㅠ 이런 건 싫은데. 이래서 내가 나이트를 싫어하는 거라구. 그냥 조용히 춤만 추고 가고 싶은데 치마 밑으로 뜨거운 손이 밍기적밍기적 들어오고 있었다. 허걱! 이런. 어무이!! ㅠ_ㅠ

"야! 그 손 못 치워?!"

시끄러운 음악 소리를 가르는 목소리. 방금 전에 소리를 지른 그 남자는 화가 난 듯 스테이지로 올라와 내 몸을 더듬는 변태를 향해 주먹을 꽂았고, 변태는 충격이 컸는지 저만치 나가떨어졌다. 남자는 내 손목을 꽉 잡더니 무작정 끌고 나갔다. 뒤에서 유진이가 뭐라뭐라 부르는 소리가 들렸지만 그 힘에 묶여 뒤돌아볼 겨를도 없이 끌려 나오고 말았다.

나를 나이트 밖으로 끌고 나온 그 남자는 골목으로 들어서서 내 어깨를 잡고 벽에 밀어붙였다. 아프단 말이야. ㅠ_ㅠ

“누구시죠? 아픈데… 이것 좀 놓고 말하면 안 될까요? ㅠ_ㅠ”

도와준 건 고맙지만 정말정말 아프다. 내 어깨를 움켜쥔 그의 손에 힘이 들어갈수록 어깨가 바스러지는 것 같았고, 애원하면 할수록 그의 얼굴은 일그러지고 있었다. 내가 자기한테 뭘 잘못했나. ﹣_﹣;

얼굴을 똑바로 보고 싶었지만 무서워서 고개를 들 수가 없었다. 하지만 낯설지 않은 바닐라 향기. 그제야 나는 고개를 들어 그의 얼굴을 보았다. 짜증나게 잘생겼다. 근데 누구였더라? 본 듯한데……. 나 정말 붕어인가 보다. ㅠ0ㅠ 기억력 2초.

하지만 나의 고민은 그리 오래 가지 않았다. 일그러진 얼굴로 녀석의 입이 열리며 외친 말은 내 뇌리 깊숙이 박혀 있었으므로…….

“꼬맹이 네가 왜 거기에 있는데!!”

꼬맹이? ㅇ_ㅇ 허걱!! 아까 그 목도리? 너무 놀라 두 눈이 동그래진 나를 보며 녀석은 내 어깨를 격렬하게 흔들면서 화를 냈다. 나는 천천히 시선을 올려 녀석의 얼굴을 똑바로 보았다. 가로등 불빛에 녀석의 오렌지 빛 머리가 휘날리고 있었다.

“저…… 읍!!”

어쨌든 고맙다고 말하려는데 갑자기 녀석이 내 얼굴을 덥석 잡더니 내게 키스를 퍼붓기 시작했다. 바닐라 향이 입 안 가득 퍼지는데… 눈물이 났다. 잘생긴 얼굴에 나를 구해주긴 했지만 이건 싫다.

순간적으로 어디서 그런 힘이 나왔는지 나는 녀석을 밀쳐 내고 뺨을 쳤다.

짜악—!

내 손과 녀석의 뺨이 맞닿으며 일어나는 마찰음이 허공을 가로지르는 소리가 났다.

"너… 뭐야."

떨리는 목소리였지만 나는 단호하게 물었다. 사실은… 녀석이 때릴까 봐 쫄았다. 잔뜩 겁을 집어먹은 내게 너무나 다행스럽게도 녀석은 그냥 돌아섰다.

"꼬맹아, 담부턴 그런 곳에 다니지 마."

이런 심각한 상황에서 나한테 뺨까지 맞고도 꼬맹이라는 호칭은 잊지 않았다. 갑자기 멍해진 나는 유진이가 나이트에 있다는 사실조차 망각한 채 있는 돈 없는 돈 탈탈 털어서 택시를 탔다. …말했잖냐, 붕어라고. -0-

딩동딩동—

벌컥!!

문이 열리자마자 세진이가 한마디 한다. -_-

"언니, 또 유진이 언니랑 놀았구나."

내 옷을 본 세진이는 말했다. -0-

"얼굴은 왜 그래? 울었니? 누가 때렸어? 유진 언니랑 싸운 거야?"

하나씩 좀 물어봐라. -_-;

"아, 몰라몰라. >_<"

한꺼번에 물어보면 대답하기 힘들단 말야.

다행히도 난 동생과 자취를 하고 있다. 부모님이 함께 계셨다면 꼬치꼬치 캐물었을 테지.

세진이의 엄청난 질문 세례를 뿌리치곤 샤워를 한 후 침대에 누웠다. 근데 샤워를 하고 나면 산뜻한 기분이 들어야 정상이거늘 화장실에서 볼일 보고 뒤를 덜 닦은 듯한 찜찜함과 허전하고 불안한 느낌이… 왜지? 으음… 뭘까… 뭘까. ——a

헉!! 난 몰라! 죽었다. ㅠ_ㅠ 유진이를 깜박 잊고 있었다. 재빨리 핸폰을 열자 부재중 통화 15통. 10통은 유진이었고 5통은……? 모르는 번호다. 보통 때 같았으면 당장 확인했겠지만 지금은 머리 속에 온통 유진이에 대한 생각 때문에 그저 모두 무시해 버렸다. 못 받았다고 우겨야지. 통할지는 장담 못하겠다.

학교에서는 그렇다 치고 옷 가지러 유진이네 가야 하는데 어떡하나. 나는 그날 밤 유진이에게 쫓겨다니는 꿈을 꾸었다. -_-^

아침에 또 한바탕 전쟁을 치르고 부스스한 머리로 학교에 등장. 문을 열자마자 난 최대한 밝게 활~짝! 웃었다.

"하이! 유~우지~인아~ ^O^"

유진이의 싸늘한 눈빛도 달게 받으리라 마음먹고 최대한 기쁜 표정으로 유진이를 불렀다. 어라? o_o 화난 표정이 아닌데? 유진이가 갑자기 나를 끌고 나간다. 헉! 설마 아무도 없는 곳에서 때리려고? 나 요즘 왜 이렇게 이리저리 끌려다니니.

말은 안 했지만 유진이는 검도를 배워 막대기 하나면 웬만한 사람 때려눕히고, 아니, 굳이 막대기가 없어도 열심히 갈고닦은 태권도와 합기도 덕분에 그녀는 밤길이 아무 걱정 없다. -_-

숨을 헉헉 몰아쉬며 끌려온 곳은 다름 아닌 양호실.

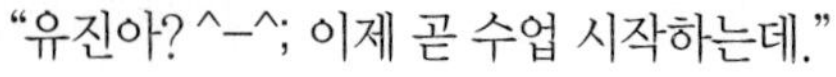

"유진아? ^-^; 이제 곧 수업 시작하는데."

내 말은 들은 척도 하지 않은 채 유진이는 전화를 걸었다.

"선생님~ 유진인데요. 세영이가 아프데요. 지금 양호실이거든요? 한 시간만 쉬었다 갈게요."

유진아~ 나 안 아파아아~ ㅜㅜ

"제가 당연히 세영이 옆에 있어야죠오~ 아시면서어~"

그리고는 전화를 뚝 끊어버렸다. 매일 똑같은 수법인데도 선생님께선 정말 속는 건가, 아니면 유진이를 예뻐해서 봐주는 걸까? 아무렴 어떤가. ㅋㄷㅋㄷ

"야! 이상한 표정 짓지 마. 찡그렸다가 웃었다가 왜 그래?"

"유진아, 어제는 미안했어. 그게 말야……."

"됐어. 다른 말 다 필요없고 한 가지만 대답해."

"엉? 엉! 뭐? 뭐든 대답할게. ^-^"

"오버하지 말고. -_-^ 어제 그놈 누군지 알아?"

"누구? -_-"

"나이트에서 너 데려간 놈."

"아… 모르는데. ^-^;"

"그래? 아직 모르는구나아~"

"너는 알아?"

"알지. 알고말고. 모를 리가 없지."

"누, 누군데?"

"서두르지 마. 나중에 다 알게 될 거야. 근데 그놈이 나쁜 짓은 안

하던?"

"나, 나쁜 짓? 아무 일 없었어. ^-^; 그냥 가던데 뭘~"

키스했다고 말하면 그놈은 반쯤 죽을 텐데. -_-^

"그래? 다행이네. -_-^ 혹시라도 너 덮쳤음 죽여 버릴려고 그랬는데."

그, 그럴 줄 알았다. -0-

"세영아, 오늘 울 집에서 자고 가라."

"앗싸! 근데 세진이는 어떡하지? -_-"

둘 다 안타깝게(?) 서로를 바라보고 있는데 내 핸드폰이 열심히 울리기 시작했다.

"여보세요? >_<"

[언니~ 나 오늘 집에 못 들어가. 미안! 끊는다.]

"허걱! -0- 세, 세진아!"

"왜 그래? 세진이야?"

"엉. 오늘 집에 안 들어온대."

"잘됐네~ ^-^*"

잠시 후—

"너네 집은 언제 봐도 정말 좋아~"

"오호호~ 세영아, 우리 뭐 먹을까? 피자? 치킨?"

"그러지 말고 내가 맛있는 거 해줄게. ^-^"

"저~엉말? 꺄아!! >_< 좋아좋아~"

유진이는 지갑을 가져온다면서 안방으로 들어갔다. 아무래도 또 엄마 지갑을 가지고 나오려나 보군. 유진이가 나오기를 기다리면서 안방을 뚫어져라 쳐다보고 있는데 갑자기 쌔앵~ 부는 바람과 함께 무언가가 빠른 속도로 지나갔다. 쿨럭. —_—;; 방금 뭐가 지… 나갔나? 너무 순식간에 일어난 일이라 지나가는 물체(?)를 차마 보지 못하곤 지나간 방향으로 고개를 돌렸다. 그때!

짜당—!!

이층으로 올라가려던 그 물체는 발을 헛디며 계단 앞으로 고꾸라졌다.

푸웁. 저런, 아프겠다. 쿡쿡. 난 터져 나오는 웃음을 애써 참으려 안간힘을 썼다. 보통 저 정도면 무릎이 까졌을 텐데 아픈 기색 없이 재빠르게 일어나 이층으로 후닥닥 올라가 버렸다. 남학생이었는데. *—_—* 고 녀석! 큰 키에 뒤통수 한번 멋있네. 유진이 남동생인가? 언젠가 한 번 소문으로 들은 적이 있었다. 이름은 김유한이고, 18살이며 여자깨나 울린다던데. —_—^ 헌데 난 유진이와 베스트임에도 불구하고 그 녀석을 한 번도 본 적이 없다.

"야! 이층 뚫어지겠다. 그만 좀 노려봐라."

"하하. ^—^; 나왔으면 말을 하지~"

"네가 하도 이층을 노려보길래 —_— 뭐가 있나 하고."

"방금 어떤 남자애가 이층으로 올라갔어. 누구야?"

"동생 녀석이지. 참! 얼굴 봤어?"

"아니, 넘 순식간에 일어난 일이라. 어찌나 빠른지 뒤통수밖에 못 봤어."

"응. 다, 다행이네."

"뭐가?"

"아니야. 나가자."

유진이가 손을 잡아끄는 바람에 자세히 보지는 못했지만 분명히 보았다. 이층의 어느 방문 사이로 나와 눈이 마주치자 재빠르게 문을 닫는 그 녀석을. -_- 근데 가장 중요한 얼굴이 안 보인더라. 잘생겼다던데. 쩝.

밖으로 나온 우리는 집에서 가장 가까운 마트로 향했다. 야~ 크다. -O- 역시 부자 동네(?)답게 마트가 백화점 뺨치는 규모이다. 아니, 차라리 백화점이라 하는 게 낫나?

둘이서 이 마트를 쇼핑하기엔 너무 벅차다는 생각에 나는 과일 코너, 유진이는 식품 코너로 나눴다. 싱싱한 과일에 대해서는 잘 모르지만 나보다 유진이는 더 모르기 때문에. -_-;

이야~ +_+ 없는 게 없다. 신이 나서 마구마구 잡히는 대로 집었다. 노오란 바나나~ 정말정말 맛있겠다. ^O^ 내가 제일 좋아하는 딸기도 정말 많다. >_<

우선 제일 가까이 있는 바나나부터 가장 보기 좋게 노란색을 띠는 것만 골라서 바구니에 가득 담았다.

"그런 건 맛없어요."

누구지? ——a

"마냥 노란 바나나보다 ^^ 이렇게 까만 점이 있는 바나나가 더 맛

있어요.”

요리 박사인 내가 가장 미약한 부분은 바로 싱싱하고 맛있는 과일 고르기. -0- 근데 누구지? 목소리가 들려오는 쪽으로 시선을 돌려 보니 웬 잘생긴 남정네가 +_+ 나를 향해 꽃미소를 날리고 있었다. 지, 직원인가? 그는 내 바구니를 잡아끌더니 이것저것 과일들을 담기 시작했다.

“사과는 이렇게 윗부분과 아랫부분이 납작하고, 모양이 제대로 잡힌 게 맛있어요. 귤은 딱딱한 것일수록 신맛이 강하구요. ^^ 어떤 게 좋아요?”

“신 것보다는…….”

“그럼 이거. ^^”

그 남자는 귤을 조물락거리더니 말랑한 것만 골라서 담았다. 친절하기도 하셔라. -0-; 이 마트가 직원 하나는 잘 뒀군.

“딸기 좋아해요?”

“그럼요~ 딸기 제일 좋아해요. >_<”

딸기라는 단어가 나오자 나도 모르게 오버해서 웃고 말았다. 하지만 좋은 걸 어쩌나. -_-;;

“어쩐지 예쁘시더라. ^^* 딸기는 보기에도 좋은 게 맛도 좋더라구요.”

오오~ 나보고 이쁘대. 이쁘대! ㅋㅋ 꺄아아~ 난 몰라~ 좋아좋아. ^o^

“이제 됐어요. 감사합니다. (^-^)(__)(^-^)”

"맛있게 드세요. ^^"

그는 돌아서서 어디론가 가더니 식품 코너 앞에서 바구니를 집어들었다. 그리고는 조금 전의 내 모습처럼 자신도 무언가를 고르기 시작했다. 아, 직원이 아니었구나.

"야! 이번에는 마트를 뚫어버릴래?"

ㅇ_ㅇ? 소리가 나는 쪽을 돌아보니 유진이가 나를 한심한 눈으로 쳐다보고 있었다.

"유진아, 다 샀어? ^-^;"

"응, 대충."

"근데 바구니는?"

나의 물음에 유진이는 손으로 뒤쪽을 가리켰다. 허걱! -0- 유진이의 손가락이 닿은 곳에는 남학생 셋이서 가득 찬 바구니를 하나씩 들고 서 있었다. 으음. 설마…….

"괜찮다는데 자꾸 들어준다잖아."

설마가 사람 잡는다는 옛말은 하나도 틀린 게 없다. 역시 공인된 미인은 다르구나. -_- 근데 뭘 저렇게 많이 샀나. 세 바구니씩이나… 저걸 어떻게 들고 집까지 가냐고요.

유진이를 간신히 설득(?)해서 두 바구니로 줄이긴 했으나 어쨌든 여전히 들고 가는 건 무리였다. 아무리 내 팔뚝이 굵기로서니 저 빵빵한 바구니를 어떻게 들고 가냔 말이오! -0-

"유진아, 우리 아까 그 남자애들한테 부탁하자."

"싫어."

"왜에? 그럼 우리가 이걸 어떻게 다 들고 가?"

"내 타입이 아니야."

이 와중에도 저런 걸 따지다니. 하긴 내가 봐도 그 녀석들은 아니다. -0- 유진이 눈에 들 정도면 목도리 녀석 정도? 정말 잘생겼었는데. 하하.

짐을 들고 마트 앞까지 나오긴 했는데 쩝. -_- 어떡하지? 집까지 들어다 주겠다고 떼를 쓰는 -_-; 그 녀석들을 간신히 뿌리치곤 한숨만 푹푹 몰아쉬었다.

빵빵—!

한참 동안을 어찌할 줄 모르고 마트 앞에 서서 널브러진 -_- 시장 바구니를 한심스럽게 바라보는데 잘 빠진 자동차 한 대가 미끄러지듯 멈추더니 차 문이 스르르 열렸다. 엇!! +_+ 아까 과일 골라준 그 잘생긴 오빠?

"짐이 많은 것 같은데 태워 드릴게요. ^^"

으음. 어쩜 잘생긴 사람이 매너도 좋구나.

"어머~ 세영이 아는 사람이야?"

"엉? 그, 그게… 음."

아는 사이라 하기도 그렇고, 그렇다고 모른다 하기에도 그렇고. 우물쭈물하는 사이 그 사람과 유진이는 이미 짐을 트렁크에 싣고 있었다. -_-;;

뭐, 뭐야. 나 왕따당한겨? -_-

"어디로 모셔야 하죠?"

"요 앞이에요. 5분 정도만 가시면 될 거예요. ^^;;"

유진이는 또 섹쉬요염미소를 날렸다. 이 남자는 유진이 타입은 아니지만 정말 괜찮은 스타일이었다.

"실례지만 이름이 뭔지 물어봐도 될까요?"

"저는 김유진이고 얘는 진세영이요. 나이는 19살. ^-^"

"저는 한민혁이라고 해요. 22살 대학생이에요. ^^"

"그럼 오빠네요? 말 놓으세요~"

"그럴까? 그럼 너희들도 말 놔. ^-^"

"응, 오빠. ^-^"

초스피드 진행 방식. 둘 다 정말 대단하다. 이보십시요들! 서로가 만난 지 5분도 되지 않았단 말입니다. 둘은 뭐가 좋은지 계속 실실댔다. 벌써 눈 맞은 건가? -_-

근데 백미러로 자꾸만 민혁이라는 사람과 눈이 마수쳤다. 유신이를 보는 건데 우연히 나랑 마주친 건가?? 뭐, 뭐야. -_-^

"세영이는 왜 말이 없어?"

"아, 그냥 뭐. ^-^;"

"그래. ^^"

이렇게 재잘대는 동안 유진이네 집이 보였다.

"오빠, 여기야. 세워줘."

민혁이라는 사람은 친절하게도 거실까지 짐을 가져다 주었다. 차라도 한잔하고 가라는 유진이의 권유마저도 정중히 거절하고는 나갔다.

"세영아, 저 오빠 멋있다. 그치? ^-^"

"엉? 엉."

"왜 그래? 별로야?? 저 오빤 너한테 관심있는 거 같던데."

"너한테 관심있는 거겠지."

"아니야. 내 직감은 확실해! 아까 못 봤어? 백미러 뚫어지겠더라. 너만 계속 보던데 뭘~"

"널 보는 거겠지. 너도 그 오빠 좋아하는 거 아니야?"

"큭. 진세영 너도 알잖아, 난 또래만 좋아하는 거."

우리는 밤새도록 먹으면서(?) 수다를 떨었다. 아까 과일 골라준 얘기도 했더니 그럼 확실하다며 잘해보란다. -_- 뭘 잘해보라는 건지.

벌써 수요일이다. 고3임에도 불구하고 우리의 귀가 시간은 언제나 해가 떠 있을 때다. -_- 유진이와 재잘대며 교문을 빠져나가는데 떡 버티고 서 있는 자동차에 기대어 책을 읽고 있는 저 뒷모습. 낯설지가 않네. 누구지? 누누이 강조하지만 난 붕어다. -0-;;

하지만 그 고민은 오래 가지 않았다. 이내 손을 높이 들어 반가움을 표시하는 유진이를 보며 나도 모르게 아하~ 하고 고개를 끄덕였다.

"오빠! ^-^"

발견한 지 10초나 됐을 듯싶은데 유진이가 민혁이란 사람에게 달려가자 우리 학교 남학생들은 부러운 듯 난리가 났다. 하긴~ 너희들도 눈이 있음 좀 봐라. 저런 멋진 남자가 있는데 너희들을 돌아보기

34

나 하겠느뇨? -_-

허나 김유진! 아무리 그렇게 상냥하게 귀여운 척해도 너 주먹질 끝내준다는 거 전교생이 다 안다. 고마 해라. -_-

"세영아, 안녕? ^^"

"네~ 안녕하세요? ^-^"

어색한 인사에 침묵이 흐르고 이를 깨부수기라도 하려는 듯 유진이가 입을 열었다. 하지만 그 한마디에 나는 그 자리에서 얼어버렸다.

"세영아~ 나는 먼저 갈 테니까 오빠랑 재밌게 놀아! 오빠, 파이팅! +_+)O"

유진이는 황당해하는 내가 정신 차리고 이유를 묻기도 전에 긴 다리로 저만치에 있는 김 기사 아저씨한테 휘적휘적 달려가 버렸다. 흠, 왜 기사 아저씨가 있으면서도 마트에서 부르지 않았을까? -_ a 아차~ 가정부 아줌마랑 기사 아저씨랑 부부였지. 두 분이 같이 휴가 내셨었나 보다. 그럼 유진이네 부모님도 오신 건가? O_O

"세영아, ^^ 밥 먹으러 갈래?"

"예? 아, 예. ^-^;"

한참 동안 딴생각에 잠긴 내게 오빠는 어색한 말을 던지더니 친절하게 차 문도 열어준다. 감동의 도가니탕! -O-

"과일은 맛있게 먹었니?"

"네, 덕분에요~ ^-^"

"세영이도 편하게 말 놔."

"차차 나아지면요. ^-^;"

"그래. ^^"

김유진, 죽었어. 어색하잖아. -_-^ 계속 쳐다보길래 그냥 한 번씩 익 웃어줬다. 이렇게. ^-^;;

토요일이라 그런지 시내에는 사람들이 무척 많았다. 게다가 이런 미남과 시내를 걷자니 사람들의 시선에 얼굴이 뜨거워졌다. 특히 여자들의 시선이. ——;;

"우리 저기 들어가자. ^^"

오빠가 가리킨 곳은! 오오~ +_+ 저기 되게 비싼 곳인데.

"저기요… 우리 그냥 떡볶이 먹으면 안 될까요? ^-^;;"

"왜? 저기 싫어?"

"그게 아니라 그냥 떡볶이가 좋아요. ^-^"

"그래? 그럼 떡볶이 먹으러 가자. ^^"

"아줌마, ^O^ 저 왔어요~"

"세영이 왔구나? 앉아라."

여기? 내 단골 분식집이다. 정확히 말하자면 유진이와 내 단골집. 사실 유진이는 부잣집 딸이라 이런 데를 별로 좋아하지 않지만 여기서 떡볶이를 먹은 후부터는 매일 가자고 조르곤 한다.

"오늘 유진이는 안 보이네?"

"아~ 유진이요? 오늘은 먼저 갔어요. ^-^ 아줌마, 떡볶이 많이많이 주세요."

“그래그래. ^^”

역시 맛있다. +_+

“맛있죠? ^-^”

“응~ 진짜 맛있다. ^^”

나 너무 많이 먹는 건가? -_-

그때 문이 열리고 공고생 무리가 들어왔다. 어라? ○_○ 잘생긴 목도리 남학생도 있다. 그 녀석도 나를 발견하더니 기다란 팔을 서서히 올리며 말했다.

“어~ 꼬맹아.”

-_-; 여기서도 꼬맹이냐.

“누구야? 남자 친구야?”

마치 친근한 듯 말을 거는 목도리 녀석을 보고 민혁 오빠가 물었다.

“음… 그게……”

내가 아무런 말도 하지 않고 머뭇거리자 목도리 녀석은 큰 소리로 말했다.

“야! 꼬맹이 너 내 목도리 안 줘?”

“아! -○- 맞다. 잠깐만.”

언젠가는 만나리라는 생각에 늘 가방에 담고 다녔다.

“여기. ^-^; 그땐 고마웠어.”

그 녀석은 화가 난 표정으로 목도리를 화악 낚아채더니 똘마니들한테로 가버렸다.

뭐, 뭐야. -_- 목도리 늦게 줬다고 화난 건가? 녀석이 매몰차게 가버린 후 황당한 표정을 짓고 있는 나에게 민혁 오빠는 넌지시 물었다.

"정말 남자 친구 아니야?"

"아, 아니라니깐요. ^-^;"

그냥 대충 얼버무리고 계속해서 떡볶이를 먹는데 그 녀석이 계속 째려보는 게 느껴졌다. 내가 뭘 잘못한 건가? 이러다가 나 구멍나겠다. 캑!

녀석은 한참 동안 나를 노려보더니 우리 바로 옆 테이블로 자리를 옮겼다. 그리고는 마치 들으라는 듯 우리 쪽을 보며 큰 소리로 화를 내기 시작했다.

"야! 이 숟가락은 왜 이렇게 휘었어? 엉?!"

"혁! -0-; 원래 숟가락은 다 그렇게 휘었어. 이거 봐. 다 그렇잖아."

"뭐야? 너 지금 내 말에 리플 다는 거야?!"

"아, 아니야. 잘못했어!"

녀석은 괜히 똘마니들한테 별 트집을 잡는다. -_-^ 얌마~ 원래 숟가락은 그렇게 휘었어. -0- 하지만 큰 소리로는 도저히 말 못하겠다. 그 녀석은 그것으로 성이 차질 않는지 숟가락 통을 모두 모아 똘마니들 앞으로 밀더니 딱 한마디 한다.

"다 펴!"

불쌍한 똘마니들. -_-; 숟가락 통을 열어 원!래! 휘어진 숟가락들

을 꼿꼿이 펴기 시작했다. 저 광경을 보면서 먹다가는 체하겠네. 이상한 녀석이야. -_-;

"오빠, 다 먹었는데 이제 그만 나가요~"

"왜? 더 시켜줄게. 먹고 가~"

"아니에요. 배불러요. ^-^;"

"그래, 그럼 나가자. ^^"

겨우 그 녀석의 시야에서 벗어나는 순간이었다. 밖으로 나와서 창문을 통해 보니 녀석은 -_-; 아직도 똘마니들한테 억지를 부리고 있다. 정말 목도리 늦게 줘서 화난 건가? -0- 째째한 녀석 같으니라구.

"세영아, 분식집 뚫어질 거 같애."

"에? 아, 예. ^-^;"

이번에는 분식집을 너무 째려본 거 같다. 왜 나는 생각을 하면 눈에 힘이 들어갈까? 내 버릇이다.

길을 걷는데 계속해서 누군가가 따라오는 느낌이 들었다. 누군지는 몰라도 나처럼 눈에 힘을 꽉 주고 다니는지… 내 뒤통수에 구멍날 거 같다.

휙—!!

빠른 속도로 뒤를 째려보았다. 그와 동시에 누군가가 같이 뒤로 돌더니 아차 하는 순간 전봇대에 꽝 하고 부딪쳤다.

쿡쿡. 엄청 아프겠다. 푸하하하하하하. ㅠ0ㅠ 너무 웃겨서 눈물이 나네.

"저기… 세영아?"

"아, 네?"

웃느라고 민혁 오빠가 옆에 있는 걸 깜박했네. 민혁 오빠는 아무런 말도 하지 않은 채 나를 쳐다보기만 했다.

"오빠 왜요?"

"우리 비디오방 갈래?"

비디오방 가자고 말하는데 뭘 저렇게 떨면서 말을 하시나. -_-;

"네, 가요. ^-^"

ㅋㅋ 보고 싶은 비디오 있었는데 잘됐다. ^O^

내가 보고 싶었던 비디오를 골라 방으로 들어갔다. 역시 스크린이 커서 그런지 꼭 극장에 온 기분이었다.

처음에는 아무 생각 없이 멀리 뚝 떨어져서 앉아 있었는데 약간의 시간이 흐르자 오빠가 서서히 옆으로 다가왔다. 사실 민망해서 나는 조금 옆으로 움직였다. 따라 온다. 또 움직였다. -_-; 또 따라온다. 아무리 착한 남자도 모두 늑대라며 조심하라고 신신당부하던 세진이 와 유진이의 말이 스쳤다. 에이~ 설마…….

한참 동안을 영화에 집중하는데 갑자기 오빠가 내 손을 꼬옥 잡았 다. 이거 영 분위기 이상한데. 난 민망해서 빼내려고 하는데 놓아주 질 않는다.

괜히 어색한 웃음을 짓자 오빠의 얼굴이 점점 다가온다. 바라는 건 아닌데 뿌리칠 수가 없다. 오빠의 입술이 내 입술을 간지럽히기 시작 했다.

헉! -0- 근데 이 오빠 왜 이러지? 갑자기 손이 치마 밑으로 들어온다. 너무 놀라서 밀쳐 냈더니 순하던 오빠의 표정이 일그러지기 시작했다.

"왜 이러세요?"

"뭐가! 너도 바라는 거 아니었어?"

"왜… 왜 이러세요?!"

"하하! 다 알고 따라온 거 아니야?"

묘한 웃음을 흘리더니 나를 확 잡아끌어 눕혔다. 그리고는 내 몸을 더듬기 시작했다. 더러운 벌레가 마치 내 몸을 기어다니는 것 같아 참을 수가 없었다. 옷을 벗겨내려고 해서 나는 필사적으로 소리를 질렀다. 하지만 맴돌기만 할 뿐 영화에서 나오는 큰 사운드에 묻혀 버렸다.

급기야는 울면서 애원까지 했지만 오빠는 들은 척도 하시 않있다. 나는 최대한 소리 지르며 발버둥을 쳤지만 밖에서 유심히 들여다보지 않는 한 안이 보이지 않는다.

내가 계속해서 소리를 지르자 그 나쁜 자식은 문을 잠그고는 또다시 다가왔다. ㅠ_ㅠ

살려줘… 착한 남자도… 다… 늑대다…….

그때 누군가가 밖에서 문을 열려는 듯한 소리가 들렸다.

"살려주세요!"

쫘악—!!

나는 큰 소리로 살려달라고 외쳤고 그와 동시에 내 뺨에는 불이 난

것처럼 따끔거렸다.

"조용히 안 해?!"

찌이익—

나쁜 자식은 내 옷을 찢어버렸다. 하나뿐인 내 교복인데. 이럴 줄 알았으면 조용히 학교에서 야자나 할 걸 그랬다.

엉— 엉— 엉— ㅠ_ㅠ

쨍그랑!!

아무도 나를 도와주지 않는다는 생각에 두려워서 눈물이 났다. 그런데 그때 문에 있는 유리 깨지는 소리가 들리면서 누군가 뛰어넘어 안으로 들어왔다. 누군지는 몰라도 아무튼 나를 구해줄 구세주임은 틀림없었다. 그 나쁜 자식도 꽤 당황했는지 놀란 표정으로 벌떡 일어나 싸울 태세를 갖춘다.

"뭐야!!"

"개자식!!"

멋있게(?) 등장한 그 사람은 윗옷을 벗더니 내 몸을 가려주고는 나쁜 자식을 향해 주먹을 꽂았다. 덮어준 옷을 보니 공고 교복이었다.

그리고… 그리고… 바닐라 향이 난다. 혹시? ㅇ_ㅇ 고개를 들어보니 불빛 아래로 그 사람의 얼굴이 드러났다. 그러고 보니 내가 나쁜 일을 당할 때마다 도와주는 거 같다. 스토커인가? -_-^

아무튼! 지금 내 앞에선 아무 데서나 볼 수 없는 싸움이 일어나고 있다. 그 나쁜 자식도 만만치 않은 싸움 실력을 가졌는지 엎치락뒤치락하며 서로 지지 않으려고 난리다.

퍽—!

강한 소리와 함께 둘 중 하나가 떨어져 나갔다. 그리고 이긴 듯한 사람이 나를 향해 걸어왔다. 나는 무서워서 두 눈을 꼬옥 감고 있었다. 혹시… 그 나쁜 자식이면 어떡하지? 너무 무서워서 바닐라 향이 나는 옷에 얼굴을 묻고 그렇게 부들부들 떨었다.

"꼬맹아, 일어나."

목도리가 이겼나 보다. 난 나도 모르게 안도의 한숨을 내쉬며 울컥 울음을 터뜨렸다. 꼬맹이란 말에 왜 이렇게 눈물이 나는지……. 내가 갑자기 울자 목도리 녀석은 당황했는지 머뭇거렸지만 이내 내 어깨를 잡고 일으켜 주었다. 고개를 들어보니 입가에선 피가 흐르고 있었고, 코에는 화장지가 꽂혀 있었다. -_-; 아까 전에 전봇대에 심하게 부딪친 녀석이 이 녀석인가 보다.

아무튼! +_+ 살았다는 안도감에 나는 더 서럽게 울었다. 그 녀석은 자신의 교복 재킷을 입혀주더니 나를 조심스럽게 안아주었다. 마치 납치당한 여자 주인공을 남자 주인공이 극적으로 구한 후 제스처를 취하는 것 같다. 목도리 녀석은 나쁜 자식한테로 다가가 뭐라뭐라 속삭여 주고는 내 손을 잡고 밖으로 나왔다. 찢어진 내 옷을 주워 들고 밖으로 나와보니 겨울이라 그런지 벌써 어둑어둑해져 있었다.

지금 나는 교복 치마에 남자 교복 재킷을 입고 있다. -_-^ 그것도 우리 학교 교복도 아닌 공고 교복을.

이런, 브래지어가 다 보인다.

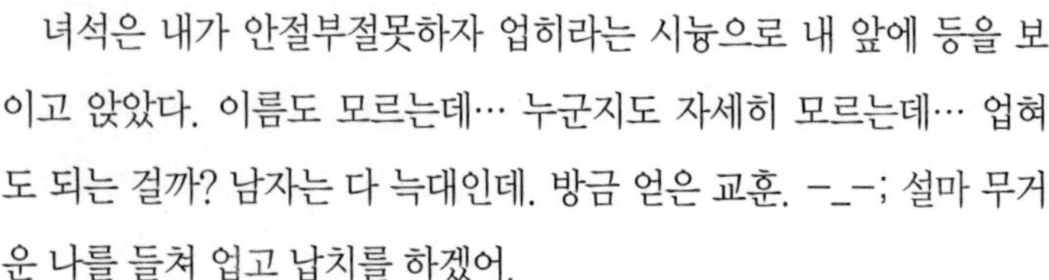

녀석은 내가 안절부절못하자 업히라는 시늉으로 내 앞에 등을 보이고 앉았다. 이름도 모르는데… 누군지도 자세히 모르는데… 업혀도 되는 걸까? 남자는 다 늑대인데. 방금 얻은 교훈. −_−; 설마 무거운 나를 들쳐 업고 납치를 하겠어.

"너 지금 다 보이는데 그러고 갈 거야?"

녀석의 한마디에 얼굴이 빨개져서는 결국 업히고 말았다. 녀석의 등에 얼굴을 묻고 그렇게 한참 동안을 걸었다. 아무런 대화도 오가지 않은 채 한참을 그러고 있자니 괜스레 멀뚱한 기분에 용기 내어 말을 건넸다.

"저기… 매번 도와줘서 고마워. 이름이 뭐야?"

"꼬맹, 조용히 하고 있어. 말하면 무거워."

기껏 용기 내서 말했더니 무안하게. 무거우면 내려놓던가. 누가 업어달랬나? −0− 무안해서 등에 얼굴을 묻어버렸다. 그러자 은은한 바닐라 향이 내 코를 간지럽혔다. 좋다. 이 녀석 −_− 몸에다 뭘 처바르길래 이렇게 바닐라 향기가 진동을 하는 걸까?

녀석은 공원 벤치에 날 내려놓고는 빤히 처다보았다. 하하, 녀석 볼수록 잘생겼구만. −_−;

한참 동안 눈이 마주치자 놀랍게도 −_− 녀석의 얼굴이 빨개졌다. 녀석은 재킷을 꼭꼭 여미어주고는 명찰을 꺼내더니 옷을 고정시켜주었다.

"잠깐만 기다려."

녀석은 나를 혼자 두고 어디론가 빠른 속도로 달려갔다. 엄청 빠르다. -_-^ 100m 달리기가 13초는 되겠다. -0- 이름이 뭘까? 누군데 매번 나를 도와주는 걸까?

앗!! 맞아. 명찰이 있었지! 나는 좀 전에 녀석이 재킷에 꽂아준 명창을 떠올리며 꽁꽁 안에 감춰진 손을 꺼내려 몸을 움직였다. 근데 이 옷 무지 크네. -_-^

도무지 손이 옷 밖으로 나올 생각을 않는다. 에이쒸! 간신히 손을 빼서 뒤집어져 채워진 명찰을 돌려보았다. 진명 공업 고등학교 2학년… 김유한?

김유한… -_- 김유한… 어디서 들어본 거 같은데……. 음… 김유한… 김유한… 김유한… 김유진… ——a 허걱!! 유진이 동생…… 김유한??

갑자기 무언가에 머리를 얻어맞은 것처럼 띵해져 왔다. 뭐야! >_< 이해가 안 돼. ㅠ_ㅠ 동명이인인가? 유진이 동생 얼굴을 본 적이 없으니.

하지만 나는 멀리서 뛰어오는 누군가가 내 시야에 들어옴에 따라… 확신할 수 있었다. 김유진 동생… 김유한??

"세영아!!"

"유진아! ㅠ_ㅠ"

유진이는 나를 꼬옥 끌어안고 눈물을 흘렸다.

"세영아, 미안해. ㅠ_ㅠ 그 나쁜놈 새끼… 내가 죽여줄게! 그런 놈인 줄도 모르고 엉! 엉! 엉! 어떡하니이!!"

"나 괜찮아. ㅠ_ㅠ"

"다친 데는 없어?"

"응, 괜찮아."

유진이 얼굴을 보니까 한결 마음이 놓인다. 내 얼굴을 이리저리 훑어보던 유진이는 내 뺨이 부은 것을 보고 열을 내며 목소리를 높였다.

"뭐야! 뺨이 왜 이렇게 부었어?"

"반항한다고 때렸어."

"뭐?! 내가 죽여줄게!! 울지 마!"

유진이는 내 뺨을 어루만져 주며 나쁜 놈 욕을 퍼부었다. 죽여줄 테니까 걱정하지도, 울지도 말라고 했다.

"근데 유진아, 손에 든 게 뭐야?"

"어? 아차, 이거!"

하면서 쇼핑백에서 무언가를 꺼냈다.

"세영아, 이거 입어."

옷이었구나. +_+ 어떻게 알고 가져왔지? 정말 두 사람이 남매인 건가. 일단 옷부터 입고 물어봐야지. 아~ 따뜻해. ㅠ_ㅠ

"저기… 유진아!"

"응?"

난 질문 대신 '김유한' 명찰을 유진이 눈앞에 가져갔다. 유진이는 내가 말을 하지 않아도 무엇이 궁금한지 알았다는 듯 말했다.

"응. 맞아. ^-^"

맞댄다. -_-^ 그랬구나. 그런 거였어! 그럼 내가 유진이랑 친해서

이렇게 매번 도와주는 건가? 왠지 모르게 서운한 기분이 드는 건 왜
일까.

　"세영아, 우리 집 갈래?"

　요즘 들어 유진이네 집에 자주 가는구나. -_-^ 가면 그 녀석도 있
겠지.

　"근데 유진아, 이거 좀 봐. ㅠ_ㅠ 내 교복 어떡해."

　찢어진 교복을 가리키며 또다시 울먹거렸다.

　"낼은 학교 쉬어. 옷은 세탁소에 맡기구."

　"알았어. 근데 집에 부모님 오셨잖아."

　"오시자마자 오늘 아침에 또 여행 가셨어. -_-;"

　"하하. -_-;"

　그날도 밤새도록 수다를 떨다가 잠이 들었다. 유진이는 말끝마다
그 새끼 죽여주겠다는 다짐을 백 번도 넘게 해주었다. -_-;

고백 2

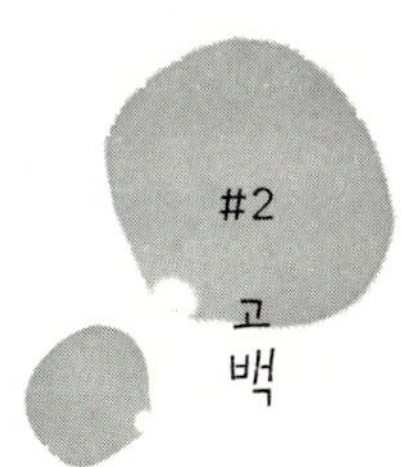

아침—

유진이보다 먼저 일어나서 밥 하고, 찌개 끓이고… 식탁 상다리 부러지게 차렸다. ^-^v

잠시 후 안방에서 유진이가 눈을 비비면서 나오더니 식탁을 보고는 눈이 휘둥그레졌다.

"어머~ 세영아, +_+ 이거 네가 아침에 다 한 거야?"

"응. ^-^ 아침 먹고 학교 가야지."

"이야~ 우리 아줌마보다 훨 낫다. ^-^"

하면서 나를 꼬옥 끌어안았다. 유, 유진아. 나 숨 막히거든? -0-

"근데 나 진짜 학교 가지 마?"

"응. 우리 집에서 내가 올 때까지 있어. 얼렁 조퇴하고 올게."

"알았어."

유진이는 내가 차려준 아침을 맛있게 먹고는 나가면서 놀라운 한 마디를 했다.

"아참! 세영아, 유한이 좀 깨워줘."

허걱! 유진아!! -0- 그녀 역시 놀라울 정도로 빨랐다. 이름을 부르기도 전에 문을 열고 나가 버렸다.

흐음. 쩝. 유진이 동생… 그 멋진 목도리 녀석을 나더러 깨우라 그 말이지. 떨리는 마음을 움켜잡고 (__*) 이층으로 올라가서 어느 방인가 하고 두리번거렸다. 그러고 보니까 그때 계단에서 넘어진 녀석이 유한이 녀석일 테지. 풋. 너무 웃겨. 그때를 생각하니까 또 웃음이 나왔다.

끼익—

문을 조심히 열자 역시나 바닐라 향이 방 안 가득했다. 남자 방임에도 불구하고 생각보다 깨끗하네. ㅇ_ㅇ 저건 뭐지? 책상 앞 벽에 어디선가 많이, 아주 많이 -_- 본 듯한 사진이 붙어 있었다. 그것도 아주 큰 대형 사진이기에 몰라볼래야 몰라볼 수가 없었다.

왜 내 사진이 여기 걸려 있지? -0- 이 방에는 저 사진 외에도 내 사진이 잔뜩 있었다. 이게 무슨 괴이한 현상인고. 중학교 1학년 때 소풍 가서 찍은 사진부터 최근에 수학여행 가서 찍은 사진까지. 이 녀석 진짜 내 스토커인가? -_-;;

가까이 가서 보니 사진마다 밑에 작은 글씨가 새겨져 있었다. 가장

큰 대형 사진에는 +내 꼬맹이♡+ , 작은 사진들에는 +내 꺼+ 라고
써두고 옆에 꼬부랑 글씨로 싸인까지 해두었다. 아우, >.< 쑥쓰러워
라.

몸을 돌려 침대에 누워 있는 유한이 녀석을 보았다. 이불을 친친
감아 덮은 채 천사같이 자고 있다. 우씨. 왜 이렇게 심장이 두근거리
는 거야.

시계를 보니 벌써 7시 반이다. 크, 큰일이다. 어서 깨워야 하는데.
심호흡을 크게 하고 조심스럽게 다가가 이불을 살살 건드리며 깨우
기 시작했다.

"저기… 이, 일어나. -_-;"

내가 생각해도 개미 목소리가 이거보단 크겠네. 어찌할 바를 몰라
머뭇거리는데 갑자기 녀석이 뒤척이더니 반대쪽으로 눕고는 이불을
꼬옥 덮어버린다. 나보고 어쩌라구. ㅠ_ㅠ

할 수 없이 반대쪽으로 가서 유한이의 볼을 쿡쿡 찌르며 다시 한
번 깨우기를 시도했다.

"김유한 일어……"

헉!! -0- 갑자기 볼을 찌르는 내 손목을 덥석 잡더니 이불 속으로
끌어당겨 버렸다.

덕분에 -_- 나는 엉겁결에 침대 위로 쓰러지고 말았다. 털썩 주
저앉아서 상체가 침대 위로 떨어지는 바람에 유한이 얼굴이 내 시야
에 클로즈업되었다. 무릎이 무지 아프다. ㅠ_ㅠ 흠흠. 가까이에서 보
니까 더 잘생겼네. 피부도 뽀얗고, 눈썹도 진하고, 입술도 앵두 같다.

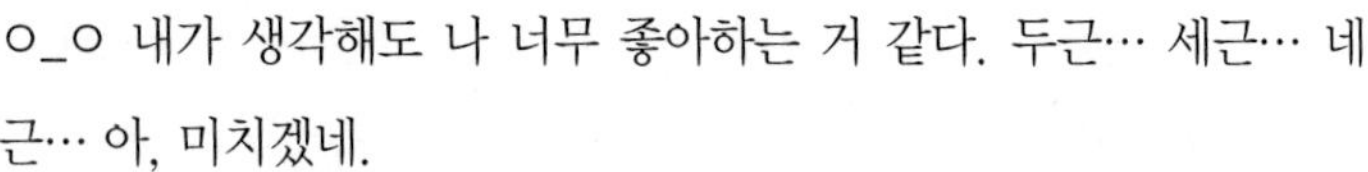

O_O 내가 생각해도 나 너무 좋아하는 거 같다. 두근… 세근… 네근… 아, 미치겠네.

이 녀석이 손목을 하도 세게 잡아서 움직일 수가 없다. 잠자고 있는 거 맞아? -_- 사실 손목이 잡혔어도 일어날 수는 있었지만 녀석의 얼굴에 도취되어, 녀석이 숨 쉬는 따스한 입김에 혼이 빠져 넋을 잃고 계속 녀석을 뚫어지게 바라만 보았다.

허걱!! -0- 깜짝이야. 유한이가 갑자기 눈을 번쩍 드는 바람에 눈이 마주치고 말았다.

"꼬맹아… 나 뚫어지겠어."

"하하. ^-^; 이제 그만 일어나는 건 어떠니."

이 녀석 -_-^ 내 말을 귓등으로도 안 듣는지 아예 무시하고 쳐다보기만 한다. 이놈아, 나도 뚫어지겠다.

"일어나. 학교 가야지이. ^-^;"

엄마야!! >_< 갑자기 녀석이 벌떡 일어나 앉더니 침대 밑으로 몸을 숙여 나를 안아 침대 위로 끌어올렸다. 힘도 좋아요. 그 후 나를 자신에 품에 안더니 누워서는 눈을 감아버렸다. -_-^ 나보고 어쩌라고~ 그러더니 숨도 못 쉬게 지 넘 가슴팍에 내 얼굴을 묻어버린다. 캑캑. 숨 막힌단 말야!

허걱! 이건 또 뭐야. O_O 이제 보니 이 넘 팬티만 걸치고 있다. 야시시한 놈 같으니라고. 민들민들한 녀석의 피부가 몸에 닿으니 기분 꾸리꾸리하다. -_- 사실 좋다. 아어~ 이거 미치겠구만.

난 녀석을 밀어내려 했으나 꼼짝도 하질 않았다. 믿어주오. -_-

정말 있는 힘껏 밀었소. -0-

아쒸~ 이러면 안 되는데. 이놈의 바닐라 향에 또 취하는구만. 좋다… 잠이 온다… 좋은 향기… 그리고 규칙적인 녀석의 심장 소리… 아, 안 되는데. -0-

"야… 꼬맹아, 일어나."

우잉? o_o 눈을 번쩍 떠보니 단정히 교복을 입은 유한이가 나를 내려다보고 있었다.

헉! 나 정말 잔 거야? 몰라몰라. >_< 어쩐지 아침에 너무 무리했다 싶었어. 아침 차린답시고 일찍 일어난 탓이었다. 녀석은 무뚝뚝한 목소리로 누워 있는 나를 보며 말했다.

"깨우러 왔으면 깨워야지. 자면 어떡해. -_- 꼬맹이 너 때문에 나 지각하겠어."

헉! 이놈이 은혜를 원수로 갚네! 물에 빠진 놈 건져 놓으니 봇짐 내놓으라 한다더니 딱 그 짝이네그려. -0-

"저기… 난 깨웠어. 근데 네가……. -_-;"

"알았어. 난 학교 간다."

근데 저 녀석이 끝까지 꼬맹이라고 하네. 내가 자기보다 나이도 많구만. 넌 이따가 혼날 줄 알아. 유진이한테 말해서 혼내줄 거야. >_< 그래도 밥이나 좀 먹고 가지. 가방도 안 가져가나 봐. 어맛! o_o 그러고 보니 나 침대에 누운 채로… 그것도 유한이 침대에 누운 채로 말하고 있던 것이다!

음음. --;; 머리를 추스리고(?) 일어나 보니 책상 위에 쪽지가 놓여 있었다. 뭐지? +_+ 궁금한데 봐도 되는 건가?

흠. 벌써 보고 있다. -_-

꼬맹아… 나 심장 터져 버릴 것 같다.

엥? ㅇ_ㅇ 뭐야? 심장이 터져? 왜 터져? 심장이 터지면 죽지 않던 가. -_-; 유한이 녀석이 쓴 건가? 나 읽으라고? 유한이 네 녀석의 심 장이 터져 버릴 거 같다고? 왜? 흐음… 복잡해. >_< 생각하기 귀찮 아.

아참! 교복! 맞아. 내 교복. 떨어진 단추는 잃어버릴지 모르니까 대 충이라도 달아서 세탁소에 맡겨야겠다. 근데 실하고 바늘이 어디에 있을까?

이층을 내려와서 안방으로 들어갔다. 이야~ 찾아따아~ ^ㅇ^

한참 바느질에 열중하고 있는데 갑자기 우당탕쿵탕 소리가 났다. 너무 놀라서 바늘로 손을 쿠욱! 찔러 버렸다.

"아아아아아아아악 !! >_<"

깊이도 찔렀네. 으악!! 피, 피다. 어떡해!! ㅠㅇㅠ

내 비명 소리와 동시에 우당탕쿵탕 소리를 낸 듯한 사람이 안방 문 을 벌컥 열었다. 흐미! 깜짝이야! 유진이가 벌써 조퇴하고 온 건가? 나는 피가 나는 손을 꼬옥 잡고 최대한 불쌍한 표정으로 문 쪽을 바 라보며 울먹였다.

"유진아~ 나 아파 죽을 거 같애. ㅠ_ㅠ"

ㅇ_ㅇ… ㅇ_ㅇ… 유진이가 아니네. 유… 유한이?

내가 녀석의 존재를 알아채는 순간 녀석은 쿵쿵 소리를 내며 다가왔다. 그러더니… -O-! 피가 나는 내 손을 꼬옥 쥐고는 앵두같이 붉은 자신의 입으로 가져갔다. 그리고는 쪽쪽 -_-; 아무튼! 눈물이 난다. ㅠOㅠ

아픈 것도 아픈 거지만 무엇보다 피를 봤다는 사실이 더 무서웠다.

어이~ 거기! -_- 고개 돌리지 말고! -O- 별것도 아닌 거 같고 운다고 핀잔주는 거기 너! 지금 대바늘로 네 손가락 깊숙이 찔러봐. 콸콸 쏟아지는 피를 보면서 손가락 끝에서부터 안으로 파고드는 욱신욱신한 통증. ㅠ_ㅠ 눈물이 안 나오면 말하렴. 내가 눈물 나올 때까지 푹푹 찔러줄 테니. -_-;

근데 내가 지금 무슨 소리를 하는 거야. ㅠOㅠ

"꼬맹아, 그만 울어. 이제 피 안 나."

우웅? ㅇ_ㅇ 이야~ 정말 피 안 난다. 조금 아프긴 하지만 허걱. 이건 또 뭐래? 내 손가락에선 정체 모를 액체가 묻어 있었다. 어찌나 빨았는지 녀석의 침인 거 같다. ㅋㅋ 내가 빤히 쳐다보자 유한이 녀석의 얼굴이 빨개지더니 뒷주머니에서 손수건을 꺼내 재빨리 내 손가락에 묻은 제 녀석의 침을 닦았다. 녀석. 손수건도 갖고 다니네? 푸웁. 아얏! 살살 닦아라. 손 껍질 다 벗기겠다. -_-; 그나저나 당황한 표정도 어지간히 귀엽구나. *-_-*

"흠흠."

녀석이 헛기침을 해댄다. 풋 하고 웃고 있노라니 조금 전 녀석이

남기고 간 쪽지가 생각나 기회는 이때다라는 생각에 녀석의 가슴에 손을 얹고 물었다.

"너 정말 심장 터질 거 같애? O_O"

컥! -_-^ 내가 생각해도 참으로 어이없고도 대답하기 힘든 질문이다. 나 단순무식어리버리한 거 이 순간으로 인해 확실하게 증명된 듯싶다. -_-^

녀석의 심장 뛰는 느낌이 손을 타고 뚜렷하게 전해졌다. 그래도 열심히 뛰고 있는 걸 보니 아직 터지지는 않은 거 같아 다행이다. ^-^ 녀석의 대답을 듣기 위해 빤히 눈을 마주치고 있노라니 갑자기 홍당무가 된 유한이는 일어나서 밖으로 나가 버렸다. 짜식~ 쑥스러워하기는.

근데 도대체 왜 돌아온 거야? 가방 가지러 온 거 아니었어? 유한이 녀석이 그렇게 나가고 침대 위에 누우니까 또 잠이 스르르 온다. 그래, 난 어디든 머리를 대기만 하면 곧바로 잠이 든다. -_- 아~ 편안해.

"진세영! 어쩐지 아침에 일찍 일어났다 싶었어~ 진! 세! 영! 일어나!"

우웅… 누구얍… 나의 단잠을 깨우는 게.

"시내 나가자!"

"엥? O_O"

시내 나가자는 말에 잠이 확 깬다. 시내에 가면 맛있는 것도 먹고

노래방도 가구. 야호! 가자! 가자! >_<

"그렇게 좋아?"

"응! (^^)(__)(^^)"

고개가 부러지도록 끄덕이자 유진이는 귀엽다는 듯이 내 볼을 꼬집었다.

"근데 이건 뭐야?"

"뭐가? O_O"

"손가락 다쳤어?"

어라? -_- 손가락에 반창고가 붙어 있네? 붙인 기억이 없는데. 너무 피곤해서 기억이 안 나는 건가.

"설마 칼에 밴 거야?"

"아니. ^-^ 단추 달다가 바늘에 찔렸어."

하면서 교복을 가리켰다.

"그러니까 세탁소에 맡기지 그랬어."

"괜찮아. 근데 지금 몇 시야?"

"3시. ^-^"

"조퇴한 거야?"

"응. ^O^"

아무리 봐도 우리는 고3이 아닌 것 같다. -_-; 심한 회의를 느끼는 중. 하지만 그것도 잠시… 여긴 시내다. ——;;

"꺄아~ 시내 얼마 만에 나온 거야? ^————^"

"난 어제도 왔어. -_-^"

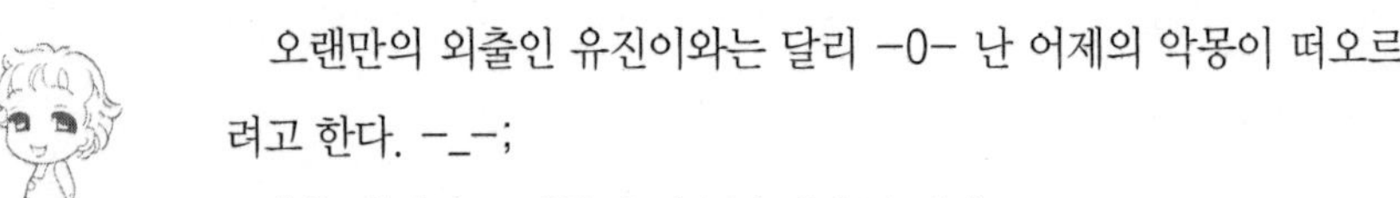

오랜만의 외출인 유진이와는 달리 -0- 난 어제의 악몽이 떠오르려고 한다. -_-;

"세, 세영아… 떡볶이 먹으러 가자! ^-^;"

내가 얼떨떨한 표정을 짓자 유진이는 미안했는지 오버스럽게 큰 소리로 말했다. 어라? 문 닫았네?? 우리 단골집에 왜 벌써 닫은 걸까?? 할 수 없지. 다른 곳에서 먹는 수밖에.

"여기도 맛 괜찮다. 그치?"

"응. ^^"

한참을 주접스럽게 먹고 있는데 옆 테이블 애들이 자꾸 쳐다본다. 뭘 봐! -0- 라고 외쳐 주고 싶었지만 교복을 보니 진명 상고… -_- 세진이네 학교다. 근데 저 학교에 킹카들이 많다더니 그 말이 맞나 보다. 이상스럽게도 계속 우리를 보며 배시시거린다. 이쁜 건 알아가지고. 므흣. -_-V

"세영아, +_+ 쟤네들 우리 쳐다보는 거 맞지?"

"엉. 그런 거 같기도 해."

"잘생겼다. ^-^"

"난 이제 잘생긴 사람 싫어. >_<"

"정말?"

"응."

"유한이도?"

푸웁! -0- 너무 놀란 나머지 그만 마시던 물을 내뱉고 말았다. 다행히 운동 신경이 매우 좋은 유진이는 재빨리 피해 물총 공격에서 벗

어났으나 미처 피하지 못한 우리의 떡볶이들은 장렬히 전사하고 말
았다.

그때 그 상고생들 중 한 명이 씨익 웃으면서 다가왔다. -_- 어떻
게 생겼는고 하니~ 피부는 멋있게 까무잡잡하고… 더럽게 까만 거
말고. -_- 눈은 보통 크기, 짧은 스포츠 머리, 유한이와는 대조적이
다. 유한이는 귀엽게 생긴 꽃미남 스타일이라면 이 녀석은 남자답게
멋있게 생긴 스타일이다. 녀석은 우리 테이블 앞에서 손을 척하고 들
더니 부드러운 미소를 지으며 말했다.

"아줌마 여기 떡볶이 2인분이요. ^^"

지금 우리한테 시켜주는 건가?

"맛있게들 먹어요. ^^"

"예, 감사합니다. ^-^;"

얼떨결에 얻어먹는 신세가 되었다. 우리도 돈은 있있지민 그 녀석
의 성의인지라. -_-^ 그래, 사실 잘생겨서 얻어먹는 거다. 한참을
집중해서 먹고 있는데 또 말을 건넨다.

"저기요. ^^"

"네? ㅇ_ㅇ"

"노래방 가실래요?"

뭐야! 헌팅당한 거야? +_+ 우린 노래방이라면 사죽을 못 쓰기 때
문에 벌떡 일어나 환영했다. -_-; 녀석들은 다섯 명, 우리는 두 명.
허나 꿀리지 않으리라!

노래방에 들어와 노래를 열창하는데 아까 그 녀석이 계속 실실댄

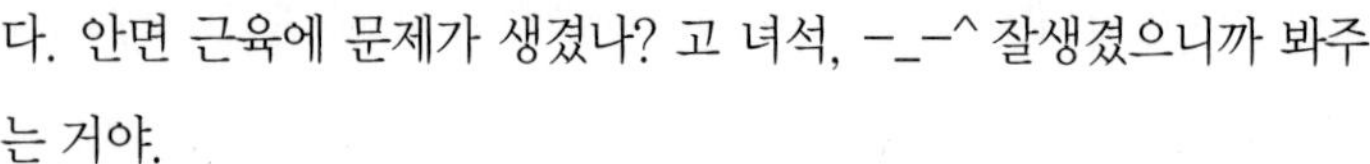

다. 안면 근육에 문제가 생겼나? 고 녀석, -_-^ 잘생겼으니까 봐주는 거야.

하지만 중얼거림도 잠시, 갑자기 그 녀석이 벌떡 일어나더니 노래를 정지시켰다. 뭐야! -_-^ 한참 분위기 좋구만. 녀석은 마이크를 꽉 쥐더니 마이크 테스트 후 말했다.

"제 이름은 박준입니다. 키는 182㎝, 진명 상고 3학년. ^-^ 그리고."

녀석은 말을 멈추더니 나를 손가락으로 지목했다. -_-^ 뭐 어쩌자고 삿대질이야! 덤비는겨?

"너!! 내가 찍었어. ^-^"

컥!! 오버하다가 이상한 소리를 들으니까 혼이 쏙 빠진다. 어머~ 뭐래니. 나 찍힌 거야? ㅇ_ㅇ 유진이는 좋겠다면서 내 어깨를 마구 친다. -_-^ 아프단 말야.

하지만 그런 유진이의 행동이 오래 가지 못한 것은 준이라는 녀석 옆에 있던 녀석이 마이크를 잡은 순간이었다. 헉! -0- 준이라는 녀석보다 키가 더 컸다. 그리고 훤히 보이는 외모가 딱 유진이 스타일이었다!

"내 이름은 유지훈, 키는 186㎝, 진명 상고 3학년 한주먹. ^^ 너한테 한눈에 반했다."

하면서 앉아 있던 유진이를 향해 몸을 구부리더니 손을 덥석 잡았다. -0- 유진이도 싫지는 않은 모양이다. 사실 아까부터 유진이가 귓속말로 그랬다. -_-^

"쟤～ 내 타입이야. ^^*"

유지훈이란 녀석을 잠깐 설명하자면 외모는 부드럽게 생겼고, 앞머리는 자연스럽게 흘러내려 오며, 피부 톤은 까맣지도 하얗지도 않다. 중요한 건 아까부터 유진이만 뚫어져라 쳐다보면서 씨익 웃는다는 거다. 유진이～ 짝 만났네. +_+

"우리 사귀자."

지훈이 녀석 빠, 빠르다. -0-

"그래. ^^"

유진아, -_-^ 축하한다. 초고속 스피드 커플이네. -0- 동생은 진명 공고 한주먹! 애인은 진명 상고 한주먹! 자기는 세한고 한주먹. 자알한다～ 잘해～ 잘 돌아가는 세상이야.

헉! -_-^ 뭐, 뭐야? 소파를 분리시키더니 둘이 앉는다. 뭐가 그리도 좋은지 서로 웃고 난리다. 유진이의 주먹을 알게 된 후에도 저렇게 웃음이 나올까?

약간의 시간이 흐르고 준이가 내 옆에 앉았다. 싫지는 않았지만 왠지 모르게 자꾸만 유한이가 떠올랐다. 지금쯤 뭘 하고 있을까?

그때였다! 누군가가 노래방 문을 발로 차서 열었다. 공고생?

"뭐야!"

상고 녀석들 중 하나가 인상을 쓰며 말했다.

"나와!"

침입(?)해 온 공고생들은 손가락으로 까닥까닥하면서 나오라고 그랬다. 오오～ 건방짐의 극치! -0- 그리고는 다시 나가 버렸다. 진명

공고라면 유한이네 학교인데.

지훈이가 일어서서 나가려고 하자 유진이의 나직한 목소리가 들렸다.

"지훈아, 가지 마."

그새 그렇고 그런 사이? 다른 때 같으면 즐거운 싸움 구경 하게 생겼다며 제일 먼저 뛰어갈 텐데.

"괜찮아. ^-^ 여기 있어. 갔다 올게."

"싫어. 나도 갈 거야."

"그냥 있으래두. 금방 올게."

캑! -_-^ 꼴값하네. 죽으러 가나? 그때 갑자기 온화하던 유진이의 표정이 일그러지더니 지훈이 뒤통수를 퍽! 내려쳤다. 오오~ 유진이 성격 나온다. -_-;

"따! 라! 간! 다! 니! 깐!"

"아, 알았어. ^^;"

지훈이 녀석은 보나마나 유진이한테 잡혀 살게 뻔하다. 안 봐도 비디오네. ㅋㅋ 지훈이 녀석과 유진이가 먼저 나가자 나머지 녀석들도 따라서 나간다. 나도 나가야 하나?

준이 녀석이 내 손을 덥석! -0- 잡더니 말한다.

"가자. 내가 지켜줄게. ^^"

우웩! 느끼해. >_< 버터 백만 스푼~

공고생들을 따라서 간 곳은 초등학교 운동장. 여기가 싸움의 명당이라고는 들었다. 사람들 눈에도 잘 안 띄고, 소리 질러도 바깥쪽까

지 새어 나가지 않고. -_-;

그곳에는 공고생들 여섯 명이 이쪽을 째려보고 있었다. -_-^ 가운데 녀석만 빼고. 가운데 녀석은 짱이라도 되는지 모자를 푹 눌러쓰고 있었다.

준이 녀석은 나를 자기 뒤로 감추었고, 유진이는 당당하게 지훈이의 옆에 서서 공고생들을 노려보았다. 야야, 무섭잖아. 저쪽은 여섯 명이고, 여긴 다섯 명인데… 유진이가 있으니 걱정없겠다. -_-;

뭐 하는 거야. 설마 싸우려는 건가? 숫자도 많아서 큰 싸움이 일어날 수도 있겠는데.

잠시 후 싸움이 시작됐고, 지훈이랑 아까 그 모자도 싸우기 시작했다. 준이도 싸우러(?) 나가고 나는 그 자리에 웅크려 앉았다.

유진아! ㅠ_ㅠ

"그만 해!!"

o_o 유진이 목소리다. 유진이가 싸움을 다 말리고 웬일이래. 하지만 녀석들은 유진이의 고함에도 아랑곳하지 않고 계속 싸웠다. 그러자 유진이는 한 치의 망설임도 없이 지훈이와 그 모자 녀석 사이로 껴들었다. 안 돼! 유진아, 맞으면 어떡해! 그렇게 지훈이가 걱정된 거니? 그럼 싸우기 전에 말렸어야지. -_-;

난 혹시 유진이가 맞진 않을까 하는 생각에 걱정을 하고 있는데 거짓말처럼 오고 가던 주먹이 멈췄다. 주먹이 멈추는 순간 유진이의 얼굴이 딱딱하게 굳어지면서 모자에게 말했다.

"김유한, 네가 왜 여기 있어?"

유한이? O_O 앞을 보니 유한이와 지훈이가 서로를 노려보고 있고 유진이가 그 가운데 서 있었다. 화가 난 유진은 지훈이와 유한이에게 순서대로 주먹을 날렸다. 유진아, 아직 주먹이 살아 있구나.

"야! 너희들도 그만 해!"

나머지 녀석들의 싸움까지 중단시키는 유진이. 오오~ 정말 대단해. 준이 녀석은 나를 일으켜 자기 뒤로 숨긴다.

뭐 하는 거니. 이 자식아, 좀 비켜봐라. 안 보인다. -O- 녀석은 내 손을 꼬옥 잡고 등으로 가린 채 앞을 못 보게 했다. 내가 자기 애인인 줄 알아.

앞의 상황이 너무 궁금한 나는 고개를 빼꼼이 내밀었다. 그리고 그와 동시에 유한이와 눈이 마주쳤다. 허미! 놀랐네. O_O 놀라서 눈을 끔벅이는 나와는 달리 유한이의 표정은 점점 더 심하게 일그러졌다. 유한아, 얼굴에 주름 생길라.

그 표정 그대로 뚜벅뚜벅 걸어온 유한이는 준이가 말릴 틈도 주지 않고 뒤에 있는 나를 확 잡아끌었다. 준이는 재빨리 유한이에게 주먹을 날렸지만, 유한이 손에 제지되더니 오히려 한 대 맞고 저만치 떨어져 나갔다. 유한이는 다시 내 손목을 잡아끌었다. 이놈아! 너 때문에 내 손목이 남아나질 않겠다.

나는 끌려가지 않으려고 그 자리에서 버티고는 당당히 말했다.

"너 뭐야!! 이거 놔."

녀석의 눈을 보려고 고개를 쳐들었더니 목이 아프다. 내 말에 녀석은 화가 난 듯 내 어깨를 움켜쥐고는 소리를 질렀다.

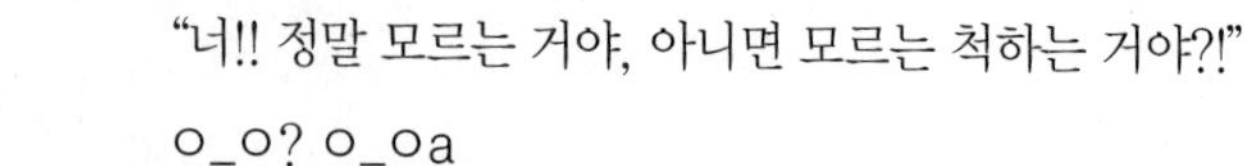

"너!! 정말 모르는 거야, 아니면 모르는 척하는 거야?!"

o_o? o_oa

"내, 내가 뭘······."

유한이는 한숨을 쉬더니 내 눈을 똑바로 바라보며 말했다.

"내가 너 좋아하잖아!!"

헉! o_o 뭐, 뭔 소리야? 내가 계속해서 어리둥절한 표정을 짓자 유한이는 내 손을 꽈악 잡더니 자신의 왼쪽 가슴로 가져가더니 학교가 떠나가라 소리 질렀다.

"너 때문에 내 심장이 터져 버릴 거 같다고!!"

아직 뛰는구만 뭘.

"너 없이는 더 이상 뛸 수 없는 심장이야!!"

허걱! -0- 고백도 무지 터프하게 하네. 그때 준이 녀석이 입 주위의 피를 닦으며 와서는 내 반대쪽 손목을 잡았다. 이게 뭐야. 쪽팔리게. 양쪽 팔이 잡혀 가운데 끼어 가지도 오지도 못하고 너무 우스운 꼴이 되어버렸다. 녀석들아, 알고 있니? 지금 너희들 눈에서 불난다. 어찌나 손에 힘을 주는지 원. 아프다고요. ㅠ_ㅠ 조금 더 힘이 센 유한이가 나를 자기 쪽으로 끌더니,

"꼬맹이는 내 꺼야!!"

한다. 그러자 준이도 질 수 없다는 듯 자기 쪽으로 끌더니,

"누구 맘대로!!"

하는 것이었다. 내가 물건이니? -0-

"이거 놔!!"

나는 단호하게 양쪽 손을 뿌리치고 유진이한테로 달려갔다. 유진이는 나를 안더니 의미심장한 미소를 띠었다. 하지만 그건 100% 잘못된 선택이었다. 한 번 더 생각해 보고 달려올 것을. ㅠ_ㅠ 씨익 웃는 유진이 입에서 나온 말은 모두를 얼리기에 충분했다.

"싸워. ^-^ 싸워서 이기는 사람이 세영이를 갖는다."

이… 이 계집애가 미, 미쳤나. -0-; 미치지 않고서야 어찌 저런 발언을.

"야! 김유진……."

내가 이를 제지하려 하자 유진이는 내 입을 막고는 손을 번쩍 들고 말했다.

"시~작!! ^-^"

저 두 녀석이 설마 진짜로 싸울 건가? 미쳤어, 미쳤어. 둘은 금방이라도 서로를 한 대 칠 듯 싸울 태세를 갖추었다. 우어어엉— ㅠ_ㅠ 하지 마아.

내가 걱정스러운 표정을 짓자 유진이는 몸을 낮춰 속삭였다. 간지러버라. ~(-_-)~

"둘이 싸우다가 다치면 누가 더 걱정돼?"

야! -_- 너 제정신이야? 지금 싸우려는 녀석은 네 동생 김유한이야. 네 동생이 맞으면 어떡할 거야. ㅠ0ㅠ 잘나지도 않은 나를 두고 싸우고 있다. 이게 무슨 괴이한 일인고. 유한이는 그렇다 치고 준이 녀석은 날 안 지 몇 시간이나 됐다고 그러는 건지.

"그런 표정 짓지 마. 준이 오늘 너 처음본 거 아니니깐."

뭐래? ㅇ_ㅇ 이건 또 뭔 소리여!

"지훈아, 그게 무슨 말이야?"

당황한 나 대신 유진이가 물었다.

"저 녀석, 세영이 너 오래전부터 좋아했었어."

내가 원래 인기가 이렇게 좋았나? -_-^

"세진이가 네 동생 맞지?"

우리 세진이를 어떻게 아는 거지? +_+ 궁금해하는 유진이와 나의 마음을 안다는 듯 지훈이는 계속해서 말했다.

"준이 저 녀석, 세진이 써클 직속 선배야. 네가 세진이 학교로 데리러 오는 모습을 우연히 보고, 그때부터 널 쭉 좋아했어. 세진이한테 네 사진까지 뺏구."

"그럼 언제부터 좋아했는데?"

"음… 작년 여름쯤?"

"치~ 그럼 겨우 길어봤자 8, 9개월이잖아."

"9개월이 짧아?"

"내 동생한테 비하면 세발의 피야! 우리 유한이는 초등학교 6학년 때부터 세영이만 좋아했어."

금시초문인데. -_-^

"유한이가 말하지 말라고 신신당부해서 말 안 한 것뿐이지 자그마치 5년이다!"

"그, 그래? 그, 근데 -_-^ 유한이가 네 동생이야?"

"응. -_-;"

　지훈이는 얼떨떨한 표정으로 유진이를 쳐다보았지만 유진이는 왜? 띠거워? -_-+ 라는 표정으로 일관했다. -_- 한참 동안의 눈싸움은 지훈이의 KO패로 끝났고 둘은 다시 싸우는 곳으로 눈을 돌렸다. 바부들아, 말려야지!! 김유진, 유지훈, 한 쌍의 조폭 싸이코 커플이야. >_<

　아직도 싸우고 있네. 너희 둘 이제 그만 하란 말이야. 더 이상 이대로는 안 되겠다 싶어서 있는 힘껏 유진이 품에서 뛰쳐나왔다. 유진이는 전혀 예상치 못했던 일인지 나를 잡으려 했지만 이미 탈출 성공한 나. -_-v

　"세영아!"

　이 계집애! 너 나중에 보자! 나는 달려가 뒤에서 유한이의 허리를 끌어안아 비렸다.

　"유한아, 하지 마. ㅠ_ㅠ 그만 해!"

　나의 울먹임에 거짓말처럼 유한이의 주먹이 멈췄다.

　"김유한! 그만 하란 말야!"

　유한이는 내가 울자 뒤로 돌아서는 몸을 낮춰서 나를 꼬옥 붙들고 물었다.

　"꼬맹이 너 지금 나 택한 거지? 그렇지?"

　"그래. 그러니까 그만 해! 나쁜 놈아! ㅠ0ㅠ"

　녀석은 나를 확 끌어안았다. 캑! -_- 수, 숨 막혀. 그렇지 않아도 많이 울어서 제대로 숨도 못 쉬겠는데 너무 꽉 끌어안는 거 아니니? 사실은 좋아하고 있음. *-_-*

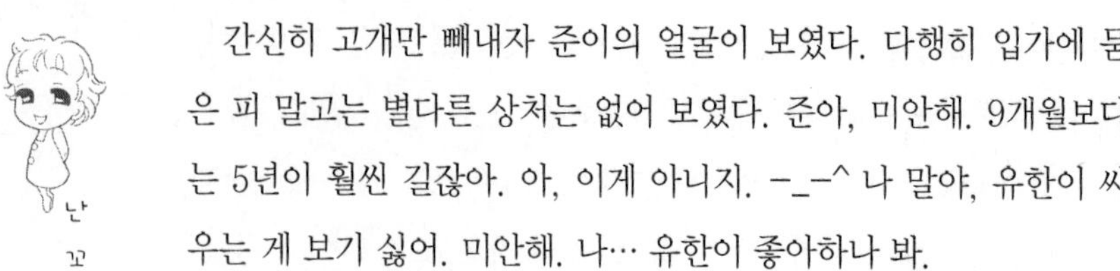

간신히 고개만 빼내자 준이의 얼굴이 보였다. 다행히 입가에 묻은 피 말고는 별다른 상처는 없어 보였다. 준아, 미안해. 9개월보다는 5년이 훨씬 길잖아. 아, 이게 아니지. -_-^ 나 말야, 유한이 싸우는 게 보기 싫어. 미안해. 나… 유한이 좋아하나 봐.

준이가 내 표정을 읽은 걸까? 씨익 웃는다. 그리고는 유한이와 나에게로 다가온다. 설마 유한이의 뒤통수를 치려는 건 아니겠지? 준이는 뒤에 누가 오든 말든 나를 꼭 안은 채로 멈춘 유한이 어깨를 툭툭 쳤다. 유한이는 스르륵 감은 팔을 풀더니 몸을 돌려 준이와 눈을 마주치며 당당하게 말했다.

"내가 이겼어. 이제 우리 꼬맹이 넘보지 마."

하하! -_-; 귀여운 녀석. 내 예상과는 달리 준이는 유한이에게 손을 내밀었다.

"내가 졌어. 하지만!"

유한이 눈빛, 준이 눈빛 이글이글 난리다. -_-^ 이놈들아, 여기 불나면 너희를 방화범으로 신고할 테다. -0- 움하하.

"하지만 세영이 힘들게 하면 그땐 내가 너를 죽도록 패서라도 세영이 꼭 뺏어온다."

자식! 너무너무 멋있자나아~

"걱정 마. 꼬맹이 눈에서 눈물나게 할 일 없어."

하면서 준이가 내민 손을 쳐냈다. -_-^ 유한아, 사과는 받으라고 있는 거야. 안 되겠다 싶은 맘에 유한이 손을 꼬옥 잡았다. 자식, 놀라기는. 반대편 손으로 준이 손을 잡았다. 녀석 역시 흠칫 놀란다. 그리고는 둘의 손을 포개자 빼내려는 기색이 역력했다. 하지만 나는 둘의 손을 더 꽉 잡았다.

내가 한참 동안을 그러고 있자 저쪽에 가만히 -_- 서 있던 싸이코 커플이 걸어왔다.

유진이는 내 볼을 꼬집으면서,

"세영아, 우리 유한이 선택한 거야? ^^"

"야! 놔. -_-+ 넌 내 친구 자격도, 유한이 누나 자격도 없어."

"세, 세영아. ^^;"

"넌 네 동생이 싸우는데 구경하려고 해? 너 나빠. 유한이랑 준이 많이 다치면 네가 책임질 거야? ㅠ_ㅠ"

이런이런. -_-; 감정이 복받쳐서 또 울고 말았다. 그래, 나 울보다. -0-;

"세영아, 내가 잘못했어. 그래도 봐! 둘 다 멀쩡하잖아? 호호~"

-_-^ 유한이와 준이, 그리고 나는 동시에 유진이를 째려보았다. 그래그래, 유진이를 뚫어버리자.

"야~ 너희 우리 유진이 그만 쳐다봐. 닳아. ^^"

우웩! 유지훈!! 재수없어!! 둘이 정말 닭살이야~ 짜증나. >_<

지금 나는 유한이랑 집에 가고 있다. 괜찮다고 해도 굳이 바래다준다길래. ^-^;; 녀석의 손은 정말 차다. 그래도 좋아.

"꼬맹아."

또 꼬맹이라고 하네. -_-^ 쳇! 나보다 어린 녀석이.

“왜에?”

불러주는 것도 행복하다. −_−;;

“고마워.”

“뭐가?”

“나 택해줘서.”

“으응.”

녀석은 그 후로 말이 없었고, 우린 그렇게 한참을 걸었다.

“다 왔다. ^−^”

어색한 침묵을 깨고 내가 겨우 한 말이다. 녀석은 아쉬운 듯한 표정을 짓더니 손을 내밀었다.

“핸드폰 줘봐.”

내게서 핸드폰을 건네받은 유한이는 꼼지락꼼지락 핸드폰을 매만지기 시작했다. 과연 뭘 하는 걸까. −_−; 키가 작아서 안 보인다. 팔짝팔짝 뛰어도 안 보인다. ㅠ_ㅠ 우으으으으~ 키 작은 자의 서러움이여! −0−

“여기~ ^^”

도대체 뭘 한 거야? ㅇ_ㅇ 핸드폰 액정에 초기 문구를 바꿔놓았다.

꼬맹이는 유한이꺼.

아하하. ^−^; 쑥쓰럽게.

“1번 눌러봐.”

1번? 1번은 유진인데. -_-^ 난 잔말없이 1번을 꾸욱 눌렀다.

"여보세요?"

엥? o_o 옆에서 유한이가 받는다. 유진이 번호를 지우고 자기 번호를 입력시켰나 보다.

"나도 해줘~"

"뭘?"

유한이가 자기 핸드폰을 내밀었다. 난 피식 웃음을 지으며 유한이 핸드폰을 만지작거렸다.

유한이는 세영이꺼.

전화번호부 1번이 누굴까? o_o 나도 내 번호로 바꿔야지. 어라? 넌 내 꺼? 혹시 전에 사귀던 여자 친구인가? 슬프네.

"저기 유한아, 1번이 누구야? 지워도 돼? o_o"

하고 묻자 유한이는 핸드폰을 빼앗더니,

"안 돼!!"

라구 말했다. 그럼 난 뭐야. ㅠ_ㅠ 내가 뽀로통한 표정을 짓자 유한이는 자기 핸드폰을 내 눈앞에 갖다 대더니 1번을 눌렀다. 내 앞에서 옛 여자 친구한테 전화를 하겠다는 거야? -0-

♬외로워도 슬퍼도 나는 안 울어♬

어라? -_- 내 핸드폰이 울리네?

"여부세여? ㅠ_ㅠ"

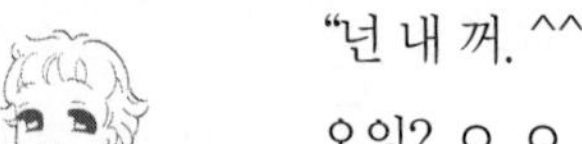

“넌 내 꺼. ^^”

오잉? ㅇ_ㅇ 옆을 돌아보니 유한이가 꽃미소를 마구마구 뿌리며 씨익 웃고 있었다. 정말 볼수록 감동적인 얼굴이다.

그건 그렇고… 뭐야, 1번이 나였어? 그랬던 거야? ㅠ_ㅠ

“나한테 1번은 언제나 너야.”

너 그렇게 멋있어도 되는 거니? 유한이는 마구마구 감동먹은 내 두 손을 꼬옥 잡았다. 그리고는 자기 가슴에 갖다 댄다. 우아, 정말 따뜻하다. 난로 같애. ^-^;

“나… 꼬맹이 너를 보고 있는데 심장이 너무 두근거려. 금방이라도 터질 것처럼. 손이 차가운 사람은 마음이 따뜻하대. 왜냐하면 몸의 따뜻한 기운이 모두 심장으로 몰리기 때문이래. 내 심장 언제나 너를 위해 따뜻하게 해둘게.”

오오오오~ ㅠ_ㅠ 너무 감동적이다. 이렇게 부드러운 말도 할 줄 알고 말야. 내가 녀석의 말에 정신을 못 차리고 있을 때 녀석은 내 볼에 뽀뽀를 쪽~ 하고는 도망가듯 달려가며 말했다.

“진세영! 너 내 꺼다!”

그래, 나 네 꺼다. 그리고 너도 내 꺼다. 에휴~ 왜 이렇게 심장이 두근거리지? 좀 전까지만 해도 멀쩡하던 내 심장이 너무 빠르게 뛴다. 불안해서도 아니고, 달리기를 오래해서 힘든 것도 아니다. 아마 내 심장이 이렇게 빨리 뛰는 건 너와 같은 마음일 테지. 왠지 내일부턴 좋은 일만 있을 거 같아. ^-^

“진세영! 같이 가!”

학교 가는 길, 뒤를 돌아보니 유진이가 달려오고 있다. 아직도 부모님이 안 돌아오셨나? ㅇ_ㅇ 늘 기사 아저씨 차를 타고 다니더니. 흐음.

“세영아! ^^”

“뭐야, 너 나한테 말도 걸지 마. -0-”

“세영아~ ^^ 잘못해떠어.”

“몰라. (__*)”

“너 시누이한테 이래도 되는 거야?”

뭐, 뭐래니. 시… 시누이?

“네가 왜 내 시누이야? -_-”

“너 이제 우리 유한이 꺼라며. ^-^”

내가 띠거운 표정을 짓자 유진이는 내 어깨에 팔을 두르면서 말했다.

“학교 끝나고 딸기 사줄게. ^-^”

누누이 말했듯이 -_- 딸기를 젤 조아하는 나로서는 거부할 수 없는 제안이라고나 할까.

여하튼 우리는 수업이 끝나자마자 곧장 과일 가게로 달렸다. 역시 딸기는 너무너무 맛있어~

“세영아.”

“응? ㅇ_ㅇ”

“우리 유한이 어때?”

계집애~ 뭘 그런 걸 묻고 그래. 몰라몰라. >_<

"부끄러워하기는. ^^"

하면서 또 내 볼을 잡아당긴다. 으으~ 이러다가 나 볼 쭈욱 늘어나는 거 아닌가 모르겠다.

"아참! 유진아."

"응?"

"유한이가 나 좋아한다는 거 언제 알았어?"

"음… 그러니까……."

나는 침을 꼴깍 삼키며 유진이의 입만 뚫어져라 쳐다봤다.

"우리 중1 때니까 유한이는 초등학생이었겠지?"

그렇게 시시하게 말고. 나를 어떻게 해서 좋아하게 됐는지, 도대체 언제 봤는지 그게 궁금하다 이 말이다! 가르쳐 줘. >_<

"그런 표정 지어도 소용없어. 나도 자세한 건 모르니까 나중에 유한이한테 물어봐."

그걸 쑥스럽게 어떻게 물어… 볼 수 있지. ^-^ 그래, 물어봐야겠다. ㅋㅋ 그날 나는 목구멍에 딸기가 차오를 때까지 -_-; 열심히 먹었다.

그렇게 시간은 흘러 어느덧 토요일이 되어버렸다. +_+ 난 이미 고3이기를 포기했기에… 오늘은 유진이랑 시내 나가야지.

"세영아."

"응?"

"오늘 먼저 갈래?"

"왜?"

"오늘 나 지훈이랑……. ^^;"

"그래, 남자 친구 때문에 친구는 눈에 안 보인다 이거지?"

"아, 아니야. ^^;"

"아니긴 뭐가 아니야?"

"우리 세영이 삐친 거야?"

"쳇! 가버려! 가버려! >_<"

"세영아, ^^; 유한이가 오늘 교문에서 기다린대."

"웅?"

"그래도 네가 나랑 놀고 싶다면 어쩔 수 없지."

"아니야. 너 지훈이랑 만나야지. 하하."

"속 보인다~ 진세영. ^^ 남자 친구 때문에 친구를 버리는 거야?"

"몰라몰라. >.<"

"으유~ 우리 세영이 귀여워. ^^"

유한이가 날 기다린다구? 흠, 진작 얘기를 하지. +_+ 아침에 오이 마사지라도 하는 건데. *-_-*

"세영아, 거울 그만 봐~ 안 봐도 예뻐."

"진작 말해 주지 그랬어."

"나도 방금 문자로 받았어. ^^;"

"왜 나한테 직접 말 안 하구?"

"사실 말하지 말랬는데 말한 거야."

"왜 말하지 말랬는데?"

“글쎄? ^^; 놀래켜 주려고 했나 보지. 그러니까 모른 척해야 돼~ 알았지?”

“엉! ^-^”

하루 종일 시계만 본 거 같다. 왜 이렇게 시간이 안 가는지. 한참이 지난 후 학수고대하던 끝 종이 울리고 나서야 나는 두 손을 번쩍 들었다. ^o^

하교 길은 언제나 시끄럽다. 유진이는 지훈이 만난다고 먼저 쪼르르 달려 나가 버리고. 헤헤~ 나도 오늘 유한이 본다. ^o^

근데 왜 저렇게 애들이 몰려 있지? +_+ 무슨 일 있나? 싸움이라도 일어난 건가?

“저기요~ 잠깐만…….”

허걱! ^o^ 뭐, 뭐지? 내 눈에 가득 들어온 것은 열한 명이 나란히 들고 있는 팻말이었다.

진 세 영 보 고 싶 다 빨 리 나 와♡

사태 파악이 되고 나서야 정신을 차린 나는 맨 가운데 유한이가 있다는 것을 알았다. 한 손에는 장미꽃을 들고, 멋있게 정장을 차려 입은 채 나를 향해 꽃미소를 날리고 있었다. ㅠoㅠ 정신 못 차리겠다.

유한이는 나를 발견하고는 천천히 다가오더니 한번 씨익 웃어주고는 덥석 끌어안았다. 헉! 애들도 이렇게 많은데 부끄럽게. *-_-* 사실은 숨 막혀도 좋아.

유한이는 꽃다발을 내게 안겨주더니 손을 내밀었다. 내가 조심스럽게 내민 손을 잡자 유한이가 나지막한 목소리로 말했다.

"꿈만 같아."

"나두."

"꼬맹아."

"응?"

"많이 좋아해."

가슴이 콩닥거린다. *-_-*

"꼬맹이는 나 안 좋아해?"

"(>_<)(>_<)(>_<)(>_<) 나도 유한이 많이 좋아해~♡"

오래도록 이렇게 행복했으면 좋겠다. 영원히 서로 변치 않기를… 믿음으로 서로 의지할 수 있기를.

까아~ >_< 노래방이닷! 유한이는 내가 노래방 좋아하는 것을 알았는지 노래방으로 들어왔다. +_+ 윽! 4시간씩이나. -0- 객! 4시간 동안 어떻게 노래를 부르나. 아줌마도 어색한 웃음을 지으며 '둘이서 정말 4시간??' 이라고 물으셨다.

나는 들어오자마자 노래를 선곡하려고 책을 집었다. 그런데 유한이가 내 손을 제지했다. 흐미~ 또 분위기 이상야릇한 거 아니야? 유한이 녀석은 내 옆에 앉더니 계속 처다보기만 한다.

"꿈만 같아."

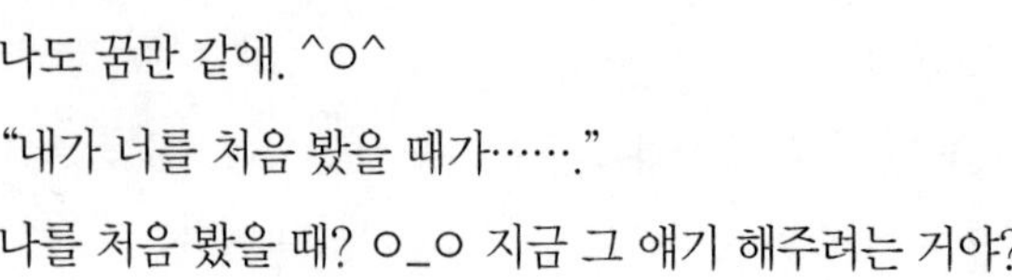

나도 꿈만 같애. ^o^

"내가 너를 처음 봤을 때가……."

나를 처음 봤을 때? o_o 지금 그 얘기 해주려는 거야?

유한 이야기 — 나만의 꼬맹이 3 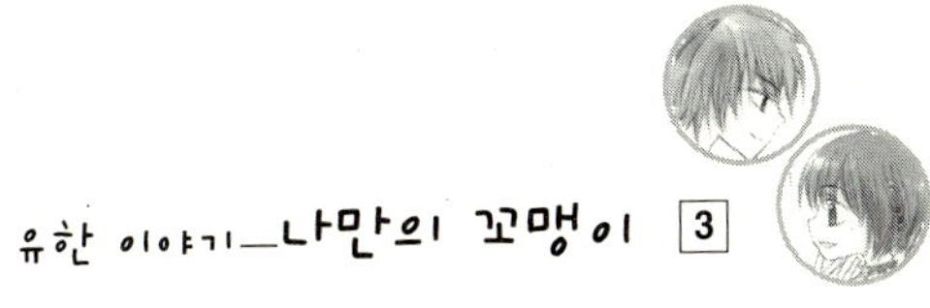

#3 유한 이야기… 나만의 꼬맹이

  나 김유한. 초등학교 6학년. 근데 키가 150㎝밖에 뇌질 않는다. 이오, 짜증나. 남자 키가 이게 뭐냐고! -_- 유진이는 나보다 한 살이 많다. 이제 중1인데 벌써 키가 165㎝이다. 매일 내 밥 **뺏어** 먹고 -_- 나보고 땅콩이라고 놀린다. 누나만 아니었어도. 아오, 겨우 한 살 차이 가지고 누나 티 팍팍 낸다.

  내가 키가 작아서 걱정할 때마다 엄마께서는 걱정 말라고 하신다. 남자는 키가 중학교 때부터 큰다고. 하지만 아무리 생각해도 난 너무 작은 거 같다.

  엄마 170㎝, 아빠 187㎝, 누나 같지도 않은 유진이는 165㎝. 근데 난 겨우 150㎝. -_- 내 친구들은 그래도 160㎝는 된다. 나만 너무

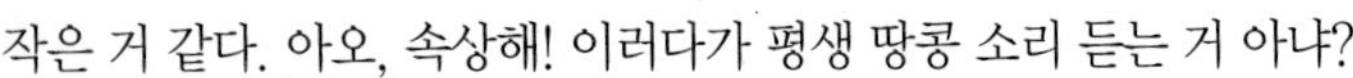

작은 거 같다. 아오, 속상해! 이러다가 평생 땅콩 소리 듣는 거 아냐?

오늘은 유진이가 자기 친구를 데려왔다. 중학교 들어가자마자 사귄 친구라면서 집 구경시켜 주기로 했단다. 야, 우리 집이 무슨 동물원이냐, 구경시키게? -0-

…바로 오늘이 내 인생에서 전환점이 될 줄은 조금도 예감하지 못하고 있었다.

"아, 목말라."

방에 가만히 누워 있는데도 목이 탄다. 어쩔 수 없이 일층으로 내려가야 하는데 내려가기 싫다. 내려가면 유진이 친구가 날 볼 테고 그럼 작다고 웃을 테지. 전에도 한 번 유진이 친구가 와서 나를 보고는 귀엽다고 볼을 꼬집어대서 정말 화가 난 적이 있었다. 난 멋있는 놈이란 말이야!

몰래 살금살금 내려오는데 음… 소파 위에 누군가가 앉아 있다. 유진이는 잠깐 어디 갔나? 보나마나 부엌에서 이것저것 가져오고 있겠지. 나는 계단에 멈춰 서서 그 아이를 쳐다봤다. 둔한 건지 내 시선을 받고도 꿈쩍을 안 한다. -_-^ 거기서 내가 안 보이나. 눈에는 쌍꺼풀이 없는 듯 보이나 작은 눈은 결코 아니다. 아니, 오히려 크다고 하는 편이 훨씬 가깝다. 작은 몸집에 피부는 나처럼 뽀얗다. 좀 어리버리하게 보이기도 하고 귀여운 구석도 있는 것 같네.

갑자기 이쪽을 보더니 씨익 웃는다. 헉! 뭐, 뭐지? 왜 웃는 거야? 나를 본 건가? 정말 예쁘다. 웃는 모습이 너무너무 예쁘다……

"김유한! 여기서 뭐 해?"

"응? 아, 아무것도 아니야!"

유진이의 등장에 놀란 나는 다시 이층으로 올라가 버렸다. 그러고 보니 나를 본 게 아니라 유진이를 본 거였나 보다. 계단이 부엌 바로 옆에 있다. -_-^ 아, 근데 왜 이렇게 심장이 두근거리지? 조금 전의 그 애가 자꾸만 생각이 난다.

저녁에 되었는데도 갈 생각을 안 한다. 자고 가려는 건가? 아, 씨발. -_- 목말라 죽겠네. 차라리 방으로 들어가든지 거실에서 무슨 할 말이 저렇게도 많은 거야. 짜증나네.

"세영아, 우리 이제 그만 방으로 들어가자. ^^"

진작에 그럴 것이지. 그나저나 저 아이 이름이 세영인가 보다. 유진이 친구면 나보다 누나인가? 칫~ 누나는 무슨 누나.

유진이랑 세영이란 애가 방으로 들어가자 나는 재빨리 나와서 물을 마셨다. 이제야 좀 살 거 같다. 물을 마시고 다시 이층으로 올라오는데… 무슨 소리지? 유진이 방에서 말소리가 들린다. 비밀 얘기 같은데 크게도 말하… -_-^ 왜 엿듣냐고? 엿듣는 거 아니다. 그냥 들려서 듣는 것뿐이다.

"세영아~ 넌 어떤 남자가 좋아?"

칫. -_- 유치하게 남자 얘기다. 근데 저 애는 어떤 스타일을 좋아할까?

"난 키 큰 사람이 좋아. ^-^"

망치로 머리를 얻어맞은 기분이다. -_-^ 키 큰 남자라… 세영이

란 아이는 뭐가 좋은지 계속해서 주저리주저리 말을 늘어놓기 시작했다.

"귀엽게 생겼으면서 싸움도 잘하고, 무뚝뚝하면서도 가끔은 부드러운 말을 할 줄 아는 남자. 피부가 하얗고 뽀얀 사람~ 그리구… 그리구."

그리구?

"나를 꼬맹이라고 불러줬음 좋겠어. ^-^"

꼬… 꼬맹이? -_-

"웬 꼬맹이?"

"왠지~ 내가 보호받는 기분이잖아. ^-^"

"너답다~ 귀여워. ^^"

"헤헤."

꼬맹이? 하하. 꼬맹이라… 기다려라. 널 내 꼬맹이로 만들 거야.

그날부터 내 주식은 우유와 콩나물이었다. 아침, 점심, 저녁에 우유 한 개씩 꼭꼭 챙겨 먹었다. -_- 사실은 우유를 별로 좋아하지 않는다.

"네가 우유를 다 먹고 웬일이야?"

유진이 아침부터 또 시비다.

"조용히 해. 나 키 클 거야."

부지런히! 너무나도 부지런히 우유를 마셨다. 하도 먹어서 이제는 우유만 봐도 쏠린다. -_- 더 이상 못 먹겠다. 그런데 이상하게 그런 생각을 할 때마다 세영이가 한 말이 자꾸 떠올라서 나는 우유를 계속

마셨다.

"나는 키 큰 사람이 좋아. ^-^"

까짓거 180㎝을 훨씬 넘어주지.

오늘은 유진이가 소풍 가는 날이라면서 김밥을 싼다. 우리 엄마는
뭐가 그리 좋은지 아줌마 옆에서 김밥 싸는 걸 보고 있다. 우리 아줌
마는 기사 아저씨랑 부부다. 엄마 아빠가 여행을 가시면 두 분께서는
휴가를 가신다. 낼 엄마 아빠가 여행을 가신다고 하니 두 분께서도
또 휴가겠지. -_- 돈이 푸졌다, 돈이 푸졌어.
　학교에 가서도 계속 우유만 마셨다. -0- 이렇게 하고도 키 안 크
기만 해봐라. 키를 재보니 5㎝ 컸다. 155㎝. 내 목표는 185㎝나. 꼭
크고 말거야. 그래서… 꼭 네 앞에 당당히 나타날 거야.
　집에 돌아오니 유진이가 거실 식탁에 사진을 널브러 놓고 배시시
웃고 있다.
　"어이~ 땅콩 왔나?"
　저게. -_-+
　"야, 너 나한테 땅콩이라고 부르지 마!"
　"어쭈~ 이게 누나한테. -_-"
　"겨우 한 살 가지고."
　유진이가 갑자기 보던 사진을 놓더니 어디론가 달려간다. 화장실

가나? 가방을 내려놓고 사진을 보았다. …세영이도 있다. 유진이랑 꼭 안고 찍었는데, 이 녀석도 어지간히 작다. 귀엽네. 필름을 형광등 불빛에 비쳐봤다. 세영이의 독사진이 있었다. 나는 필름을 호주머니에 넣고 스르르 일어났다. 잠시 후 유진이가 필름이 없어졌다며 소파를 뒤지고 난리다

나는 당장 사진관으로 달려가 그 사진을 아주 크게 확대시켰다. 그리고 작은 걸로도 몇 장 뽑았다. 고마움의 표시로 유진이 방에 몇 장 놓고, 나머지는 방으로 가져와 벽에 붙였다. 그리고 유성 사인펜으로 +내 꼬맹이♡+ , +내 꺼+라고 적고 옆에 사인도 해두었다. 침대에 누워서 사진을 보고 있노라니 잠이 슬슬 온다. 으흠~

허걱!! 뭐야!!

내가 잠깐 잠든 사이 유진이가 내 방에 들어와서 벽을 보고 웃고 있다.

"야!"

유진이 어찌나 웃어댔는지 −_− 얼굴이 불타는 고구마 같다.

"야! 왜 남의 방에 함부로 들어와?!"

"풋, 너 세영이 좋아해?"

이런, 제길. −_−^

"아, 아니야!"

"아니긴 뭐가 아니야~"

"…하지 마."

"뭘?"

“세영이한테는 말하지 말라고.”

“큭, 그럼 대신 조건이 있어. ^^”

왠지 씨익 웃는 모습이 꺼림칙하다. ㅡ_ㅡ

“뭔데?”

“누나라고 불러봐. ^^”

“뭐?! ㅡ_ㅡ”

“싫음 말고~ 세영이네 전화번호가…….”

“아, 알았어! …누, 누나.”

누나라는 말은 죽으라는 말보다 더 싫었다. ㅡ_ㅡ^ 하지만 나는 그렇게 어이없이 누나라는 말을 하고 말았다. 이번만은 참는다. 왜 세영이한테 말하지 말라고 했냐고? 아직 안 컸으니까. 키카 클 때까지는 비밀로 해야 하니까. 내 꼬맹이로 만들 때까지는 비밀로 할 거니까.

드디어 중학교 3학년이 되었다. 하하! 키가 180㎝가 되었다. 그동안 우유를 열심히 먹은 보람이 있다. 기분이 날아갈 거 같다! 내가 우유를 먹고 토하려고 할 때마다 유진이, 아니, 누나가 세영이 사진을 하나씩 내 방에 붙여주며 용기를 불어넣어 주었다.

꼬맹아, 기다려라. 내가 네 앞에 서기 전까지는 그 어떤 사람과도 사귀면 안 돼.

누나는 세한 고등학교에 입학을 했다. 그리고 나의 꼬맹이 세영이 역시 세한 고등학교에 입학했다.

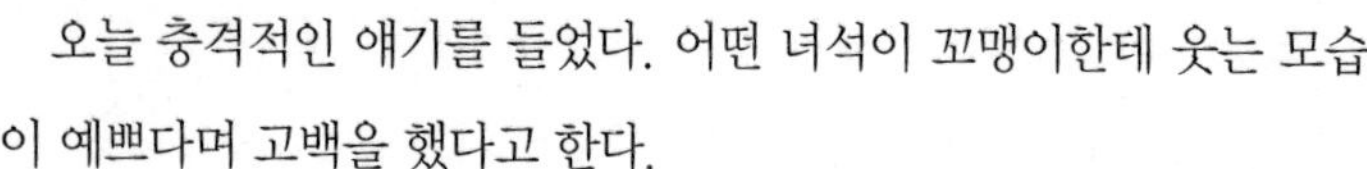

오늘 충격적인 얘기를 들었다. 어떤 녀석이 꼬맹이한테 웃는 모습이 예쁘다며 고백을 했다고 한다.

씨발. 그걸 이제야 알았냐? 하지만 꼬맹이는 내 꺼다. 건들지 마라. 내가 꼬맹이 때문에 얼마나 힘들었는데.

나는 당장 그 녀석을 찾아내 우리 꼬맹이 좋아하지 말라고 경고했다. 지독하게도 말을 안 듣길래 몇 대 때려줬다. 그런데도 잘 안 먹힌다.

"우리 세영이 좋아하면 네 교과서 다 불태워 버린다."

역시 모범생답게 책을 태운다니까 순순히 물러난다. 나쁜 새끼. 우리 꼬맹이가 교과서만도 못하다는 거냐? 괜히 생각할수록 화가 나서 몇 대 더 때려줬다.

꼬맹아~ 뭐가 그리 급해. 조금만 기다려. 오늘도 나는 우유를 마신다. 또 넘어오려고 하자 누나가 꼬맹이 사진을 눈앞에 갖다 댄다. -0-! 하마터면 꼬맹이 사진에 하얀 국물 뿌릴 뻔했다.

드디어 나도 고등학생이다!! 하지만 세한 고등학교에 입학하지는 않았다. 멍청한 건 아니지만 공부가 싫다. 엄마와 유진이가 어찌나 반대를 하던지 며칠 동안의 설득 끝에 겨우 진명 공고에 진학했다. 맘 같아선 세한 고등학교에 가서 매일매일 꼬맹이를 보고 싶었지만 그렇게 되면 유진이와 남매라는 게 밝혀질 거 같아서 그냥 공고에 진학했다. 근데 정말 짜증난다. -_-^ 온갖 계집애들이 다 달라붙는다.

입학식 날 교실에 앉아 있는데 갑자기 어떤 계집애가 쪼르르 달려 오더니 나를 빤히 쳐다봤다. -_-^ 뭐야. 내 얼굴에 뭐 묻었냐? 그 계집애는 내 옆구리를 쿠욱 찌르며 한마디 했다.

"찜!"

그러고는 저만치 달아난다. 찜? 찜 같은 소리 하고 있네. 내가 달걀찜이냐? 나한테는 꼬맹이밖에 없다고. 근데 이 계집애들 도무지 떨어지질 않는다. 발렌타인 데이? 집 앞까지 찾아와서 초콜렛을 주고 간다. 이걸 다 먹었다간 내 이가 모조리 썩겠다 싶어 유진이 줘버렸다. 14일마다 무슨 데이라고 하는데 암튼 14일만 되면 학교 가기가 싫어 땡땡이를 치곤 했다.

오랜만에 키 좀 재볼까? 183㎝. 흠, 거의 목표 달성이다. 이젠 더 이상 크지 않아도 된다. 이 정도면 충분하다. 우리 꼬맹이의 키가 160㎝ 조금 못 된다고 하니까. ^^

내가 이 피부 안 태우려고 얼마나 고생했던가. 하얀 피부가 좋다는 꼬맹이 말에 난 여름에 내내 썬크림이라는 걸 바르고 다녔다. 덕분에 친구들한테 야유까지 받았다. 하지만 계집애들은 더 좋아하더군. 까맣게 그을려 버리고 싶을 때가 한두 번이 아니었다. -_-;; 특히 선배라는 명목으로 내 얼굴을 쓰다듬는 것들 때문에 더 더욱 고생했다.

고등학교 2학년. 난 어느새 꼬맹이가 말한 남자가 되어가고 있었다. 얼마나 많은 노력을 했던가. 이제 슬슬 꼬맹이한테 접근을 해야겠다. 엄마 아빠가 여행을 가셔서 아줌마도 휴가 가셨다. 난 유진이가 배고파지길 바라며 냉장고에 있는 음식을 모조리 꺼내 버렸다. 아깝긴 했지만 그래야만 주말에 세영이가 우리 집에 오기 때문이다. 유진이가 배고프기만을 기다리는데 친구 녀석들이 보자고 한다. 곧 있으면 우리 꼬맹이가 올 텐데.

옷을 찾아 입기 귀찮아서 그냥 교복을 걸쳐 입고 밖으로 나갔다. 조금 있으면 틀림없이 배고픈 유진이가 꼬맹이를 부를 테니 빨리 갔다 와야지.

"왜 불렀어?"

"야~ 얼굴 보는데 꼭 이유가 있어야 하냐?"

매일 보면서 무슨.

"용건있음 빨리 말해."

"저… 사실 쟤가 너 좀 만나게 해달라고 해서……."

녀석의 말이 끝남과 동시에 상고 교복을 입은 계집애가 하나 오더니,

"김유한, 우리 사귀자."

한다. 나참, 어이가 없어서.

"난 너같이 싸가지없게 생긴 애 정말 싫다."

라고 말하자 얼굴이 빨개진다. 나한테는 진세영 우리 꼬맹이 하나뿐이라고.

"난 정지윤이야!"

"그래서?"

"나 너 좋아해."

"난 좋아하는 사람 있어."

얼굴이 붉으락푸르락하더니,

"그래도 넌 내가 찜했어. 꼭 나를 좋아하게 될 거야."

차라리 말을 말자.

"야! 가자."

친구들을 데리고 돌아섰다. 집으로 오려는데 저 멀리서 꼬맹이가 걸어온다. 옆으로 스치는데 꼬맹이가 나를 쳐다보는 거 같았다. 내 얼굴에 뭐가 묻었나? 꼬맹이의 시선에 나도 모르게 얼굴이 빨개졌다. 그렇게 스치기가 너무 아쉬웠기에,

"꼬맹아!"

대답을 안 하네~

"야! 꼬맹아!!"

그제야 스르르 돌아보는 꼬맹이를 보고, 난 혼자서 발걸음을 돌렸다. 점점 다가갈수록 꼬맹이의 표정이 변한다. 내가 무서운가? 겁먹은 표정이네.

"저, 저요? o_o"

"그럼 여기 너 말고 꼬맹이가 또 있냐?"

놀란 토끼 눈을 하고 나를 빤히 쳐다본다. 으~ 귀여워. 꼬맹이가 나를 계속 쳐다본다.

"이렇게 추운데 그렇게 입고 다니면 춥잖아. ^-^*"

나도 모르게 얼떨결에 한 말이다. 그리고는 목도리를 풀어 목에 감

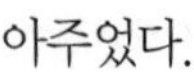

아주었다.

"저… 아세요? o_o"

하면서 큰 눈을 깜박거린다. 풋. 당연히 알지. 내가 어떻게 너를 모를 수 있겠니.

"응! ^-^*"

간단하게 대답을 해주고는 돌아서는데 금방이라도 심장이 터져 버릴 것 같았다. 이게 꼬맹이와 나의 두 번째 만남이었다.

그렇게 한참 동안 밖을 돌아다니다가 집에 들어가려는데 친구들이 나이트를 가자고 한다. -_-^ 피곤한데 무슨 나이트야. 하지만 결국은 녀석들의 힘에 이끌려서 가고 말았다.

쳇. 고등학생인데 신분증 검사도 안 하고 들여보내 주네. -_- 엄청 시끄럽다. 그냥 술이나 마셔야겠다. 조용히 술만 마시려는데 여자들이 자꾸 집적댄다. -_-^ 술 냄새, 화장품 냄새, 향수 냄새가 머리를 더 지끈거리게 했다. 우리 꼬맹이한테는 산뜻한 비누향이 나는데. 꼬맹이를 생각하자 갑자기 웃음이 나왔다.

그런데 그때 나는 믿을 수 없는 광경을 보았다. 저게 뭐야. 김유진 또 왔나? -_-^ 고등학생을 저렇게 함부로 들여보내도 되는 건가? 예쁘면 뭐든 다 된다는 말을 실감했다. 김유진, 인정하기는 싫지만 뭐, 저 정도면 꿀리진 않으니까. 헉! 꼬맹이?! 유진이 옆에는 분명 작은 꼬맹이가 서 있었다. 둘이서 아주 스테이지를 비빈다. -_-^

나도 모르게 스테이지에 쪽으로 가고 있었다. 그때 갑자기 어떤 새끼들이 스테이지로 올라가더니 유진이와 세영이를 더듬는다. 씨발.

눈에 아무것도 보이질 않는다.

"야! 그 손 못 치워?!"

나는 이성을 잃은 채 무작정 올라가 변태 새끼의 면상을 갈겨주고, 꼬맹이 손을 잡아끌고 나왔다. 유진이는 가만히 두어도 아마 알아서 저 변태 녀석을 반쯤 죽여놓을 테니. −_−^ 굳이 구해주지 않아도 될 거 같아서 꼬맹이만 끌고 나왔다. 유진이가 부르는 소리가 들렸지만 모른 척 그냥 나와 버렸다. 휴⋯ 미치겠네. 꼬맹이를 보니까 화가 난다.

"누구시죠? 아픈데⋯ 이것 좀 놓고 말하면 안 될까요? ㅠ_ㅠ"

진세영, 겨우 그 정도였어? 나는 화가 난 채로 세영이의 어깨를 꽉 움켜잡았다. 놀란 눈으로 쳐다보는 걸 보니⋯ 나를 기억 못하는 거 같다.

"꼬맹이 네가 왜 거기에 있는데!!"

나도 모르게 꼬맹이한테 화를 버럭 냈다. 그제야 꼬맹이는 나를 알아보는 듯했다. 천천히 눈을 들어 내 얼굴을 빤히 쳐다보더니 서서히 입을 연다.

"저⋯⋯ 읍!!"

꼬맹이의 목소리에 나는 그녀의 입술을 훔쳐 버렸다. 향긋한 내음이 코끝을 간지럽히는 것 같았다. 그런데 갑자기 꼬맹이가 나를 밀쳐내더니 내 뺨을 쳤다. 아프다기보다는 당황했다.

아니, 아마도 꼬맹이가 받아들였더라면 더 화가 났을지도 모르지. 잘 알지도 못하는 남자와 키스를 한다는 건 말도 안 되니까. 뿌리쳐

줘서 고맙다, 꼬맹아…….

당황한 듯한 꼬맹이는 택시를 잡아타고 가버렸다. 사과를 해야겠다는 생각에 몇 번이나 전화를 걸었지만 꼬맹이는 전화를 받지 않았다.

그날 집에 가서 유진이한테 욕 진창 먹었다. -_-^ 내일 세영이한테 물어봐서 나쁜 짓 했음 죽여 버린댄다. 키스했다고 하면 정말 죽일 거다.

"너 키스라도 했음 죽어!"

그래, 죽여라. 쩝. -_-

다음날—

집에 조금 일찍 들어갔다. 허걱! 세영이가 우리 집에 와 있었다. 유진이를 기다리는지 안방을 뚫어지게 보고 있네. 어떻게 꼬맹이한테 들키지 않고 이층에 올라가지? 에라, 모르겠다. 무조건 뛰자! 이, 이런! 재빨리 이층으로 올라가야겠단 생각에… 넘어졌다.

아프다기보단 꼬맹이가 보고 있다는 사실이 쪽팔렸다. 아픔을 느낄 새도 없이 벌떡 일어나 방으로 들어갔다. 방에 들어가 빼꼼이 밖을 내다보다가 세영이랑 눈이 마주쳐 버렸다. 허걱! -0- 놀라서 문을 쾅 소리가 날 만큼 세게 닫아버렸다. 진세영, 너 때문에 내가 아주 미쳐 버리겠다.

수요일.

친구 녀석들이 시내 나가잔다. -_-^ 정말 안 가려고 했는데 그 지

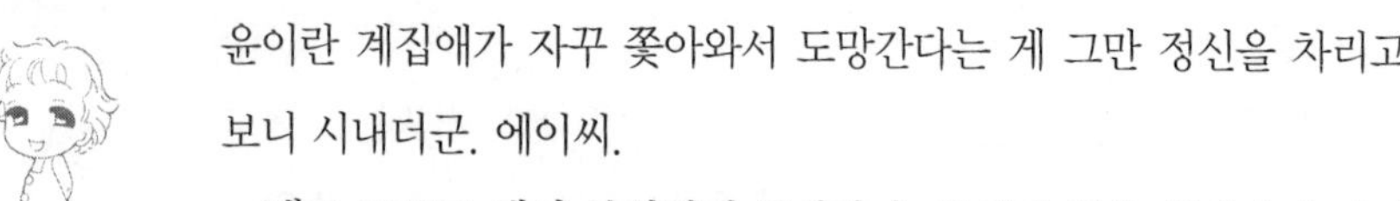

윤이란 계집애가 자꾸 쫓아와서 도망간다는 게 그만 정신을 차리고 보니 시내더군. 에이씨.

배도 고프고 해서 분식집에 들어갔다. 분식집 문을 열자마자 어떤 여자 아이가 문 쪽을 쳐다본다. 꼬맹이?! 꼬맹이는 어떤 남자와 같이 있었다. 꽤 괜찮은 마스크다. 하지만 남자의 육감으로 봤을 때 완전 선수 분위기가 물씬 풍긴다. 맘에 안 들어. 무심결에 나도 모르게 꼬맹이한테 목도리를 달라며 화를 냈다. 나참. -_-^ 내가 생각해도 쫀쫀하게 굴었다. 이게 아닌데. 녀석이 꼬맹이한테 내가 남자 친구냐고 묻는데 꼬맹이는 절대 아니라고 바득바득거린다. -_-! 나도 알아! 쳇.

오늘따라 휘어진 숟가락이 기분 나쁘다. 애꿎은 친구 녀석들한테까지 숟가락을 다 펴놓으라고 어이없는 히스테리까지 부렸다. 김유한 스타일 완전히 구겨지네.

한참 뒤 둘이 나란히 일어서는데 정말 신경 쓰인다. 그래서 나도 모르게 따라가고 말았다. 그런데 앞만 보고 잘 가던 꼬맹이가 갑자기 휙 돌아선다! 나 역시 뒤로 돌다가 전봇대에 헤딩. -_-; 아, 씨발. 김유한 인생 끝내주네, 진짜! 놀란 친구 녀석이 얼른 뛰어와 휴지로 코피가 나는 것을 막아줬지만 그 사이에 꼬맹이가 사라져 버렸다. 이런, 제길! 느낌이 별로 안 좋다. 나는 당장 유진이에게 전화를 걸었다.

[김유한 왜?]

전화를 왜 저렇게 받을까. -_-^

"세영이 잘 가는 데가 어디야?"

[무슨 소리야?]

"시내 나오면 주로 가는 데가 어디냐고!"

왜 말 길을 못 알아들어! 나도 모르게 화를 버럭 냈다.

[노, 노래방 아니면… 비디오방?]

전화를 끊자마자 주위를 둘러보았다. 아오! 씨발, 노래방과 비디오방 천지다.

"야! 너희 이 근처에 있는 노래방이랑 비디오방 다 뒤져! 아까 그 여자애 봤지? 조그맣고 귀엽게 생긴 애 무조건 찾아. 알았어?"

아무리 뒤져도 보이지 않는다. 제기랄. 수십 군데를 빠른 속도로 뒤지면서 점점 애가 탔다. 꼭 무슨 일이 일어날 것만 같은 불길한 예감. 제발 꼬맹이가 있기를 바라며 맞은편 비디오방으로 올라갔다. 어디 있냐, 진세영.

지나치려는 순간이었다. 미세하게 누군가가 부르는 듯한 느낌이 들었다. 꼬맹이다! 나쁜 새끼!! 저럴 줄 알았어. 우리 꼬맹이를 덮치려고 하다니. 문을 열려고 하는데 안에서 잠겼는지 열리지가 않는다. 꼬맹이 목소리가 들리는데. 에라, 모르겠다 싶어 옆에 있는 의자를 들어 유리창을 깨버렸다. 아줌마가 뭐 하는 짓이냐며 난리다. 씨발! 돈 주면 될 거 아니야! 지갑을 던져 버리고 방으로 뛰어들었다. 녀석은 놀라는 듯했다. 녀석, 싸움 좀 하나 본데?

헉! 이건 뭐야. 우리 꼬맹이 옷을 찢었어?! 교복 재킷을 벗어 꼬맹이 몸에 덮어주고는 녀석을 향해 주먹을 날렸다. 감히 이 김유한을

뭘로 보고. 꼬맹이는 두 눈을 꼭 감고 있었다. 녀석을 한 방에 눕혀 버리고 꼬맹이를 데리고 나오는데, 씨발. 다 보이잖아. 차라리 업기라도 해야겠다는 생각에 꼬맹이 앞에 등을 대고 무릎을 꿇었는데 나를 이상한 눈으로 본다. -_- 업히기 싫은 건가?

"너 지금 다 보이는데 그러고 갈 거야?"

이 한마디에 순순히 업힌다. 쿡. 귀여운 것. 왜 이렇게 가벼워? 보기에는 약간 통통한데 너무 가볍다.

"저기… 매번 도와줘서 고마워. 이름이 뭐야?"

그걸 이제야 물어? -_- 대답을 하려는데 목구멍에 걸려 딴말로 변형된다.

"꼬맹, 조용히 하고 있어. 말하면 무거워."

헉! 이게 아닌데. -_- 꼬맹이는 무안했는지 내 등에 얼굴을 묻었다. 야, 그럼 내가 걸을 수가 없잖아. 이놈의 빌어먹을 심장이 또 마구 뛴다.

꼬맹이를 공원 벤치에 내려놓고선 옷을 여미어주고 명찰로 고정을 시켰다. 그 후 기다리라는 말을 하고는 달렸다. 상고 새끼들 치러갈 때 이후로 이렇게 빨리 달린 적이 처음이다. -0-

"김유진, 옷 가지고 나와!"

집까지 달려가 유진이를 끌고 나왔다. 얼떨떨한 표정을 짓고 있길래 대충 설명해 줬더니 얼굴이 붉으락푸르락해진다. 그러게 그런 늑대 새끼랑 단둘이 보내래? 옷을 가지고 후닥닥 뛰어나가는 유진이를 보고 있자니 그 녀석 저승 갈 준비해야겠다. -_-

　꼬맹이 때문에 밤잠을 설치다가 겨우 잠이 들었는데 누군가가 내 방에 있는 거 같다. 밖이 좀 밝은 걸로 보아 아침이긴 한데… 유진인가? 눈을 슬며시 떠보니… 헉! 꼬맹이가 왜 내 방에 있지? 어제 우리 집에서 잤나? 미치겠네, 진짜. ―_― 벽에 붙은 자신의 사진을 보고 뭐라뭐라 하는데. 아오, 창피해. 두근두근. 꼬맹이가 천천히 다가온다. 지금 팬티만 입고 있는데.

　"저기… 이, 일어나. ―_―;"

　깨우러 온 건가? 개미 목소리도 그것보단 크겠다. ―_― 자꾸만 빤히 쳐다보는 꼬맹이의 시선에 자는 척하면서 몸을 반대쪽으로 돌려 버렸다. 그랬더니 날 따라서 자기도 반대쪽으로 온다. 이걸 어떡해. 이젠 내 볼을 쿡쿡 찌른다.

　"김유한 일어…….."

　에라, 모르겠다! 내 볼을 쿡쿡 찌르는 꼬맹이의 손목을 잡아당겼다. 쿵 하는 소리와 함께 털썩 앉는 소리가 들리는데 무릎이 찍힌 거 같다. ―_―; 무지 아프겠네. 미안. 아프다는 말도 없이 계속 쳐다보는 꼬맹이의 시선에 얼굴이 화끈거려서 미치겠다. 안 되겠다 싶어 눈을 번쩍 떠보니 역시나 나를 뚫어져라 보고 있었다. 무슨 말이라도 해야 할 텐데.

　"꼬맹아… 나 뚫어지겠어."

　"하하. ^-^; 이제 그만 일어나는 건 어떠니."

　어쭈, 제법인데. ―_―

“일어나. 학교 가야지이~ ^-^;”

할 수 없다! 잠꼬대인 척하는 수밖에. 난 다시 잠든 척 세영이를 끌어당겨 침대 위로 올렸다. 그리고는 꼭 끌어안아 버렸다. 심장이 또 터질 것처럼 뛴다. 세영이의 작고 귀여운 얼굴이 내 맨 가슴에 묻혀 있다. 야, 숨 쉬지 마라. 네 입김이 내 가슴에 닿을 때마다 심장이 터져 버릴 것만 같단 말이다.

첨엔 바둥거리던 꼬맹이가 조용해지면서 쌔근쌔근하는 숨소리가 들린다. 자나? 풋. 자네. 귀엽다. 꼬맹이 볼에 뽀뽀를 하고는 일어나 교복을 입고 메모를 썼다.

꼬맹아… 나 심장 터져 버릴 것 같다.

그냥 나갈까 하다가 저대로 두면 오늘 내내 잘 거 같아서 목소리를 가다듬고 불렀다.

“야… 꼬맹아, 일어나.”

깜짝 놀라 벌떡 일어난 꼬맹이는 민망한지 어쩔 줄 몰라 했다.

“깨우러 왔으면 깨워야지. 자면 어떡해. 꼬맹이 너 때문에 나 지각하겠어.”

“저기… 난 깨웠어. 근데 네가……. -_-;”

“알았어. 난 학교 간다.”

정말 하는 짓이 왜 이렇게 귀여운지 모르겠다.

벌써 10시. 너무 많이 늦었다는 생각에 급하게 가고 있는데 뒤에서 누군가가 큰 소리로 날 부른다. 돌아보지 말 것을. -_- 지윤인가 뭔가 하는 애다. 쟤는 학교도 안 가고 남의 학교 앞에서 뭐 하는 건지.

"유한아~ 나 너 기다렸어."

"네가 나를 왜 기다려. -_-"

"좋아하니까."

어이없다. -_- 날라리 같은 분위기가 폴폴 풍기는 게 영 짜증난다.

수업이 끝나 집에 가려고 나오니 또 교문 앞에서 기다리고 있다. 아! 짜증나. 친구한테 모자를 뺏어 쓰고 뒷문으로 돌아 시내로 도망갔다. 김유한 체면이 이게 뭐야. 그까짓 계집애 때문에 도망이나 다니고 한심하다, 한심해. 그때 친구 녀석이 숨을 헐떡이며 달려왔다.

"유한아, 두산 선배가 오래."

"왜 또."

"상고 지훈이랑 준이! 시내에 떴대!"

오호라. 지훈이랑 준이가 떴다 그거지? 유지훈. 박준. 오늘 작살 내주마.

애들을 불러 모으고 싸움의 명당으로 향했다. 이 날을 얼마나 기다렸던가.

어라? -_-^ 여자를 끼고 오네? 멀고 어두워서 잘 보이지는 않지만 분명 여자도 온다.

잠시 후 싸움이 시작됐다. 유지훈은 여전하군. 녀석에게 주먹을 날리려고 할 때였다.

"그만 해!!"

-_- 이건 유진이 목소린데? 그와 동시에 내 눈은 준이 녀석에게로 향했다. 준이 녀석 뒤로 한 여자애가 숨어 있는 거 같은데… 유진이가 여기 있으면 혹시……. -_-;

그 여자애가 고개를 빼꼼이 내민다. 진세영 네가 왜 또 여기 있는 거야! 뚜벅뚜벅 걸어가 꼬맹이 손을 휙 낚아채 끌고 가려는데 안 가려고 버틴다.

"너 뭐야!! 이거 놔."

"너!! 정말 모르는 거야, 아니면 모르는 척하는 거야?!"

정말 아무것도 모르겠다는 표정으로 나를 빤히 보고 있는 꼬맹이를 보고 있으려니 화가 치밀어 올랐다.

"내, 내가 뭘……."

"내가 너 좋아하잖아!!"

계속해서 큰 눈만 깜박거린다. 아우씨. 난 꼬맹이의 손을 내 심장으로 가져갔다.

"너 때문에 내 심장이 터져 버릴 거 같다고!! 너 없이는 더 이상 뛸 수 없는 심장이야!!"

당황한 듯한 꼬맹이의 표정 뒤로 갑자기 준이 녀석이 오더니 꼬맹이 반대쪽 팔을 잡는다. 한참 동안 실갱이를 벌이는데 꼬맹이가 빠져나가서는 유진이한테로 가버렸다. 그리고는 유진이의 충격적인 발언이 이어졌다.

"싸워. ^-^ 싸워서 이기는 사람이 세영이를 갖는다."

아무리 생각해도 내 누나가 아닌 거 같다. -_- 그래, 얼마든지 싸우지. 싸우는 건 자신있어. 녀석, 아까보다는 잽싸다. 하지만 넌 꼬맹이를 가질 수 없어. 왜냐하면 꼬맹이는 내 꺼니까. 잠시 딴생각을 한 사이에 녀석에게 한 대를 내주고 말았다. 제기랄.

그런데 그때였다. 뭐지? 갑자기 뒤에서 자그마한 무언가가 내 허리를 끌어안았다. 그리고 내가 세영이라는 것을 알아챔과 동시에 떨리는 그녀의 목소리가 들려왔다.

"유한아, 하지 마. ㅠ_ㅠ 그만 해!"

꼬맹아…….

"심유한! 그만 하란 말야!"

울먹이는 꼬맹이의 목소리가 뚜렷하게 들려왔다. 하하… 하하! 나는 뒤돌아 꼬맹이를 쳐다봤다.

"꼬맹이 너 지금 나 택한 거지? 그렇지?"

"그래. 그러니까 그만 해! 나쁜 놈아! ㅠ0ㅠ"

너무 기쁜 마음에 꼬맹이를 와락 끌어안아 버렸다. 숨 쉬기 버거운지 캑캑대는데 놓아줄 수가 없다. 그때 누군가가 내 어깨를 툭툭 쳤고 그것은 예상대로 준이 녀석이었다.

"내가 이겼어. 이제 우리 꼬맹이 넘보지 마."

"내가 졌어. 하지만!"

하지만 뭐!

“하지만 세영이 힘들게 하면 그땐 내가 너를 죽도록 패서라도 세영이 꼭 뺏어온다.”

“걱정 마. 꼬맹이 눈에서 눈물나게 할 일 없어.”

자신있다. 5년 동안 이 순간만을 얼마나 기다렸는데… 혼자서도 늘 세영이 하나만 바라봤는데… 이젠 서로 맘을 아는데… 눈물나게 할 일 절대로 없어.

휴… 5년을 기다린 보람이 있다.

사랑 느낌 4

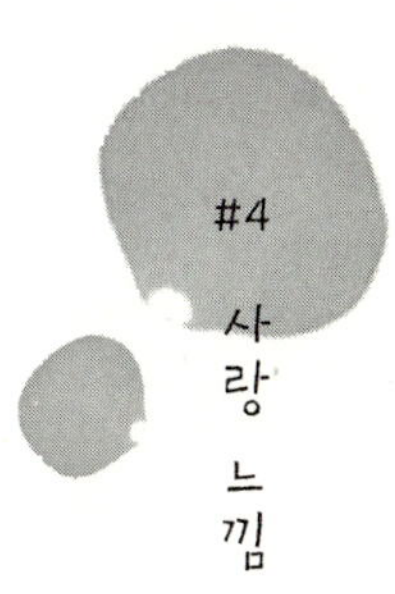

그렇게 두 시간이 넘게 유한이의 얘기를 들으면서 바보같이 눈물을 흘리고 말았다. 결코 슬퍼서가 아니다. ㅠOㅠ 기뻐서였다. 5년 동안 나만 바라봐 주었다는 사실이 너무 기뻤다. 진작 말하지 바보같이 5년씩이나 혼자 가슴앓이를 했다는 거야? 내게 목도리를 감아줬을 때만이라도 말했으면 이렇게 눈물나지 않잖아. 적어도 미안하진 않잖아. ㅠ_ㅠ

"울지 마. ^^"

유한이의 차가운 손이 내 눈물을 닦아주었다.

"괜히 얘기한 건가 봐. ^-^"

난 고개가 부러져라 내저었다. (>_<)(>_<)(>_<)(>_<) 난 네가 더

좋아졌는걸~

"날 좋아해 줘서 고마워."

"내 마음 받아줘서 내가 더 고마워. ^^"

우리는 누가 먼저랄 것도 없이 '우리 사랑 이대로'를 듀엣곡으로 불렀다. 아~ 행복해라. >_<

장작 네 시간 동안 노래방에 있다가 나왔다. -_- 어휴~ 목 다 쉬었다. 시내를 유한이와 함께 걷는데 쇼윈도에 우리 모습이 비쳤다. 키 차이 정말 많이 나네. 23㎝ 차이다. 아, 창피해라. 이럴 줄 알았으면 우유 좀 많이 먹을걸. ㅠ_ㅠ

하지만 유한이는 이런 내 걱정을 싸그리 없애 버리기라도 하듯 방긋 웃으면서 말했다.

"우리 이렇게 키 차이 나니까 정말 이쁘다~ 너 160㎝ 맞지? 난 네가 더 클까 봐 걱정했었어. ^-^"

"왜? ㅇ_ㅇ"

"그럼 울 이쁜 꼬맹이를 꼬맹이라고 부를 수 없잖아. ^^"

우유 안 먹길 잘했구나. ^^; 키 작은 게 처음으로 감사하게 여겨지는 날이다.

"김유한!!"

그때 어디선가 유한이의 이름을 부르는 소리가 들렸다. 동시에 고개를 돌린 곳에는 예쁘게 생긴, 하지만 조금은 날카로운 인상을 가진 한 여학생이 유한이를 향해 손까지 흔들면서 달려오고 있었다. 아는 사이인가? 저 아이는 상고 교복을 입고 있네? 유한이는 공고 다니는데.

여자 아이의 모습이 가까워지자 유한이의 표정이 점점 어두워지며 내 손을 잡더니 걸음을 재촉했다.

"유한아, 쟤가 너 부르는데?"

"신경 쓰지 마."

왜 그러지? 쟤랑 무슨 사이길래 이렇게 피하는 거지? 나는 알면 안 되는 사이인가?

"야!! 김유한!!"

그 여학생은 당당하게 따라와서는 나와 맞잡은 유한이의 손을 낚아챘다. 뭐지? ㅇ_ㅇ

"김유한! 내가 그렇게 부르는데 그냥 가니?"

"너 나 알아?"

몹시 불쾌하다는 듯한 표정으로 유한이가 그 여자애한테 말했다. 그런데도 이 여학생은 얼굴색 하나 안 변한 채 내게 악수를 청했다.

"유한이 동생이니? 귀엽게 생겼구나. ^-^"

헉! -0- 도, 동생? 아무리 내가 어려 보이기로서니 -_-^ 그건 오버다~

"아, 아닌데… 난……."

난 유한이 여자 친구라 말하려고 하는데 그 아이가 내 말을 뚝 잘라먹는다. -_-^

"아, 아니야? 어쨌든 반가워~ 난 유한이 여자 친구야. ^-^"

여, 여자 친구? −_−;; 헉! 망치로 얻어맞은 기분이다. 생글생글 웃으면서 어쩜 저렇게 말할 수 있을까.

"야! 너 맞고 싶어?! 빨리 안 가!!"

유한이가 엄청 화를 내는데도 이 여학생은 꿈쩍 하질 않는다. 깡이 센 건지, 아님 정말 내가 모르는 유한이 여자 친구인지 그렇게 무안을 당하면서도 꿈쩍도 하지 않는다. −_−^ 아니, 오히려 더 밝게 웃는다.

"난 진명 상고 2학년 정지윤이라고 해. ^−^"

세상에, 마른하늘에 날벼락도 분수가 있지. −_−; 난 3학년인데.

"유한아, ^−^ 이 꼬마 말을 안 하네? 나 소개 좀 시켜줘."

꼬… 꼬마? −_− 그러고 보니 이 계집애 키가 우리 유진이만 하겠다. 170㎝ 정도면 우리 세진이도 이 정도는 되는데. −_−^ 혹시 우리 세진이랑 아는 사이일까?

유한이는 나를 한쪽 팔로 화악 끌어서 감싸안았다. 그리고 부드러우면서도 강한 어조로 말했다.

"아, 이 애? 내 애인이야. 그러니까 이제 그만 꺼져!"

"어머~ 넌 농담도 잘하는구나?"

"농담?"

농담이라는 그 아이의 말에 유한이는 씨익 웃더니 내 입에 뽀뽀를 가볍게 했다. 허걱! 쑥쓰러워라.

"봤지? 남매끼리 뽀뽀하는 거 봤어? 애 진짜 내 애인이니까 빨리 꺼져."

유한이 말이 끝남과 동시에 이 아이의 얼굴은 붉으락푸르락 달아 오르기 시작했다. -_-; 그리고는 나를 한참을 째려보더니 갑자기 씨 익 웃는다. 섬뜩해라.

"훗~ 골키퍼 있다고 골 안 들어가나? 그리고 뭐 골키퍼도 영~ 부 실한 게 생각보다 간단하겠어!"

헉!! 0_0 내가 뭐라 말할 틈도 없이 그 아이는 돌아서 가버렸다.

"꼬맹아, 신경 쓰지 마."

신경이 안 쓰일 리 없잖아. -_-;

"꼬맹아, 우리 뭐 먹으러 갈래?"

"누구야?"

"나도 몰라. -_-^ 신경 쓰지 마. 너밖에 없는 거 잘 알잖아."

네 말에 기뻐야 하는데 자꾸 그 애 표정이 생각나. 너무나도 당당 한 그 표정. 아무리 생각해 봐도 섬뜩해. -_-;

"꼬맹이."

"응. ^-^ 나 괜찮아~"

"다행이다. ^-^"

유한이는 내 손을 꼬옥 잡아주었다. 내 앞에서만큼은 한없이 착해 지는 유한이가 너무 좋다. 사실 아까는 정말 무서웠다. -_-; 이 예쁜 얼굴이 화를 내면 정말 무서워질 수도 있다는 걸 그제야 알았다.

오늘도 유한이가 집까지 바래다주었다. 헤헤. 기분이 너무나 좋아. ^_______^

"언니, -_-^ 뭐 잘못 먹었어?"

"이게 이제는 언니한테 못하는 소리가 없어."

계속해서 실없이 웃어대는 나를 보며 세진이가 또 한소리 한다. 근데 오늘따라 세진이가 왜 이렇게 예쁘게 보이나. 역시 기분이 좋으니까 만사가 다 이뻐 보이네. ^-^

"세진아, 오늘따라 네가 무지 이뻐 보이는 거 있지. ^-^"

"나 원래 예뻐. -_-"

뻔뻔한 것 같으니라고! -0- 하긴 원래 이쁘긴 하지. 상고에서 한 가닥 한다고 소문이 자자하니.

"세진아, 너 박준이라고 알아?"

"준이 오빠? 언니가 오빠를 어떻게 알아?"

"그냥. ^-^; 여차저차해서."

"그럼 준이 오빠가 언니 좋아하는 것도 알겠네?"

"응? 응. ^-^;"

"그래서 언니도 관심있는 거야?"

"아니, 그런 게 아니라……."

"그럼?"

"세진아, 나 사실 사귀는 사람 생겼어."

"어머머!! +_+ 웬일이니! 누구야?"

"너도 아는 사람이야. …유한이."

"유한? -_-a 헉! 유진 언니 동생 유한이?! 그러니까 진명 공고 김유한 말하는 거야?!"

“응. ^-^; ”

“어머어머. +_+ 진짜? 그럼 그 소문이 진짜야?”

“무슨 소문?”

“유한이가 애인 생겼다는 소문.”

“그런 소문도 나는 거야?”

“당근이지. 여자들이 좀 줄을 섰어?”

“아. ^-^; ”

“그랬구나~ 진작 말하지.”

“왜? o_o”

“내 친구들도 꽤나 울겠네. -_-; 어떤 애들은 유한이 애인 생겼다는 소문 듣고 그 계집애 찾아서 반쯤 죽여놓겠다고 나보고 도와달라고 하던데.”

“그래서 뭐랬는데?”

“도와준다고 했지 뭐.”

“죽여라. -_-^”

“에이~ 걱정 마. ^-^ 내가 다 해결할게.”

“네가 무슨 힘으로. -0-”

“자신있어!”

하면서 예쁜 얼굴에 반짝이는 눈으로 주먹을 불끈 쥐었다. -_-^
별로 믿음은 안 가지만서도.

“미, 믿어볼게.”

하루 종일 세진이한테 잡혀서 유한이랑 있었던 모든 얘기를 다 해

주었다. 그 정지윤이라는 애 얘기도 하려다가 그냥 관뒀다. 설마 무슨 일이야 있겠어. ﹣_﹣;

　^﹣^ 행복한 아침! 그렇게 일어나기 싫었던 아침이 어쩜 이리도 행복하게 느껴지는 건지. 왜냐하면? ㅋㅋ 오늘이 일요일이라서 유한이를 만나기 때문이지. 오늘이 일요일이지 않은가. ^﹣^v 오늘은 뭐 하고 놀까~

"깨우지도 않았는데 일어나고 웬일이야?"

"내가 무슨 잠팅이야?"

"엉. ﹣_﹣ 언니 잠팅이 맞아."

"하핫. ^﹣^; 그, 그래."

"그러고 보니 유한이 본 지도 꽤 됐네?"

"응? 너 유한이랑 잘 알아?"

"당연하지. ﹣_﹣^ 같은 중학교 나왔잖아."

아참! 나와는 다르게 세진이는 남녀공학을 다녔었지?

"세진아, 너 유한이랑 친해?"

"어느 정도? 워낙에 유한이가 여자들한테는 띠껍게 굴잖아. 얼음덩어리에다가……."

"유한이가? 안 그러던데. 얼마나 착한데. ^﹣^"

"어쭈~ 또 남자 친구라고 편드는 거야? 언니가 몰라서 그러는데 유한이는 자기 좋아하는 여자들한테도 엄청 차갑게 대했었어. 그때부터 뭐 자기는 좋아하는 사람이 따로 있다고 막 그랬는데, 우린 그

게 다 자기 좋다는 애들 떼어놓으려고 하는 말인 줄 알았지. 근데 세
상에 그 첫사랑이 우리 언니였다니~ -_-+ 역시 등잔 밑이 어둡다
더니."

"하핫. ^-^; 나도 몰랐어."

"언니한테는 잘해줘?"

"응~ 무지무지 잘해줘. ^-^"

"아참! 언니가 걱정이 돼서 하는 말인데."

"응? o_o"

"만약 누가 언니 건드리면 나한테 얘기해. 알았지?"

"o_o 무슨 말이야?"

"아무튼~ 언니 유한이랑 쉽게 잘 지내지는 못할 거야."

"무슨 소리야?"

"유한이 좋아하는 계집애들이 언니를 가만둘 거 같아? 내 친구들
은 내가 주의를 주겠지만."

"설마 때리려구. ^-^;"

"때리고도 남거든. -_-^"

-0- 역시 공고, 상고생들은 무섭다. 으으으~ 아무래도 정지윤이
라는 애가 조금 걸리는데. 그때 보니까 보통이 아닌 거 같던데. -_-;

♬외로워도 슬퍼도 나는 안 울어♬

"여보세요?"

[나야.]

"유한이? o_o"

[바로 아네?]

"그럼. ^-^"

헤헤, 액정에 발신 번호가 보이잖니. ^^;;

"누구야? +_+ 유한이? 언니! 나 바꿔줘!"

세진이는 바꿔달라고 옆에서 조르기 시작했다. 헉! -0- 세진이에게 뺏겼다.

"야! 김유한, 잘 살았나?"

[뭐야! 세진이야?]

"그래, 임마. 연락도 좀 하고 살자! 응?"

유한이 목소리가 큰 건지, 아님 내 핸드폰 스피커 기능이 좋은 건지. ^^;

[하하. 걱정하지 마. 이젠 나 보기 싫어도 볼 텐데.]

"웬일이야? 네가 이렇게 친절하게 전화를 다 하고~ 너 울 언니한테 잡혀 사는 거야?"

[너 울 꼬맹이 괴롭히면 죽는다.]

"풋! 꼬맹이? 하긴 울 언니가 좀 작지. ㅋㅋ"

저것이 한 대 맞으려고. -_-;

[울 꼬맹이가 어디가 어때서 그래? 작으니까 귀여워 죽겠는데.]

김유한 파이팅. ^-^ 역시 우리 유한이밖에 없어.

"너 완전히 맛이 갔구나? 천하의 김유한이 닭살 멘트를 날리다니~"

[잡소리 집어치우고 우리 꼬맹이 바꿔.]

"썩을 놈! -0- 너 나한테도 잘 보여야 돼. 안 그럼 너한테 울 언니 안 줘! 아니, 못 줘!"

야, 내가 네 소유냐? 누구 맘대로 주고 안 주고니. 잔말 말고 내 핸드폰이나 내놔!

"전화 줘."

결국은 이렇게밖에 말 못한다. -_-; 그래, 누누이 말하지만 나 소심하다. 흠. 웬일이야? 순순히 넘겨주고. -_-;

"유한아. ^-^"

[잘 잤어?]

"응. ^-^"

[꼬맹아, 지금 나와.]

"어디?"

[집 앞으로. ^-^]

밖을 내다보니 유한이가 나를 향해 손을 흔들고 있었다.

"응. 금방 갈게. ^-^"

오늘도 유한이랑 데이트를 하는구나. ㅋㄷㅋㄷ 좋아좋아. >_<

"유한아, 유진이는 오늘 지훈이랑 데이트하는 거야?"

"그런가 봐. 근데 왜 하필 유지훈이야."

"왜? 지훈이 싫어?"

"그 자식 상고 주먹이잖아. 우리 학교 애들이랑 툭 하면 싸우는데."

"^-^; 왜~ 사이좋게 지내지."

“그렇게 안 되니까 그렇지. 이런 얘기 그만 하고 우리 어디 갈까? 배 안 고파?”

“음, 조금. ^-^”

“뭐 먹고 싶은데?”

“난 아무거나 좋아해.”

“그럼 도마뱀 요리 먹을래?”

“헉! -0-”

“후후, 농담이야~ 저기 가자.”

유한이가 손으로 가리킨 곳은! 뜨악! +0+ 저기 되게 비싼데. 유한이 표정을 보니 아무렇지도 않다는 표정이다. 차 한 잔을 마시는데도 만 원선을 들락거리는 비싸기로 유명한 레스토랑이다.

“뭐 먹을래? ^-^”

하면서 영어로 된 메뉴판을 들이대는데 어질어질 @_@ 절대로 영어를 못 읽어서가 아니라… -_- 앞서 말했듯이 우리 학교는 명문고이기 때문에 이 정도 영어에 놀랄 내가 아니었다. -0- 그럼 왜 놀랐냐구? 영어로 끄적거려진 요리 옆에 0이 잔뜩 붙어 있는 가격 때문이었다

흐음~ 정말 이런 곳에서 먹어도 되는 것일까? 아프가니스탄에서는 많은 사람들이 굶고 있다는데. -_-^ 선생님 말씀에 의하면 거기는 20원 가지고도 한 끼 식사를 해결할 수 있다는데. 이 돈이면 아프가니스탄 사람들은 배가 터져라 먹을 수 있을 텐데. 나 이러다가 벌받는 거 아닐까. -_-;

“꼬맹아, 무슨 생각을 그렇게 골똘히 해?”

“응? 아무것도 아니야. ^-^”

“뭐 먹을래? ^-^”

“음, 난 그냥 네가 시켜줘~”

유한이는 웨이터한테 뭐라뭐라 속삭였다. 웨이터 아저씨 씨익 웃
으면서,

“좋은 시간 되십시오. ^-^”

하고는 저만치 걸어간다.

“헤~ ^^”

“헤~ ^-^;”

이 녀석 아무리 봐도 너무 잘생겼단 말이야~ 허, 거참 누구 애인
인지. ^-^

딸랑딸랑—

레스토랑 문 열리는 소리와 함께 예쁜 여자가 들어왔다. 0_0 근데
저 여자는… 어디선가 본 듯한, 왠지 낯설지 않은 외모의 여자가 사
뿐사뿐 걸어오고 있었다. 깔끔한 치마 정장에 머리를 올려 묶은 여자
였다. 누구지?

“표정이 왜 그래? 아는 사람이라도 왔어?”

하면서 뒤돌아 여자의 신원을 확인한 유한이는 재빨리 다시 고개
를 돌리면서 인상을 찌푸렸다.

“김유한! 또 보네? ^^”

-0-! 저 여자는… 아, 아니지. 저 여자 아이는 일전에 나를 독살

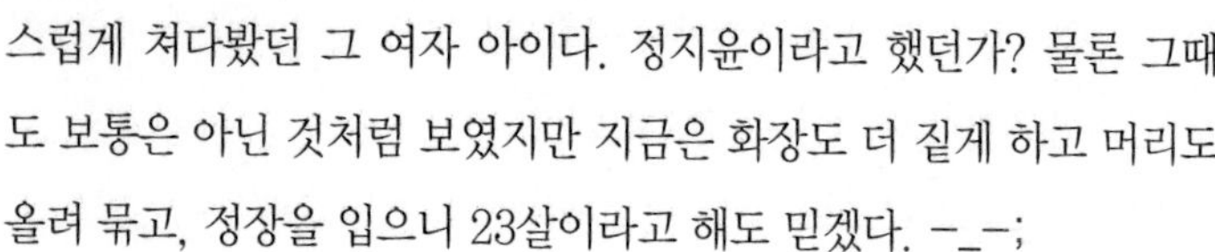

스럽게 쳐다봤던 그 여자 아이다. 정지윤이라고 했던가? 물론 그때도 보통은 아닌 것처럼 보였지만 지금은 화장도 더 짙게 하고 머리도 올려 묶고, 정장을 입으니 23살이라고 해도 믿겠다. -_-;

"어머~ 너도 있었니?"

너… 너? -_-;;

"작아서 안 보이더라구. ^-^"

야! -0- 내가 작긴 하지만 그 정도는 아니야. >_< 160㎝가 눈에 안 보일 정도로 작니? 어이가 없어서. -_-;

"그만 해라."

김유한. 내 앞에서는 생글생글 웃으며 귀여운 말투를 쓰는 것과는 달리 이 아이만 나타나면 얼굴에는 오만 가지 주름에 세상의 모든 인상은 얼굴에 다 나타나 있고, 목소리는 저음이 된다.

"어머~ 유한아, 너 이런 데서 보니까 더 멋있다. ^-^"

"넌 가던 길이나 마저 가."

"몰랐니? 이 레스토랑 우리 건데~"

헉! -_-; 저 아이도 굉장한 부자인가 보다. 이렇게 큰 레스토랑을 갖고 있다니.

"그럼 내가 나가지."

유한아, 우리가 나가야 되는 거야?

"아니야~ 나가긴 어딜 나가니? ^^ 나 여기 잠깐 앉아도 될까?"

"앉지 말고 꺼져."

"그럼 나 앉는다. ^-^"

저 아이는 유한이 말을 못 듣나? 아니면 철면피? -0- 나 같으면 무안해서라도 못 앉겠는데.

"너 얼굴에 철판 깔았냐? 빨리 못 일어나?!"

유한이의 표정이 점점 일그러지는데 지윤이라는 애는 절대로 일어날 생각을 안 한다. -_-; 오~ 놀라운 용기여. -0-

"세영아, 우리 나가자!"

"응? ㅇ_ㅇ 응!"

유한이가 일어나서 내 손을 잡고 나가자고 했다. 나 역시 그 애가 밥맛(?)인지라 -_-; 유한이 손을 잡고 밖으로 나왔다. 지윤이라는 애가 자꾸 뒤에서 유한이를 부르자 유한이는 못 들은 척 더 빠른 걸음으로 걸었다.

헉헉… 유한아, 힘들단 말야. ㅠ_ㅠ 그 긴 다리로 휘적휘적 걸으면 내가 어떻게 발을 맞추니. 그야말로 유한이는 엄청나게 빠른 -0- 걸음으로 걷고 덕분에 나는 뛰는 꼴이 되어버렸다. -_-;

"저기… 유한아~"

너무나도 화난 표정으로 빨리 걷길래 내 말을 못 들으면 어쩌나 했는데 다행히 부르자마자 발길을 멈췄다.

"왜?"

"그만 가. ^-^; 이제 안 쫓아(?)와."

"미안해……."

"뭐가 미안한데~"

"그래도 신경 쓰지 마. ^-^ 난 저런 애 딱 질색이야."

고마워. ^-^ 내 걱정 하느라 그랬구나~ 그나저나 지윤이란 애 정말 대단하긴 대단하다. 여자 친구가 있다는데도 왜 자꾸 유한이한테 달라붙는 거지? 유한이가 워낙 괜찮은 녀석인 이유도 있겠지만 그만큼 내가 만만해 보인다는 거겠지. -_-;

"무슨 생각 해?"

"엉? 아니야. ^-^"

"그래. ^^"

조금 전까지만 해도 웃지 않았던 유한이가 환하게 웃자 난 금세 기분이 풀어졌다. 유한이의 꽃미소는 역시나 오늘도 빛을 발한다. +_+

"꼬맹아, 배 안 고파?"

그러고 보니 그 계집애를 피해서 도망오느라 밥도 못 먹고 나왔네. 쩝.

"밥 먹으러 가자. ^-^"

"유한아, 우리 떡볶이 먹자. ^-^"

"떡.볶.이?"

"응! (^-^)(__)(^-^)(__)(^-^)"

"뭐… 우리 꼬맹이가 좋다면. ^-^"

볼 때마다 느끼는 거지만 내 앞에서만큼은 정말 착해지고 순해지는 유한이다. 이런 유한이가 너무 좋아. ^-^

"아, 배불러. ^-^"

"에이~ 그 조금 먹고 배불러?"

"나 많이 먹었어. ^-^"

사실 유한이 앞에서 신경 쓰느라 반밖에 못 먹었어. ㅠ_ㅠ

"나 신경 쓰지 말고 많이 먹어."

"정말이야. ^-^; 나 다 먹었어~"

"그래? 그럼 남은 거 내가 다 먹어도 되지?"

"그으럼. ^-^;"

유한이가 떡볶이 접시를 자기 앞으로 쭈욱 가져간다. ㅠ_ㅠ 히잉, 나 조금밖에 못 먹었는데. 보고 있으면 먹고 싶을까 봐 고개를 푹 숙였다. -_-;

"자!"

ㅇ_ㅇ 고개를 들자 유한이가 떡볶이를 한 개씩 꽂은 여섯 개의 포크를 내 눈앞에 들이밀고 있었다. 뭐 어쩌라고. 먹으라고?

"더 먹어. ^^ 난 잘 먹는 사람이 좋아~"

아~ 이런 감동의 물결이. ㅜ^ㅜ 이거 6개를 쪼르르 빼 먹으니까 되게 웃기네. ㅋㅋ

"아줌마~ 여기 떡볶이 1인분 더 주세요. ^^"

^_________^

"아줌마, ^^; 2인분이요."

내가 웃는 걸 보고 2인분으로 늘리는 이유가 뭘까. 내가 배고파 보이나? -_-;;

"유한아, ^-^; 2인분은 좀 많지 않을까?"

"내가 보기엔 너 혼자 3인분도 먹겠는데? ^^"

어떻게 알았지. -0-

"유진이가 그러는데 너 딸기랑 떡볶이 엄청 좋아한다며?"

그래, 정보 제공자는 유진이었어. 근데 누나라고 안 부르네.

"응~"

"앞으로 내가 죽을 때까지 너 딸기랑 떡볶이랑 먹여줄게. ^^"

주… 죽을 때까지. 헤헤, 나야 뭐 좋지. 헤헤헤헤. 갑자기 이상한 상상이 떠올랐다. 죽어가는 나를 일으켜 내 입에 떡볶이와 딸기를 마구마구 집어넣는 유한이를 상상하니… 푸! 푸! 푸하하하핫!!

"무슨 생각 하는데 그렇게 웃어?"

"엉? 아, 아무것도 아니야. ^-^"

"맨날 아니래."

다른 건 몰라도 이 얘기는 좀……. -0- ㅋㅋ

"이젠 진짜 배부르다. ^-^"

"나두. ^^"

둘이서 떡볶이 4인분을 먹다니. -_-; 첨에 2인분, 추가 2인분.

"꼬맹아."

"응?"

"가까이 와봐. ^-^"

어머나! *-_-* 유한아, 여긴 분식집이야. 이러면 안 돼. >_< 나는 눈을 꼭 감고 얼굴을 들이밀었다. -_-; 이 감촉은 뭐지? 무엇인가가 내 입가를 북북 닦는 느낌. -_-;; 유한이가 화장지로 내 입에 묻은 떡볶이 소스를 닦아주고 있었다. ㅠ_ㅠ 내가 그렇게 추잡스럽게 먹었던가.

"됐다. ^-^"

우흑. ㅜ^ㅜ)ㅇ 추한 모습을 보이고 말았구나. 난 이제 어떻게 해야 할까.

"나도 닦아줘. ^-^"

ㅇ_ㅇ 유한이 입가에도 소스가 묻었네? 귀여운 자식. 내가 무안해할까 봐 억지로 묻힌 게 확연히 보였다. 나는 화장지로 조심스럽게 유한이 입가를 닦아주었다. 야야~ 눈감지 마. *-_-* 덮쳐 버리고 싶어.

♬띠리리리리 띠리리리 띠리리리♬

내 핸드폰 소리는 아닌데 누구 것이지? +_+

"여보세요?"

아~ 유한이 꺼구나. -_-; 웬만하면 벨소리 좀 바꾸지.

"뭐?!"

…….

"나는 그냥 빼주면 안 돼? 나 지금 꼬맹이랑 같이 있어."

…….

"뭐?!"

…….

"알았어. 금방 갈게."

뭔가 심상치 않은 분위기다. 조금 전까지 환하게 웃고 있던 유한이의 얼굴이 살짝 일그러졌다.

"유한아, 무슨 전화야?"

"꼬맹아, 미안해서 어떡하지? 나 지금 가봐야 될 거 같은데."

"지금?"

"응. 정말 미안해."

"무슨 일인데 그래?"

"갔다 와서 말해 줄게."

"응, 알았어~ 급하면 어서 가봐. ^-^"

"미안. ^^ 나중에 전화할게."

"엉."

유한이는 먼저 급하게 나가면서도 계산하는 것은 잊지 않았다. ^^; 나도 서둘러서 분식집을 나왔다. 무슨 전화였을까? 혹시 또 싸움이 난 건 아니겠지? 유한아, 이젠 제발 싸우지 마. 너 다치는 거 싫단 말야. 싫어싫어! (>_<)(>_<)(>_<)(>_<)

♬외로워도 슬퍼도 나는 안 울어♬

'베스트' 라 적혀 있는 걸 보니 유진이다!

"여보세요? ^o^"

[세영아!]

지금쯤 지훈이랑 데이트하고 있을 시간인데 웬 전화?

"웬일이야?"

[너 지금 유한이랑 같이 있어?]

"아까 전까지는 같이 있었는데 전화 받고 먼저 갔어. 왜? o_o"

[휴… 내가 그랬을 줄 알았어.]

"무슨 말이야?"

[내가 가서 설명할게. 너 지금 어디야?]

"나? 여기 시내 신당동."

[신당동? 나도 지금 시내야. 거기 꼼짝 말고 있어.]

"응. ㅡ_ㅡ"

꼬, 꼼짝 말고… ^^; 움직이면 안 되는 건가. ㅡ_ㅡ; 그나저나 데이트가 벌써 끝났나?

잠시 후 유진이는 숨까지 헐떡이며 빠른 속도로 달려왔다. 무슨 일이 생긴 건가? 갑자기 불안해진다.

"진세영!"

"유진아, 무슨 일 있어?"

"헉헉. 큰일 났어!"

"무슨 일인데?"

"유한이가 전화 받고 먼저 갔다고 했지?"

"응. 근데 그게 왜?"

"지훈이도 전화 받고 갔거든."

"근데 그게 뭐? o_oa"

"너 바보냐? ㅡ_ㅡ 전화 받는 낌새가 이상하지 않았어?"

그러고 보니 유한이의 표정이 그리 좋지만은 않았었다. 설마… 내가 계속해서 생각만 하자 유진이는 큰 소리로 말했다.

"야! 너 바보야?"

"또 왜에? ㅡ_ㅡ;"

"아무래도 싸움이 일어난 거 같다구!"

"싸, 싸움?"

"그래! 공고랑 상고가 싸우는 거 같아."

"공고… 상고… 유한이! 지훈이?!"

"그래. 이제야 이해돼? 틀림없어. 그러니까 그렇게 고민했던 거라구! 빨리 가자!"

"어딜? -_-"

"유한이랑 지훈이 잡아와야지! +_+"

"어디 가서 잡아?"

"뻔하지 않니?"

헉헉헉. -0- 얼마나 뛰었는지. -_-; 따뜻한 햇살에 땀이 쭉쭉 흐른다. 전에도 말했듯이 여기는 싸움의 명당이자 주된 싸움지라고 할 수 있다. 아직 저녁이 아니라서 운동장에는 아무도 보이질 않네. 그럼 틀림없이 학교 뒤뜰 공터에서 싸우고 있을 텐데.

-0-! 완전히 난장판이다. 도대체 이 벌건 대낮에 패싸움이라니. 누가 누군지 알아볼 수가 없다. 김유한! ㅠ_ㅠ 어디 있는 거야!

"유지훈!!"

대단해~ 나는 무서워서 잔뜩 쫄아 있는데 유진이는 큰 소리로 지훈이의 이름을 불렀다. 하지만 이렇게 싸우는데 들릴 리가 있나. 아무리 둘러봐도 지훈이가 보이지 않자 유진이는 잔뜩 화가 나서는 쓰러져 있는 녀석의 멱살을 잡고 흔들면서 말했다.

"지훈이! 우리 지훈이 지금 어딨어! 대답해!!"

유, 유진아… 지금 걔 얼굴을 봐. 말 못할 상황이야. -0-

"야! 이 자식아, 말하란 말야!"

그렇지 않아도 상처투성이인 녀석의 면상을 손바닥으로 쳐가면서 깨우기 시작한다. -_-;

"너흰 또 뭐야?"

우리가 소란을 피우자 싸우던 녀석들 중 한 명이 우리에게로 다가왔다. 갑바 짱이다. -0-! 되게 험악하게 생겼네. -_-; 음, 아니, 험악하게 생겼다기보다는 못생긴 얼굴은 아니지만, 어쨌든 정말 무섭게 생겼다.

그건 그렇다 치고 싸우다 말고 웬 상관이람. -_-; 하지만 갑바의 인상에도 유진이는 전혀 아랑곳하지 않고, 그 떨거지(?)를 내팽개치며 안 그래도 큰 눈을 더욱 부라리며 갑바를 노려봤다. 언제나 느끼는 거지만 유진이는 참 깡도 좋아. 갑바는 그런 모습이 우스웠는지 콧방귀를 끼며 말했다.

"야! 가시네들 뭐냐고!"

"지훈이 어딨어!"

유진이의 입에서 지훈이라는 이름이 나오자 갑바의 표정이 사정없이 일그러지기 시작했다.

"너 지금 유지훈 말하는 거냐?"

"그래! 우리 지훈이 어딨어!"

"우리 지훈이? 네가 지훈이 깔치냐?"

"그래! 우리 지훈이 어디 있냔 말야!"

하면서 갑바의 갑바를 마구 친다. -0-! 여유롭던 갑바의 표정이 점점 아파하는 표정을 보며 유진이의 주먹은 역시 세다는 걸 알았다. 헉! -0- 갑자기 갑바가 유진이의 손목을 꽈악 잡았다.

짜악—!

허공을 가르는 소리와 함께 유진이의 고개가 옆으로 돌아갔다. 갑바가 유진이 뺨을 때렸다. 그런데도 유진이는 울지도 않고, 아니, 오히려 이를 악물고 갑바를 노려보았다. 어떡해, 유진아. ㅠ0ㅠ

"네년이 노려보면 어쩔 건데?"

하면서 갑바의 또 손이 올라간다. 안 돼!!

어라? ㅇ_ㅇ 아무 소리도 안 들리네? 뭐, 뭐지? 유진이가 피한 건가?

"그만 하시죠!"

너무나도 귀에 익은 목소리가 들려왔다. ㅇ_ㅇ 유한이다! 유한이가 갑바의 손목을 잡고 있었던 것이나.

"김유한! 너 뭐야?!"

"선배님, 제 누나입니다."

서… 선배님? 그럼 저 사람이 유한이 선배라고?

"너 방금 뭐라고 했냐? 누나?"

"네. 그러니까 이 손 치우시죠."

"뭐야?"

유한이는 무표정을 일관하며 갑바의 손을 뿌리쳐 내렸다. 갑바 역시도 그런 유한이의 행동에 놀란 듯했다. 그때 갑자기 내 눈앞으로 무언가가 지나가는 것을 느꼈다. 그리고 그 느낌과 함께 갑바가 저만

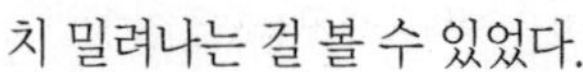

치 밀려나는 걸 볼 수 있었다.

"네가 감히 우리 유진이를 때려?"

지훈이다! 화가 잔뜩 난 듯한 지훈이는 무작정 달려들어 갑바랑 싸우기 시작했다. 근데 이 갑바 녀석 싸움 실력이 장난이 아닌가 보다. 상황은 금세 역전되어 지훈이가 맞기 시작했다. 가끔씩 지훈이도 때리기는 하지만 저 갑바가 더 싸움을 잘하는 것 같았다.

"야! 김유한! 빨리 말려. 말리란 말이야!"

유진이는 유한이를 마구마구 때리면서 말리라고 했다. 유, 유진아, 너무 세게 때리지는 마. 유한이 아프잖아. -0- 아, 이게 아닌데. 유한이는 잠시 고민하는 듯싶더니 두 사람에게로 다가가서는 갑바를 향해 정중히 인사를 하며,

"선배님! 용서하십시오!"

라고 말하더니 그의 말에 반응이 일어나기도 전에 갑바에게 주먹을 날렸다.

퍽! 하는 소리와 함께 갑바가 저만치 날아가 버렸다. -0-! 유한이가 갑바를 쳤다. 선후배 간은 칼같이 여긴다는 공고생인데 후배가 선배를 쳤다. 난 몰라. ㅠ_ㅠ 어떡해~

갑바가 저만치 떨어져 나가면서 쿵! 하는 소리와 함께 공터에 묵직한 소리가 울려 퍼졌다. 그와 동시에 모든 싸움은 중단되었다. 이렇게 싸움 구경 하다가 중단된 게 이번이 두 번째다. 일전에는 유진이로 인해, 그리고 이번에는 유한이로 인해. -0- 놀라운 남매이십니다.

갑바는 서서히 일어나 입가의 피를 쓰윽 닦더니 유한이에게로 다
가갔다. 어떡해. ㅠoㅠ 우리 유한이 어떡해! 갑바는 한쪽 입꼬리를
말아 올리며 자기 주먹을 쓰다듬었다. 그리고 점점 유한이에게로 다
가갔다. 허공을 가르는 갑바의 주먹과 함께 유한이는 피할 생각도 하
지 않고, 눈을 질끈 감았다. 안 돼!!

퍽—!

효과음 짱이다. ㅇ_ㅇ 유, 유한아, 괜찮니? ㅠoㅠ

"지훈아, 괜찮아?"

"유지훈!!"

유진이가 갑자기 지훈이를 왜 부르는 거지? 분명… 어라? 유한이
가 있어야 할 자리에 지훈이가 쓰러져 있었다. 어떻게 된 거지? 혹시
지훈이가 대신 맞은 거야? 대충 상황 정리를 해보니 아무래도 유한
이가 눈을 감음과 동시에 지훈이가 그 앞으로 뛰어든 거 같다. 드디
어 처남과 매형 사이임을 깨달은 건가. ㅡ_ㅡ;

아, ㅡ_ㅡ; 이게 아니지. 이런 잡생각 할 때가 아닌데. 유진이가 지
훈이를 일으켜 세웠다. 많이 걱정하는 듯한 유진이의 표정을 본 유한
이가 참다못해 말했다.

"선배님, 이제 그만 하시죠!"

유한이의 저음이 갑바의 눈썹을 또 꿈틀거리게 했다.

"너 이 자식 뭐야!"

"아무리 선배님이라도 제 누나를 때린 건 용서할 수 없습니다. 이
해해 주십시오."

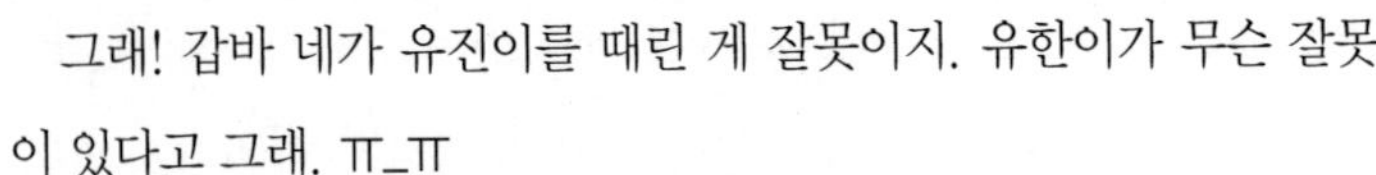

그래! 갑바 네가 유진이를 때린 게 잘못이지. 유한이가 무슨 잘못이 있다고 그래. ㅠ_ㅠ

"선배님께서 화가 나셨다면 저를 때리십시오. 선배님 화가 풀리실 때까지 맞겠습니다."

하고는 또 눈을 감는다. 안 돼! ㅠ_ㅠ 이 순간 아무것도 할 수 없는 내 자신이 너무 싫었다. 유진이처럼 주먹이 세서 갑바를 때려줄 수도 없고 깡이 세서 소리를 지를 자신도 없다. 아무것도 할 수 없다. 이제 유한이가 맞을 텐데. 흑. 싫어. 그래, 좋아. 갑바의 주먹이 들리는 순간 내가 대신 맞는 거다! >_< 실행에 옮기기 위해 잔뜩 긴장을 하고 있을 때였다.

"하하하하하하하!!"

웬 웃음소리? 갑바가 웃고 있다. 후배한테 맞더니 미쳐 버렸나?

"역시 김유한이야."

무슨 말이지?

"넌 역시 뭔가 달라도 달라. 그게 내가 너를 함부로 짓누를 수 없는 이유다."

지금 저 얘기는 갑바가 유한이를 용서한다는 얘기지? 그치?

"한 대만 맞아라. 한 대만 맞으면 모든 걸 용서한다."

치사하기 그지없는 놈. 이왕 용서할 거면 깔끔하게 용서할 것이지 한 대는 뭐야! -0-

유한이는 갑바의 말에 고개 숙여 인사를 했다. 그리고 퍽! 하는 소리와 함께 유한이의 얼굴이 확 돌아갔다.

"감사합니다."

입에서 피가 흐르는데 닦지도 않고 감사하다는 말을 하고 있다. 감사는 무슨 감사! -0- 나쁜 놈! 나는 달려가서 유한이를 잡았다. 유한이의 부드러운 눈동자가 나를 바라보았다. 유한아, ㅠ_ㅠ 입에서 피 나. 유한이는 피가 묻은 손으로 내 눈물을 닦아주었다. 바보, 네 피나 닦아. 나는 유한이 얼굴을 향해 손을 뻗었다. 우씨. 서럽게도 키가 작아서 닿지를 않는다. -_-;

그런 내 마음을 알기라도 하듯 유한이는 몸을 살짝 구부렸다. 나는 유한이 입가에 피를 닦아주며 말했다.

"유한아, 싸우지 마아. ㅠ_ㅠ 엉— 엉— 엉—"

어찌나 크게 울었던지 거기 있는 사람들은 모두 놀라서 나를 쳐다보았다. 우씨! 뭘 봐? ㅠ_ㅠ 사람 우는 거 첨 봐? 갑바도 꽤 놀란 눈치다. 야야, 그 얼굴에 놀란 표정 안 어울린다구. -0-

"네가 유한이 깔치냐?"

갑바가 웃음을 참는 표정으로 날 바라보면서 물었다. -_-+ 나쁜 놈. 넌 나한테 찍혔어!

"네, 제 여자 친구입니다."

"그래? 몇 살인데? 중삐리냐?"

이것 보시게나, 나 이래 봬도 고등학생이요. -0- 중학생은 좀 오버 아니오?

"세한 고등학교 3학년입니다."

"3학년? 나랑 동갑이야?"

“네.”

“근데 왜 이렇게 애가 어리냐? 질질 짜기나 하고.”

“…….”

그러고 보니 싸우다 말고 이렇게 다 모여든 이유가 무엇이던가. 대략 열 명도 넘어 보이는 사람들이 우리들을 둘러싸고 있었다. 이제 어떻게 되는 거지?

“누나, 세영이 데리고 빨리 가.”

유한이가 침묵을 깨고 유진이한테 던진 말이었다. 그래도 남들 다 있다고 누나라고는 부르네. —_—;

“나 못 가! 아니, 안 가!”

“유진아, 가 있어.”

지훈이가 단호하게 말하자 유진이가 또 지훈이를 매섭게 노려본다. 또 저러다 한 대 맞으려고. 그런데 전과는 달리 지훈이의 눈빛에 카리스마가 보이는 게,

“싫어. 나 안 갈 거야.”

“나두 안 가. >_<”

유진이 믿고 나도 한 말이다. —_—;

“가라.”

이번에는 누구지? 준이? 준이었다. 왜 이렇게 상고랑 공고는 서로 못 잡아먹어서 안달일까. 매번 우리 때문에 싸움이 멈추곤 하지만 이 번에는 왠지 더욱더 오싹오싹한 게 영 기분이 찜찜하다.

“김유한! 따라와!”

헉! O_O 갑바가 유한이를 부른다.

"야, 너희들도 다 이리로 와!"

하면서 나머지 공고생들도 다 부른다. 그러자,

"준아, 그리고 너희들도 이리로 와."

역시 주먹답게 지훈이도 상고생들을 불러 모았다. 이게 뭔 상황이래. -_-;

나랑 유진이만 덩그러니 남고 양쪽으로 상고생 집단(?)과 공고생 집단(?)이 마주보고 섰다. 이게 뭐야. -_-; 나 많이 쫄았다. -0-; 유진이는 여전히 당당하게 내 손을 꼭 잡아주었다.

"악!!"

하는 큰 기합 소리와 함께 또다시 싸움이 시작됐다. 세상에! -0- 벌건 대낮에 뭣들 하는 짓인지. ㅠ_ㅠ 그때였다.

후루루루루… 호루라기 소리인데 표현 안 됨. -_-)~

경찰? O_O 경찰이 어떻게 알고 온 거지?

"야, 튀어!"

하는 소리와 함께 똘마니들이 도망가는 게 보였다. 근데 -_-; 유한, 갑바, 지훈, 준 이렇게 네 사람은 도망가지 않는다. 저건 또 뭔 깡이래. ㅠ_ㅠ 네 사람은 계속해서 싸우고 있다. -0-

이번에는 유한과 준이가 싸우고, 갑바와 지훈이가 싸우고 있다. 경찰이 와서 그들을 떼어놓기 전까지 네 사람은 서로 죽어라 때리고 있었다. -_-

경찰서—

"이름이 뭐야!"

경찰 아저씨가 눈을 부라리며 네 사람에게 물었다.

"백두산."

"김유한."

"유지훈."

"박준."

갑바 이름이 백두산? 푸하하하! -0- 그럼 동생은 한라산인가? 아니지. 백록담이겠군. 뽀히히히히. >_<

"야! 너 본명 말하란 말야!"

역시나 경찰 아저씨도 믿지 못하겠다는 투로 갑바를 노려봤다.

"진짜 백두산입니다!"

갑바가 인상을 더 험하게 쓰면서 경찰 아저씨한테 대답을 하자 경찰 아저씨도 쫄았는지 눈동자가 흔들리고 있었다. 아무튼 요즘 애들은 무섭다니까. -_-;

"흠흠, 너희들 왜 대낮에 싸우고 난리야? 엉?!"

"그럼 저녁에는 싸워도 됩니까?"

갑바 무지 엽기다. -0- 지금 이런 상황에 농담이 나올까. 오우, 놀라워~

"음음. -_-"

경찰 아저씨는 꽤나 당황했는지 헛기침을 하시고는 우리를 쳐다봤다.

"어이! 거기 두 여학생은 누구야?"

"김유진인데요!"

유진아, -_-; 그걸 물은 게 아니잖아.

"내가 지금 학생 이름 물었어?? 거기 왜 있었냐고!"

"제 남자 친구가 싸우고 있어서 있었는데요."

"뭐?!"

당당한 그들로 인해 경찰 아저씨 매우 쫄았다. -_-; 사실 나 빼고는 모두 다 경찰 아저씨를 똑!바!로! 쳐다보고 있었으므로. 깡없는 자의 서러움이라고나 할까. 난 고개만 푹 숙이고 있었다.

"너희 콩밥 먹고 싶어?"

저 아저씨 괜히 강한 척하려는 건지, -_-; 아님 정말 감방에 넣으려는 건지. 갑자기 소리는 지르고 그래. ――;;

그때 경찰서 문이 열리면서 누군가가 나타나자 유진이는 ㄱ 사리에 벌떡 일어나 소리쳤다.

"삼촌!"

삼촌? ㅇ_ㅇ 유진이네 삼촌이시다. 어떻게 알고 오셨지? -_- 앗, 그러고 보니까 유진이네 삼촌이 경찰이라는 사실을 잊고 있었다.

"또 너냐?"

삼촌은 어이없다는 표정으로 유한이를 쳐다보고 있었다. 그리고는 우리를 조사하시던 경찰 아저씨께 가서,

"제가 처리하겠습니다."

하고는 우리를 데리고 밖으로 나오셨다. -_-; 아저씨, 살려주시

어요~ >_<

“김유한 너 언제까지 주먹질할 거냐? 어라? 우리 경찰서 단골이신 백두산님과 유지훈, 박준님께서도 오셨네?”

유진이 삼촌은 나머지 셋에게 비꼬는 듯한 말투로 장난스럽게 말을 내던지셨다. -_- 얼마나 경찰서를 많이 들락거렸길래 이름까지 외웠을까. 그러고 보니 서로들 꽤 아는 사이처럼 보인다.

“너희는 왜 그 모양이냐?”

하시면서 네 사람에게 꿀밤을 한 대씩 주었다. 근데 이 녀석들이 유진이 삼촌이 무서워서 그런 건지, 아님 더 이상 대꾸할 힘이 없는 건지 눈을 부라리지도 않고 계속 땅만 쳐다보고 있었다.

쩝, 삼촌 표정이 가관이구나. 세상에, -0-; 아주 빙그레 웃고 계신다.

“삼촌, 고마워요. ^-^”

유진이가 삼촌한테 팔짱을 끼면서 한 말이다.

“난 또 무슨 일인가 했네. 사람 죽은 줄 알았잖냐. 천하의 우리 터프걸 조카가 울면서 전화를 하다니. 저 중에 네 애인이라도 있어? 설마 유한이 때문에 운 건 아닐 테고.”

“네. ^-^ 유지훈이가 제 애인이에요~”

-_-^ 뭐야. 유진이가 연락한 거야? 언제 연락한 거지? 빠르기도 해라. -0-

“너희 그냥 서로 합의 보고 나갈 거지?”

“네!”

저 우렁찬 대답. -0- 아무튼 유진이 삼촌의 도움으로 아무 탈 없이 경찰서를 나올 수 있었다. 이 즐거운 일요일 날 난 지금 갑바와 유한이와 걷고 있다. -_-^ 유한이와 있는 건 좋은데 갑바는 왜 안 가는 걸까.

"유한아! 네 깔치가 자꾸 이상한 표정 짓는다."

무슨 상관이얏. >_< 근데 내 표정이 그렇게 이상한가?

"원래 이래요."

크헉. -0-; 워, 원래 이런다니? ㅠ_ㅠ 이건 또 무슨 뜻이야. 벌써 애정이 식은 거구나. 그런 거야. ㅠ0ㅠ

"원래 애 표정이 이렇게 귀여워요."

어맛! +_+ 그 뜻이었어? 어머어머. >_< 어떡해~ 갑바의 표정을 보니 왠지 떨떠름한 표정이다.

왜! -0- 내가 귀엽다는 데 불만있는감.

"흐음, 나 먼저 간다. -_-"

뭐시여! -0- 내가 보기 역겨워서 그러는 거야? 저것이. -_-+ 흠.

"안녕히 가십시오."

간다고 하니까 좋긴 한데 -_- 왜 하필 내 표정을 보고 난 후 간다고 하는 걸까. 왠지 떨떠름하고 찜찜한 이 기분. 갑바는 가면서 계속 뒤를 돌아보았다. 뭐 두고 간 거라고 있나? -_- 뭘 그리 두리번거리시오!

"꼬맹아, 우리도 가자. ^^"

이 즐겁고 화창한 일요일 날. 입가가 찢어져서도 방글방글 웃고 있는 킹카와 그 옆에 딱 달라붙어 이상한 표정을 쏟아내는 외계인. 사람들이 계속해서 이상한 눈빛을 보낸다. 어머, 쟤네들 왜 저래~ 라는 표정으로. -_-; 오늘 진세영 이상한 눈길 한몸에 받는구나.

또 유한이가 집까지 바래다준댄다. 여자라서 행복해요. *-_-*

부르르릉─

무슨 소리지? 앗! 오토바이다!

"안 돼!"

하는 소리와 함께 유한이가 나를 안고 옆으로 비켜났다.

"아악!!"

빠른 속도의 오토바이가 지나가면서 내가 다칠까 봐 유한이가 나를 안고 옆으로 비켜나다가 그만 오토바이 핸들이 유한이의 허리를 치고 갔다. 저 나쁜 놈. ㅠ_ㅠ 그냥 가버린다. 야, 이 뺑소니야! >_<

내가 놈을 잡으러 가려고 하자 유한이가 내 팔을 잡았다. 잔뜩 인상이 구겨진 채로 아파하는 유한이.

"아아."

"유한아! 많이 다쳤어?"

"아니. ^^ 괜찮아. 그냥 허리를 스쳤을 뿐이야."

바보. 또 거짓말한다. 퍽 하는 소리가 들렸는데 뭐가 스치기만 했다는 거야.

"괜찮긴 뭐가 괜찮아. 안 그래도 지금 네 몸이 말이 아닐 텐데."

또 바보같이 눈물이 그렁그렁 맺힌다.

“바보, 그만 울어. 나 정말 괜찮아.”

“괜찮기는! ㅠ_ㅠ 그러지 말고 우리 집에 들렀다 가. 내가 약 발라
줄게.”

“너희 집에?”

“왜? 싫어?”

“세진이 있잖아. -_-^”

“세진이가 이 시간에 집에 왜 있어. -0- 걔는 주말에 집에 거의
없어.”

그렇다. 늘 남자들 전화 받고 나간다. -_-; 그리고는 저녁 늦게가
돼서야 집에 들어오곤 한다. 가끔 취해서 남자 등에 업혀서 오기도
한다. 자꾸 그러면 집으로 내려 보내 버려야지.

“잠깐 집에 들어왔다 가.”

“응. ^^”

어제 깨끗이 청소를 해서 다행이다. -0- 유한이를 소파에 앉게
하고 방으로 가서 구급 상자를 가져왔다. 근데 이걸 어떻게 발라줘야
하나.

“뭐 해?”

“응? 저… 그게……”

“내가 어떻게 하고 있어야 돼?”

“응?”

“어떻게 하고 있어야 약 발라줄 거냐구. ^^”

“음……”

　　일단 허리를 다쳤으면 윗도리를 벗어야 되는데 벗으라고 말을 할 수도 없고 어떡하지?

　　"옷 올려. ^-^;"

　　허리에만 바르면 되는 거니까.

　　"나 가슴에도 멍들었어."

　　"엉? ^-^;"

　　나보고 어쩌라구. *-_-* 유한이는 씨익 웃더니 윗도리를 벗었다. 어맛! 부끄러워라.

　　"꼬맹아. ^^;"

　　"엉. ^-^; 그래, 누워~"

　　녀석~ 키도 크고 다리도 기니까 소파 밖으로 다리가 삐져 나온다. 왠지 내가 뿌듯해지는 이 기분은 뭘까. ^-^ 유한이 허리에 연고를 바르고, 유한이가 앞으로 몸을 돌리자 가슴에도 바르려는데… -_-; 이 쒸. 왜 이렇게 심장이 뛰냐. 미치겠네. 손이 달달 떨려서 바를 수가 없다. 진세영! 정신 차려라. 지금 약을 바르고 있지 않느냐. 그냥 동생 약 발라준다고 생각해라. -_-^

　　허나! -0- 어느 누가 애인의 갑바를 보면서 동생이라고 생각할 수 있겠는가. 에라, 모르겠다. 눈을 딱 감고 벅벅 발랐다. -_-;

　　"다 발랐어. ^-^;"

　　"고마워. ^^"

　　또 눈부시게 꽃미소를 날리네.

　　"잠깐만."

방에 가서 파스를 가져와 유한이 어깨랑 허리에 붙여주고 씨익 한 번 웃었다. ^-^

어맛! ㅇ_ㅇ 갑자기 유한이가 내 손을 덥석 잡는다. 어머어머! >_<
유한. 또 혼자 이상한 상상함. -_-;

유한이가 나를 끌어당겨 품에 안았다. 유한이의 맨살이 얼굴에 닿는다. 아아~ 기분 좋아. *-_-* 기분 좋은 바닐라 향. 간혹 파스 냄새와 연고 냄새가 나긴 했지만 그래도 향긋한 바닐라 향이 스멀스멀 내 코를 간지럽혔다.

벌컥―!!

헉! -0- 누구지? 문이 열리는 소리가 들렸지만 지금 나는 뒤돌아서 유한이한테 안겨 있는지라 누가 온 지 알 수가 없다. 다만 이상한 눈빛으로 우리를 쳐다보고 있다는 느낌은 아주 강하게 받을 수 있었다. 왠지 뒤통수가 뚫어질 것만 같다. 나는 낭황해서 유한이 품에서 벗어나려고 했지만 유한이는 나를 더욱 꼭 끌어안고 놓아줄 생각을 하지 않는다. -_-;

"김유한!!"

세진이가 이 시간에 웬일이지?

"흐음……."

어라? 이건 남자의 헛기침 소린데. -_-^ 이 계집애가 남자를 집에 데려와? -0- 나도 데려왔다는 걸 깜박 잊었음. 근데 누구지? 그래도 세진이가 집으로 직접 남자를 데려온 적은 없었는데. 업혀온 적만 있다. -_-;

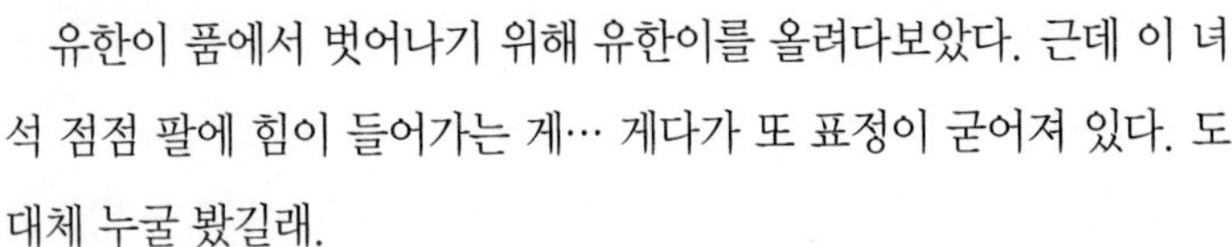

유한이 품에서 벗어나기 위해 유한이를 올려다보았다. 근데 이 녀석 점점 팔에 힘이 들어가는 게… 게다가 또 표정이 굳어져 있다. 도대체 누굴 봤길래.

"저기… 유한아, 잠깐만. ^-^;"

그제야 나를 꽈악 안고 있다는 걸 인식했는지 유한이의 팔에 힘이 풀렸다.

박준? ㅇ_ㅇ 지금 세진이 옆에 서 있는 남자가 박준이야? 네가 여긴 웬일이야?

"언니! 지금 대낮인데 너무 찐한 거 아니야?"

저, 저게. -_-;

"약 발라준 거야. -_-; 그나저나 준이가 웬일이야?"

벌써부터 준이랑 유한이랑 눈에 불꽃이 파바박 튀기는 게 예사롭지 않다. -_-^

"응. 시내에서 만났어. 오빠가 언니 보고 싶다고 해서 데려왔는데."

뭐, 뭐야? -0-

"야! 너 꼬맹이 내 꺼라고 했지!"

또…… 유치한 둘의 싸움이다. -_-;

"누가 뭐랬나?"

"근데 왜 우리 꼬맹이가 보고 싶다는 거야?!"

"나 포기한다고는 안 했어."

"뭐?!"

"너로 인해 세영이 눈에서 눈물이 나는 날 뺏어오려고 벼르고 있다고!!"

아무튼 진세진은 도움이 안 된다. 왜 데려온 게야! -0-

"그만들 싸워. 무지 웃겨~"

세진이가 유한이와 준이를 향해 던진 말이다.

"잠깐만 기다려. 내가 음료수 가져올게~"

진세진. -_-^ 넌 지금 저 눈빛들이 보이지 않느냐? 나를 두고 너 혼자 부엌으로 가겠다는 거야? 나도 갈래. >_< 부엌으로 가려는데… 아아아아아아. -_-;

유한이가 또 내 팔을 잡아당긴다. 그리고는 자기 품으로 또 쏘옥 넣는다. -0-

"내가 말했지? 꼬맹이 눈에서 눈물날 일 없다고."

"그건 모르는 일이지. 아무튼 내가 벼르고 있다는 사실만 알아둬."

그만 좀 하란 말야.

"야~ 그만 하라니까? 아무튼 둘 다 유치해 죽겠어."

세진이가 음료수를 쟁반에 담아오면서 말했다. 그래, 알면서 왜 데려왔니. -_-;

"둘 다 잘 알아둬~ 누구든 우리 언니 괴롭힌 사람한테는 못 줘. 알았어? 빨랑 앉아."

저게 내가 자기 물건인 줄 아나. -_-^ 저번부터 안 준다 못 준다야. -0- 내가 가면 그만인 게지.

"어이! 두 사람 눈에 힘 풀어. 그러다가 눈에 쥐나겠어."

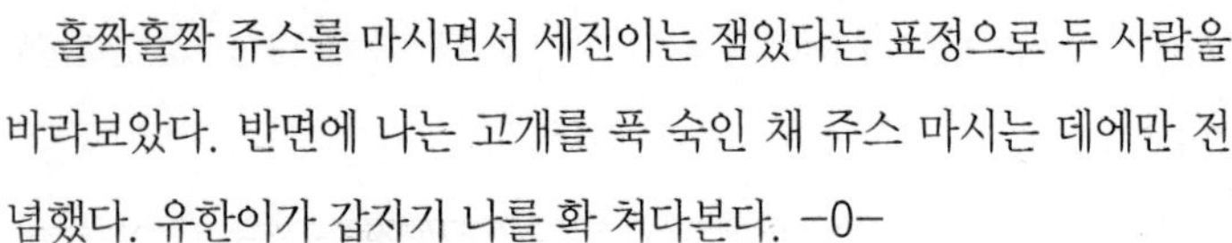

홀짝홀짝 쥬스를 마시면서 세진이는 잼있다는 표정으로 두 사람을 바라보았다. 반면에 나는 고개를 푹 숙인 채 쥬스 마시는 데에만 전념했다. 유한이가 갑자기 나를 확 쳐다본다. -0-

^--------^;;;;

저 표정은 분명히 자기 옆으로 더 다가오라는 표정이다. -_-; 이제 눈빛만 봐도 알 수 있다. 나는 슬금슬금 엉덩이를 들어 유한이 쪽으로 자리를 옮겼다. 준이 눈썹이 꿈틀대는 게 보이는데. 아쒸. 정말 왜들 이러는 거야? -0-

"저기 있잖아. ^-^"

진세진! 뭐야. 또 기분 나쁜 미소를 짓는 게 영 맘에 걸리는데. 저거저거 유진이랑 똑같은 짓 많이 하는데. -_-;

"둘이 팔씨름하면 누가 이겨? 이긴 사람한테 우리 언니 하루 이용권 줄게. ^-^"

이, 이용권? 내가 놀이터냐? 누구 맘대로!! -0-

"뭐? 야! 꼬맹이는 내 여자 친구야. 누구 맘대로!! 그리고 이용권이 뭐야!!"

아싸~ 유한이 잘한다. +_+

"왜? 이길 자신 없나 봐. ^-^"

저, 저 계집애가. 헐.

"오빠, 유한이 이길 수 있지?"

준이는 아무 말도 안 하고 계속 유한이만 째려보았다.

"좋아! 해!!"

암튼 유한이 자존심 센 건 알아줘야 한다. -_-; 준이도 동의한다
는 듯한 눈빛을 보냈다. 이것들이 갈수록 점점.

"하긴 뭘 해!"

결국 참지 못하고 내가 던진 말이다.

"진세진! 내가 물건이야? 이용권이게! 그리고 다시 한 번 말하는데
난 지금 유한이랑 사귀고 있다구! Okay?"

"뭘 그렇게 흥분하고 그래? ^-^; 나는 장난으로 한 소린데."

진세진 넌 좀 이따가 죽었어. -_-++

무려 3시간 동안을 뭐 하면서 놀았는지 기억도 안 난다. 간혹 기억
나는 것은 유독 나만 뚫어져라 쳐다보는 준이와 유한이의 눈빛에 하
마터면 정말로 뚫어질 뻔했다는 것. 그리고 이를 잼있다고 웃어 젖히
는 동생뇬의 웃음보를 보았다는 것. -_-^

"너희들 이제 가봐~"

조금만 더 있으면 무슨 일이 날 것만 같다. 무슨 놀이를 해도 꼭 끝
은 유한이와 준이만이 남아서 둘이서 경쟁을 하게 되는 통에 묘한 기
분이 들었다. -_-; 그로 인해 때려 치운 놀이가 한 두 가지가 아니
다. 쩝.

"왜 벌써 가라고 해?"

분위기 파악 못하는 뇬. 입을 다물라. >_< 내가 힘껏 노려봐 주자
세진이는 씨익 웃더니 자기 방으로 쏘옥 들어가 버린다.

"시간이 많이 늦었어. ^-^ 이제 둘 다 집에 가봐."

애써 웃음 지으려니까 얼굴이 경직되려고 한다. -_-^ 두 녀석은

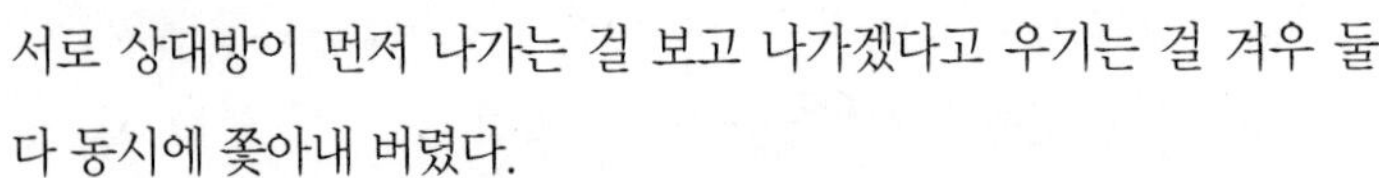

서로 상대방이 먼저 나가는 걸 보고 나가겠다고 우기는 걸 겨우 둘
다 동시에 쫓아내 버렸다.

유한아, 미안미안. ㅠ_ㅠ 그렇게 둘을 내보내고 세진이 방을 한껏
갈구기 시작했다. 문이 빼꼼이 열리면서 기분 나쁘게 이쁜 세진이가
얼굴을 내밀고는 씨익 웃는다. 으휴… 웬수 덩어리.

"아참! 언니~ 이거. ^-^"

ㅇ_ㅇ 웬 돈? 그것도 이만 원씩이나?

"웬 돈이야? +_+"

"내 말 듣고 화내면 안 돼. ^-^"

"뭔데~ 말해 봐~"

"이거 언니 사진 팔아먹고 챙긴 돈 절반. ^-^; "

"무슨 말이야?"

"준이 오빠한테 그동안 언니 사진 넘긴 거 한 장에 삼천 원, 만 원
에는 네 장. 총 열여섯 장 팔았어~"

네가 과히 죽고 싶은 게로구나! -0- 근데 또 돈 주니까 맘이 약해
져서 때릴 수가 없다. 게다가 사실 나도 예전에 우리 반 남자애들한
테 세진이 사진을 팔아먹은 기억이 있어서. -_-;

오해 5

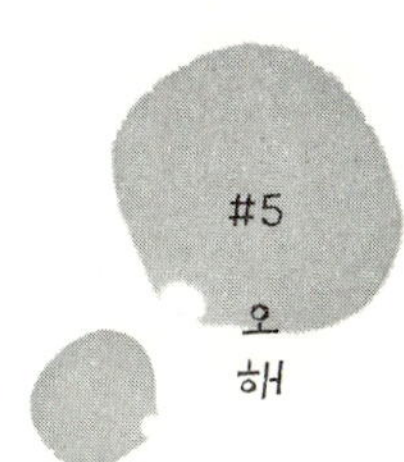

왜 이렇게 시간이 빨리 지나가는지. 금 같은 일요일이 지나고, 내가 제일 싫어하는 월요일. 하지만 한숨 푹 자고 나니 즐거운 점심 시간이다. ^o^

막 점심을 먹으려는데 밖에서 들어오던 반 친구가 두리번거리더니 나를 발견하고는 큰 소리로 말했다.

"세영아, 밖에서 누가 불러!"

"누가?"

"모르겠는데? 어떤 여자야."

그 친구는 모르겠다는 듯 고개를 내젓곤 자기 자리로 돌아갔다.

여자? -_- 세진이가 왔을 리는 없고… 내가 어리둥절해하며 나갈

까 말까를 고민하자 유진이가 내 어깨에 손을 올리며 말했다.

"내가 따라가 줄까??"

"괜찮아. 혼자 갔다 올게."

"빨리 와. 안 오면 밥 다 먹어버린다."

"기다리란 말야. >_<"

"아, 알았어. ^-^;"

간신히 밥 먼저 안 먹겠다는 약속을 받아낸 후 밖으로 나와 보니 저기서 여자애 세 명이 내가 오는 걸 보고 있다. o_O? 정지윤인 거 같은데…….

"네가 진세영이니?"

"그런데??"

"나 알지?"

"무슨 일이야?"

"단도직입적으로 말할게. 김유한 포기해."

무슨 개풀 뜯어먹는 소리래?

"내 말 안 들려?"

"그럴 수 없겠는데. -_-"

"말로 해선 안 들을 거니?"

"왜? 때리기라도 하려고? -_-"

"말로 안 듣는 애들은 맞아야지."

하면서 한쪽 입꼬리를 씨익 올리는 게 영~ 재수없다. 어라? -0-

남은 두 명이 나한테로 서서히 다가오더니 내 팔을 양쪽에서 붙잡았

다. 뭐야. 납치하냐. 나를 비웃는 듯한 표정을 지으며 지윤이는 서서
히 다가왔다. 분위기를 보아하니 뺨을 치려는 모양이군. 근데 나를
잡고 있는 애들 정말 힘 좋다. 아무리 몸부림을 쳐도 꿈쩍도 안 한다.
덩치 값한다 이거지. -_-+ 난 맞는 게 세상에서 제일 싫은데. 유진
아! 유한아! ㅠ_ㅠ

　"재수없어!"

　하는 소리와 함께 허공을 가르는 소리가 들려왔다. 하지만 그 소리
는 손이 내 뺨에 닿기도 전에 누군가의 목소리에 의해 제지되었다.

　"STOP!!"

　여유있지만 왠지 모를 강한 소리에 지윤이는 손길을 멈추었다. 그
리고는 소리가 나는 쪽을 향해 눈살을 찌푸렸다.

　"넌 뭐야?"

　"내가 누구냐구?"

　하더니 그 아이가 성큼성큼 우리한테로 걸어온다. 목소리는… 우
리 유진이다! ㅇ_ㅇ

　"나? 나 진세영 친구다. 불만있어?"

　우리 유진이 맞구나. ㅠ_ㅠ 유진아, 한 방에 보내 버렷!!

　"오호라~ 친구라 이거지?? 그럼 너도 맞든지."

　하면서 또 건방지게 유진이한테까지 손을 뻗는다. 네가 아직 유진
이를 잘 모르는구나. -0- 지윤이는 팔을 제대로 펴보지도 못하고
유진이의 손에 잡혀 버렸다. 얼굴이 붉으락푸르락해지는 게 꼭 불타
는 고구마 같다. 인정하기 싫지만 이쁜 고구마. -_-

“까불지 마라.”

유진이의 강압적인 말투에 지윤이는 떨리는 목소리로 말했다.

“너… 너 뭐, 뭐야.”

“이게 어디서 반말이야? 너 우리 3학년인 거 몰라?”

흠칫 놀라는 게 약간 졸은 듯하다. −_−^

“야! 너희들도 세영이 놔!”

유진이의 강압적인 말에 옆에 덩치들도 내 팔을 놓았다. 앗싸! 김유진 파이팅. +_+)0

“세영아, 너 이 애들 누군지 알아?”

“……”

“야! 네 입으로 말해 봐. 너 뭔데 우리 세영이 괴롭혀?”

유진이는 지윤이를 매섭게 노려보며 말했다.

“쟤가 내가 좋아하는 애 뺏어갔어.”

엄청 웃겨! 내가 언제 뺏어갔다고 그러니? −0−

“네가 좋아하는 애? 그게 누군데?”

“김유한.”

“김유한? 하핫! 하하하하하하하!!”

“왜, 왜 웃어?!”

“나 김유한이 누나인 거 모르나 보다?”

“뭐, 뭐?!”

“내가 김유한 누나 김유진이라고! 너 앞으로 우리 유한이랑 세영이 앞에서 얼쩡대면 그땐 죽는다! 알았어?!”

지윤이는 꽤 자존심이 상했는지 뒤도 안 돌아보고 덩치들과 함께 가버린다. 인사는 하고 가야지! 콱!!

"밥 먹으려고 하는데 왠지 불안하잖아."

그래서 와주었구나. ㅠ_ㅠ 고마워~

"바보야, 잡히면 어떡하니? 발버둥 치든지, 소리를 질러야지. 여긴 학교니까 네가 소리 지르면 적어도 백 명은 달려올 거 아니야!"

"너무 순식간에 일어난 일이라."

"앞으로 저년이 또 찾아오면 말해. 그땐 정말 혼쭐을 내줄 테니까."

"응! ^-^"

"어디서 우리 유한이를 넘봐? -_-"

-_-; 유한이 때문에 그랬던 거였어?

"이렇게 이쁜 여자 친구가 있는데. ^-^"

역시 나의 베스트! 유진아, 사랑해~♡ 물론 유한이 다음으로 말이지. ^-^;;

교실로 돌아온 나와 유진이는 허겁지겁 밥을 먹기 시작했다. 점심시간이 얼마 남지 않았기 때문이다. -_-;;

"세영아, 이번주 주말에 놀러 갈래?"

"어디로?"

"스키장!"

"이번주에 괜찮은 자리 남아 있어?"

"당근이지~ 사실 우리 콘도가 있는 곳인데 경치도 짱 좋아~"

“갈래갈래! >_<”

“그럼 예약한다?”

“근데 나 스키 못 타는데.”

“괜찮아. 배우면 되잖아. 그리고 그 옆에 롤러 스케이트장도 있으니까 거기서 놀면 돼.”

“나 스케이트도 못 타잖아.”

“하하~ 그건 쉬우니까 금방 배워.”

“그럼 이참에 배워보지 뭐. 근데 우리 둘이 가는 거야?”

“에이~ 둘이 가면 재미없지. 멤버는 이 언니가 모을 테니 걱정 말도록!”

일주일아, 빨리 흘러가라. 얼마나 기도했는지 모른다. 월요일 날에 토요일이 오기를 기도해 봐라. 정말 시간 안 가는 게 죽음이다.

어쨌든 바야흐로 시간이 흘러흘러 즐거운 주말이다! 누구누구 가는 걸까? +_+

“진세영~ 여기야!”

-0-! 저게 누구야! 유한이, 지훈이, 준이, 세진이~ 다 모였네? 유한이랑 준이가 좀 걱정되긴 하지만 난 유진이를 믿어!

“이야~ 여기 경치 짱이다.”

“당근이지~ 여기가 얼마짜리인데. -_-;; 우선 방에 들어가서 정리부터 하자. 나랑 세영이랑 세진이랑 한 방 쓰고, 유한이랑 지훈이랑 준이랑 그 옆방. Okay?”

“Okay!”

유진이, 세진이와 함께 방으로 들어왔다. 유진이 말대로 정말 짱이었다. ——b

"이야~ 방 좋다."

"그럼~ 특실인데 좋아야지."

"특실?"

"아빠한테 특별히 부탁했지."

나와 세진이가 방을 구경하고 있는 동안 유진이는 익숙한 손놀림으로 짐을 정리했다. 천장에 한 50㎝ 간격으로 둥글게 원을 그리듯이 무언가가 달려 있는데 뭔지 잘 모르겠다. 호, 혹시 CCTV? ㅇ_ㅇ 난 혹시 CCTV일지도 모른다는 생각에 고개를 들어 천장을 뚫어져라 쳐다봤다. 혹시 누군가가 보고 있다면 흠칫 놀라겠지?

딩동——

"누구세요?"

"나 지훈이."

유진이는 짐 정리 하던 손을 거두고 벌떡 일어나더니 폴짝폴짝 문으로 달려가 벌컥, 정말 벌컥! –0– 열었다.

"짐 정리 벌써 다 한 거야?"

"너 보고 싶어서 왔지."

우웨웨웨웩! –_– 닭살이야, 정말. >_<

"야~ 너희 뭐 해? ^-^ 빨랑 스키 타러 가자."

"나 스키 못 탄다니까."

"그럼 우리 우선 스케이트장부터 갈래?"

-_-; 스케이트도 못 탄다니까.

"가르쳐 줄 테니까 가자. 세진이는 탈 수 있지?"

"당근이지. 요즘 스케이트 못 타는 사람도 있어?"

그래, 난 사람도 아니다. -_-

이야~ ㅇ_ㅇ 스케이트장에도 사람 정말 많다. 나를 제외한 나머지는 모두들 스케이트에 능숙했다. 세진이는 거의 피겨 스케이팅 선수 뺨치게 날아다닌다. 평소 같으면 같이 저러고 있을 유진이가 지금은 지훈이 옆에서 생글생글 웃으면서 둘이 손 잡고 타고 있다. 그리고 세진이는 준이한테 가더니 장난을 치기 시작했다. 휴~ -_- 난 자리나 지키고 있어야겠다.

"여기서 뭐 해?"

우리 유한이다. *-_-*

"나 스케이트 못 타거든."

"내가 가르쳐 줄게. 일어나."

하고는 내 손을 잡아끌더니 얼음판으로 데리고 나갔다. 엄마야! 미끄러워서 자꾸 넘어질 것 같다. >_< 무서웠지만 그때마다 내 손과 허리를 꼬옥 잡아주는 유한이 덕에 기분이 정말 좋았다. *-_-* 유한이는 마치 나를 어린애 다루듯이 손을 꼬옥 잡아주면서 자기는 뒤로 간다. 그러다가 넘어지면 어떡할려구. 오우~ -_- 다리가 후들거린다. 그런데 갑자기 유한이가 내 손을 세게 잡아당겨서 자기를 스쳐 지날 만큼 저만치 날려 버렸다! -0- 엄마야! 어떡해! 멈출 수가 없

어. 너무 무서운 나머지 나는 두 눈을 꼭 감아버렸다. 그때 빠른 속도로 무언가가 내 옆을 스쳐 가는 것이 느껴졌다. 그리고는 갑자기 나를 덥석 안았다! 내 얼굴과 그것이 부딪쳤다. 겨우 살았다는 생각에 안도의 한숨을 내쉬며 눈을 떠보니… 엥? ㅇ_ㅇ 웬 사람 가슴? 고개를 들어보니 유한이가 생글생글 웃고 있다. 이 녀석!! 날 고의로 던져 놓고 자기가 잡은 거다.

도대체 그런 장난만 몇 번을 쳤는지. ㅠ_ㅠ 이러다가 나 심장병으로 죽으면 네 녀석이 책임을 질 것이며 혹시나 네가 넘어져서 나를 잡지 못해 내가 저 벽에 부딪쳐서 기절하면 어떡할 거니. >_< 헌데 횟수를 거듭할수록 유한이는 걱정보다 재미를 느끼는 거 같다. 이상한 성격의 소유자 같으니라고.

스케이트를 몇 시간 동안이나 탔는지 다리가 후들거린다. 내 흔들림을 느꼈는지 유한이는 손을 쏘옥 잡아주었다. 이놈아, -_-^ 내가 더 무서워.

“오늘 아무도 못 자. 자는 사람 재미없을 줄 알아.”
콘도로 돌아오자마자 유진이가 건넨 제안이다. -_-^
“당근이지! ^-^”
바로 대답한 이는 누구겠는가! -0- 당연히 세진이다. 가끔 보면 내 동생이 아니라 유진이 동생 같다.
“지훈아, 씻고 애들이랑 같이 우리 방으로 와. ^-^”
깨끗이 씻고 나와서 옷을 갈아입으니까 때마침 남자애들이 왔다.

유진이는 냉장고로 가더니 씨익 웃으면서 맥주를 잔뜩 들고 왔다. 유진이와 세진이는 소문난 술꾼이다. 둘 다 어느 정도 먹으면 취하기는 하지만 그래도 마지막까지 자리를 지킨다. 하지만 나는 정말 술을 못 마신다. -0- 맥주 세 잔만 먹으면 필름이 싹 끊긴다. 그래서 난 마시지 않으려고 발버둥 쳤지만 결국 한 잔을 마시고 말았다. ㅠ_ㅠ

분위기가 무르익어 가고 많은 빈 병이 널브러질 때쯤 나를 제외한 모두들의 얼굴은 달아올라 있었다.

"야아~ ^-^ 우리 진실 게임 하자~"

나참, -_- 진실 게임은 무슨~ 우리가 애냐?

"누구부터 하는 건데? +_+"

그래, 사실 나 진실 게임 좋아한다. >_< 사실 여기 있는 사람들한테 궁금한 게 많기 때문에! +_+ 우선 가위바위보를 해서 진 사람부터 질문을 받기로 했다. 순서는 유한, 준, 나, 세진, 유진, 지훈이 순서였다.

"김유한! 너 우리 언니 정말 많이 좋아해?"

애, 애는 왜 이런 질문을 한 건지. *-_-* 유한이는 무슨 대답을 할지. 왜 이렇게 궁금한 건지. 갑자기 숨이 막히는 게 심장이 마구 뛴다. 나는 조심히 유한이를 쳐다봤다.

유한이는 맥주 한 컵을 깨끗하게 비우더니 아무 말이 없다. 왜지? 말하기 싫은 건가?

"아니, 안 좋아하는데."

0_0 망치로 세게 얻어맞은 기분이다. 웃고 떠들던 분위기가 유한

이의 말 한마디에 침묵의 도가니로 변해 버렸다. 눈물이 날 거 같다. ㅠ_ㅠ 그럼 지금까지 나를 가지고 논 건가.

준이는 주먹을 불끈 쥐고, 유진이의 표정도 일그러지고, 세진이는 예상치 못한 대답이라는 표정으로 나와 유한이를 번갈아가며 쳐다보았다. 다만 지훈이는 뭐가 잼있는지 키득키득 웃고만 있다.

"아니~ 안 좋아하는데. 나 꼬맹이 안 좋아해. 단지 사랑할 뿐이지. ^^;"

ㅠ_ㅠ 내가 저 말의 뜻을 이해해하는 데까지 정확히 5초가 걸렸다. 유한이는 유진이한테 맥주병으로 맞고 있다. 사람을 긴장시켜 놓았다느니, 분위기 싹 깨놓았다느니, 재수없게 닭살 떤다느니 하는 이유로 유한이는 계속 맞았다. −_−^

"왜 사랑하는데?"

지훈이의 막는 손길에 안정을 취한 유진이의 질문이었다.

"사랑하는 데에 이유가 있나."

그 얘기가 끝나자마자 유한이 정말 많이 맞았다. −_−; 야아~ 너희들 왜 우리 유한이 때리고 그래. >_< 그러고 보니 지훈이랑 유한이 어느새 많이 친해진 거 같다. 아직 유한이랑 준이만 불꽃이 튄다. 아마도 유한이랑 지훈이는 유진이한테 특별 −_− 지도를 받은 게 아닌가 듯싶다.

한참 분위기가 무르익어 가는데 갑자기 세진이가 분위기를 가라앉히더니 낮은 목소리로 말했다.

"다음은 준이 오빠지? 나 준이 오빠한테 질문한다."

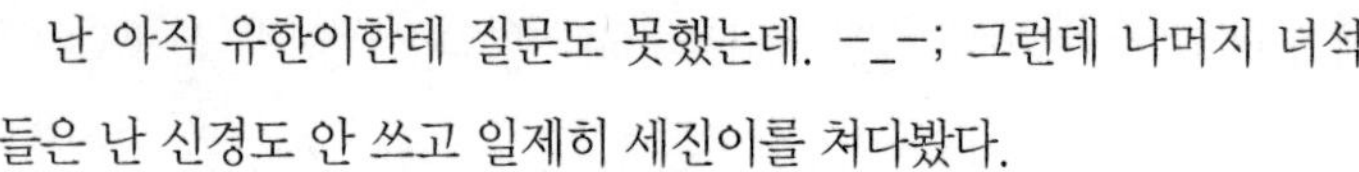

난 아직 유한이한테 질문도 못했는데. -_-; 그런데 나머지 녀석들은 난 신경도 안 쓰고 일제히 세진이를 쳐다봤다.

"준이 오빠, 정말 우리 언니 좋아해?"

저, 저게! -0- 정말 죽고 싶어서 환장했나. 유한이의 표정도 굳어지고, 화기애애하던 분위기가 갑자기 찬물을 끼얹은 듯 또다시 쌰~ 해졌다. 그래도 한때는 분위기 잘 맞춘다고 소문이 자자하던 세진이가 오늘만큼은 벌써 취한 건지. -_-;

"무슨 그런 걸 묻고 그래. 다른 거 물어봐. ^^;;"

유진이가 수습한다고 한 말이다. 그런데…

"아니, 대답할 거야."

준이가 낮은 목소리로 말하며 나를 지그시 바라봤다. 내가 시선을 어디에 둬야 할지 몰라서 안절부절못하자 유한이가 내 손을 꼬옥 잡았다. ——;; 나는 조금 어두워진 준이의 얼굴을 볼 수 있었다.

"나 세영이 정말 많이 좋아해."

유한이의 표정이 많이 굳어진 걸 볼 수 있었지만 준이는 말을 그치지 않았다.

"어쩌다가 저런 애송이한테 뺏겨 버렸는지 모르겠지만 난 아직도 세영이를 못 잊어. 지금은 행복하길 바라는 게 내가 할 수 있는 전부지만 사실 그 행복 내가 주고 싶었어."

유한이는 화를 참지 못하고 벌떡 일어났다. 하지만 준이를 향해 가려던 유한이의 발목을 잡은 건 세진이의 말이었다. 적어도 난 세진이 입에서 그런 말이 나오리라고는 생각도 하지 못했었기 때문에… 또

168

한 그렇게 밝게 웃고 있던 세진이의 얼굴에 그림자가 비추어진 것 또한 본 적이 없었기 때문에…….

"만약 내가 오빠를 좋아한다면 어떡할래?"

한순간 적막이 흘렀다. 모두가 세진이를 쳐다보았고, 준이 또한 많이 놀란 듯싶었다.

"나 사실 오빠 많이 좋아했어. 아니, 지금도 좋아해. 고등학교 입학해서 오빠를 처음 봤을 때부터 좋아하고 있었어. 그래서 일부러 그 써클에 가입한 거고, 또 오빠랑 직속이 됐을 때 정말 기뻤어. 난 오빠도 나한테 관심이 있다고 생각했거든. 언제부턴가 오빠가 더욱더 친절하게 대해주는데… 난 그게 나에 대한 관심인 줄 알았어. 근데 알고 보니 내가 아니라 세영이 언니였어. 나 지금까지 내 꺼 뺏겨본 적 없고 내가 좋아하는 사람 누군가에게 양보해 본 적도 없어. 하지만 언니니까… 우리 언니니까 애써 감췄어. 사실 언니 소식 물으러 오는 오빠를 보는 것만으로도 만족하고 행복했으니까."

정말 몰랐었다. 예전 같으면 자기가 좋아하는 사람 얘기 하면서 귀찮을 정도로 따라붙던 애가 근래에는 전혀 그러는 걸 볼 수가 없었다. 그게 바로 나 때문이었다니…….

"오빠, 난 안 될까?"

세진이의 울먹임에 준이는 아무 말 없이 술잔만 기울이고 있었다. 모르고 있었던 걸까, 아니면 알면서 모른 척한 걸까. 세진이는 울면서 밖으로 나가 버렸다.

"세진아!"

나는 세진이를 따라 나가려고 했지만, 지훈이는 그런 나를 잡고 못 가게 했다.

"이것 좀 놔봐. 세진이한테……."

"넌 그냥 앉아 있어. 박준! 네가 가."

지훈이의 말에 준이는 아무 말 없이 나를 한 번 쳐다본다. 그리고는 맥주를 한 컵 들이키더니 일어나서 외투를 집어 들고는 밖으로 나갔다. 세진이를 데리러 가는 걸까?

"흑… 흑."

"세영아, 울지 마."

내 동생이 나 때문에 그런 상처를 받고 있었다니 까맣게 몰랐던 내 자신이 너무나 싫어졌다. ㅠㅠ

휴우, 11시가 넘었는데도 세진이랑 준이는 들어올 생각을 하지 않는다. -_-; 핸드폰까지 꺼져 있고… 미치겠다. ㅠ_ㅠ 유진이와 지훈이는 데이트하러 나가 버리고. 유한이는 내가 자꾸 우니까 달래다 지친 건지 성냥개비를 쌓고 있다. 저 성냥개비는 어디서 났을까. -_-a 탁자 위에 성냥을 높게도 쌓아 올렸다.

"꼬맹아, 이리 와봐."

흐음. 지금 놀 기분이 아닌데.

"빨리. ^^ 보여줄 게 있어."

저렇게 또 꽃미소를 날리면 내가 안 갈 수 없잖아. ㅠ_ㅠ 지금 나 내 동생 걱정 하고 있는 거 맞니. 탁자 앞에 앉으니까 성냥의 형태가

드러난다. 성냥은 그냥 쌓아진 게 아니었다. 하트 모양으로 쌓아 올려져 있었다. 옆을 보니 빈 성냥통이 세 개나 된다. 이걸 보여주려고 부른 건가. 내가 어리둥절한 표정으로 쳐다보자 유한이는 씨익 웃더니 주머니에서 무언가를 꺼냈다. 라이타? 헉!! O_O 서, 설마!! 내가 말릴 틈도 없이 유한이는 성냥개비에 불을 당겼다. 유한아! 콘도 날아갈라. >_<

"이거 보란 말야."

유한이는 당황해하는 나를 덥석 붙잡더니 침대 위로 끌어 올렸다. 이상한 상상 마시길. -_-^ 그냥 침대 위에 서 있음.

침대 위에서 보니 성냥이 타오르는 게 보인다. 그냥 타는 게 아니라 하트 모양으로 붉게 타오르는… 그나저나 불나는 거 아니야? 난 몰라! 어떡해~ 그때였다.

쏴아~

갑자기 천장에서 탁자 쪽으로 물이 쏟아지기 시작했다. 천장을 보니 낮에 CCTV로 착각했던 곳에서 물이 나오고 있었다. +_+ 말로만 듣던 화재 감지기였구나.

"어때? ^^ 멋있지?"

"응. ^_^"

머, 멋있긴 하다만은 나 정말 놀랐어. 불나서 타 죽을까 봐. 나 아직 죽기 싫거든. ㅠ_ㅠ 아직 결혼도 못했는데.

"불날까 봐 걱정했지? 걱정 마. 나 아직 죽고 싶은 생각 없으니까. 꼬맹이랑 결혼도 못해보고 죽을 수야 없지. ^^"

“풋~”

“이야~ 너 웃는 거 맞지? 거봐, 웃으니까 예쁘잖아. 이제 슬퍼하지 마. 내가 지켜줄게.”

“고마워. ^-^;; ”

슬퍼 보이는 날 위해 준비한 거였구나. 고마워. 나 널 택한 거 절대 후회하지 않아. 아무래도 널 정말 많이 좋아하나 봐. 아니, 어쩌면 많이 사랑하는 걸지도 몰라.

“꼬맹아, 안 졸려?”

그러고 보니까 새벽 1시가 넘어가고 있었다.

“왜? 졸려?”

“아니. 난 괜찮은데 꼬맹이가 많이 피곤해 보여.”

“괜찮아. ^-^”

“우리 밖에 나갈래?”

“지금 이 시간에?”

“나 스케이트장 열쇠 있어. ^^”

하면서 열쇠를 들어 내 앞에서 흔들어 보인다. 유한이와 함께 손을 잡고 스케이트장으로 갔다. 근데, 요것들은 도대체 어디 있는 거야. -0- 유진이와 지훈이는 별 걱정 없지만 세진이랑 준이는 어디서 뭘 하고 있는 건지. 내가 그런 걱정을 하는 사이 유한이는 나를 자리에 앉히더니 신발도 직접 신겨준다. ^-^ 자상하기도 하여라~

ㅇㅇㅇㅇㅇㅇㅇㅇㅇ~ 또 넘어질 거 같다. ㅠ_ㅠ 아까 같은 장난 하면 어떡하지. 그거 정말 무서운데. -_-;

"이번엔 장난치지 않을 테니까 걱정 마. ^^"

허걱. -0- 이 녀석 정말 독심술하나 봐. 놀라워, 놀라워. -_- 유한이는 마치 나를 초등학생 가르치듯 조심스럽게 가르쳐 주었다. 한 발 한 발 걷는 거, 그리고 미끄러지듯 스릴을 즐기고 정말 넘어지기도 많이 넘어졌다. 엉덩이 아파 죽겠네. ㅠ_ㅠ

"아얏!! >_<"

아침에 일어나니… 사실 아침은 아니다. -_- 온몸이 쑤셔 죽겠다. 근데 이것들! 아직도 안 들어왔네! 지금 시간이 몇 신데! -0- 띠리링― 소리에 핸드폰을 보니 네 개의 문자가 와 있었다.

「지니? 아무튼ㅏ 걱정하지 말라구~」

유진이다. -_-; 그래, 너야 뭐 늘 걱정없지.

「언니, 미안. 핸드폰 배터리가 닳아서 홀에 가서 충전시키고 문자 보내는 거야.」
「나 걱정 말라구. 준이 오빠도 같이 있으니까.」
「꼬맹아~ 일어나면 전화해. ^-^」

마지막 문자는 우리 유한이다. ^-^ 언제 보낸 거지? ㅇ_ㅇ 헉! 지금이 12시니까 9시면 3시간 전에? 그럼 9시에 일어나서 나 깨우지도 못하고, 내가 전화할 때까지 기다린 거야? ㅠ_ㅠ? 난 얼른 1번을 꾹 눌렀다.

[여보세요?]

"유한아~ 미안. 많이 기다렸지. ㅠ_ㅠ"

[일어났어? 내가 지금 갈게~]

헉! -0- 나 아직 세수도 안했는데. (__*) 나는 재빨리 일어나 욕실로 가서 대충 세수를 했다. 일명 고양이 세수라고 한다지. 그리고는 양치질을 하고 머리를 빗고는 다시 침대 위에 앉았다. 마치 이미 일어나 있던 사람처럼. 타이밍 정확하게 유한이가 들어왔다. ^-^

"일어났네? ^^"

"깨우지 그랬어?"

"너무 곤히 자길래 나 하마터면 꼬맹이 너 끌어안고 잘 뻔했어~"

"^-^; 그, 그랬어? 그러지 그랬어."

응큼한 거 아닙니다. --;

"정말?"

"엉? 그게. ^-^;"

"놀라기는~"

하하, 자식 눈치 챘구나.

"그나저나 세진이랑 유진이한테는 연락없었어?"

"문자 왔더라구~"

"뭐래?"

"그냥 걱정하지 말라구~"

"나참, 늑대들하고 같이 있는데 걱정하지 말라고?"

"하. ^-^;"

유한이는 핸드폰을 꺼내더니 어디론가 전화를 걸었다.

"김유진! 어디야!"

--; 남들 앞에서는 누나라고 하면서 왜 꼭 이럴 땐 이름을 부르는 걸까.

"야! 어디 여자가 남자랑 날밤을 새! 빨랑 못 와?!"

그… 그럼 너랑 날밤 새기 직전이었던 난 뭐니. -_-;;

"야! 너 빨랑 우리 유진이 데리고 와!"

하고는 전화를 뚝 끊어버린다. -0- 지훈이한테 그런 거 같은데. 지훈이한테도 형이라고 안 하네. 그리고는 또 어디론가 전화를 걸려다가 아차 싶었는지 내게 핸드폰을 건넨다.

"꼬맹아, ^^ 세진이 번호 눌러봐~"

그렇지. 유한이는 세진이 번호를 모르지~ 근데 아까 전에 소리 지르던 녀석 맞아? 나만 보면 실실(?) 웃는 게 참 좋다. ^0^ 난 내 핸드폰으로 단축 번호를 누른 후 유한이에게 건네주었다.

[여보세요?]

역시 내 껀 스피커 기능이 짱이야. +_+ 근데 세진이 목소리가 이렇게 굵었던가. -_-;;

"뭐야. 왜 네가 받아?"

주, 준이가 받았나 보네.

[오빠, 이리 줘봐. 여보세요?]

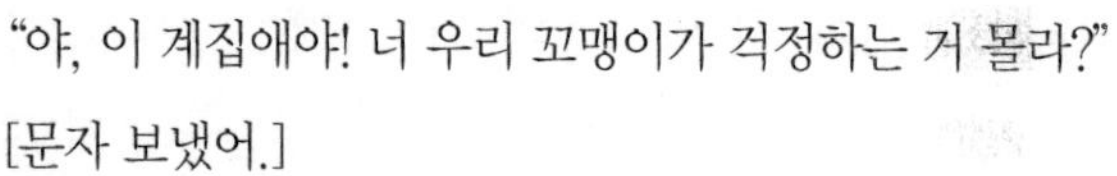

"야, 이 계집애야! 너 우리 꼬맹이가 걱정하는 거 몰라?"

[문자 보냈어.]

"문자 보내면 다야? 너 지금 어디야?"

[나 준이 오빠랑 같이 있으니까 걱정 안 해도 돼.]

"그 자식이랑 있으니까 더 걱정되는 거야. 너 혼자 있음 누가 네 걱정 하냐? 너 건드리는 놈이 더 불쌍하지. 빨랑 와!!"

하고는 또 일방적으로 뚝 끊어버린다. ㅡ_ㅡ;

"꼬맹아~ 나 잘했지? ^^"

"어… 엉. ^-^;"

주말이 도대체 어떻게 지나간 건지. ㅡ_ㅡ; 스키도 한번 제대로 못 타보고. >_< 사실 내가 못 타서 다들 안 간 거란다. 스키는 가르쳐 주면서 타려면 스릴이 없다고.

어쨌든 세진이와 준이는 와서도 별 얘기를 하지 않았다. 그냥 분위기 맞춰주는 게 전부다. 유진이는 더 사랑이 싹텄느니 어쨌느니 하면서 딱 붙어서 떨어질 생각을 안 한다. 도대체 뭘 하고 놀았(?)길래 사랑이 싹텄다는 거야. 유한이는 어떻게 해서든 둘을 떼어놓으려고 난리고. 유진이는 그런 유한이의 머리를 꼭 때린다. ㅡ_ㅡ;;

"야! 김유진, 유한이 그만 때려."

"어쭈~ 편드는 거야?"

"그래, 편든다. 어쩔래~"

내가 편을 들어주는 게 꽤나 고마웠는지 유한이가 내게로 와서 또 내 손을 꼬옥 잡는다. 난 내 여자 친구잖아. ^---^

“세영아~ 내가 전화할게. ^-^”

“엉.”

“세진이도 잘 가구. ^-^”

“언니~ 재밌었어. ^^”

우리 집이 제일 먼저 있는지라 우리가 제일 먼저 내리게 되었다. 유한이 따라 내리려고 발버둥 치다가 결국은 유진이한테 목덜미를 잡혔다. -_-;

“너의 사랑하는 꼬맹이 피곤하니까 자게 냅둬라. 엉? -_-”

유한이가 구조의 눈길을 보내듯이 나를 지그시 바라보는데 나도 너랑 놀고 싶지만 몸이 괴로워. ㅠ0ㅠ 유한이도 내가 피곤하다고 하자 씽긋 웃으면서,

“그럼 일어나면 전화해. ^^”

한다. 그 말에 유진이는 또 누나 말은 귓등으로도 안 듣고, 여자 친구 말만 듣는다고 구박한다. -_-^ 내가 유한이랑 인사를 나누는 동안 세진이는 눈빛으로 준이한테 뭐라뭐라 말하는 거 같다. -_-;; 무슨 말들을 하는지 전혀 감이 안 오지만, 아무튼 괜찮아 보이니까 다행이다.

집으로 돌아와 따뜻한 물로 샤워를 하고, 침대에 눕자마자 바로 잠이 들었다. -_-;

“으아아아아아아아악!!”

벌떡! 헉헉. 악몽을 꿨다. 너무 피곤하면 꿈을 안 꾼다더니 그거 다

거짓말인가보다. ㅠ_ㅠ

　꿈속에서 역시 -_-;; 스케이트를 타는데 처음엔 친절하게 가르쳐 주던 유한이가 내가 너무 운동 신경이 둔하다는 이유로 나를 돌려 세우더니 있는 힘껏 화악! 하고 밀어버리는 것이었다. 이 녀석이 또 장난하나 생각했지만 벽이 가까워지는데도 잡으러 오기는커녕 그 자리에 서서 겁에 질린 내가 우스운지 큰 소리로 웃어대기 시작했고, 갑자기 나타난 주위 사람들도 모두 웃고만 있는 것이다. ㅠ_ㅠ 벽에 부딪히려는 순간! 눈을 질끈 감고 비명을 지르다가 잠에서 깼다.

　크헉! -0- 욱신욱신. 악몽의 반동으로 일어나 느끼지 못했던 통증이 서서히 악몽의 긴장에서 풀리면서 전신을 타고 있었다. 허리도 제대로 펴지를 못하겠네. ㅠ_ㅠ 아무래도 혼자서 일어나기는 무리다.

　"세… 세진아."

　왜 이렇게 조용하지? -_-

　띠리링―

　문자 왔다.

「언니, 나 먼저 갈게. 깨워도 안 일어나더라. 일어나면 밥 해서 먹어. 밥 없다.」

　-0-! 네가 없으면 내가 어떻게 혼자 일어나냐고요. 밥이라도 해 놓고 가지. ㅠ_ㅠ 크헉! 괴상한 기합(?) 소리와 함께 침대 모퉁이를 잡고 몸을 일으켰다. 한 발 한 발 내디딜 때마다 허벅지에서부터 당

김과 함께 엉덩이를 타고 욱신거림이 허리 신경을 올라 척추에까지 전달되면서 몸이 앞으로 고꾸라진 채 엉거주춤 방문을 열었다. 학교 가야 하는데. 참! 유한이한테도 전화해 줘야 하는데. -_-;

거실과 내 방 사이의 문턱에 몸을 맡긴 채 1번을 꾸욱 눌렀다.

[응, 꼬맹아?]

"응, 나야. ㅠ_ㅠ 근데 왜 전화하라고 했어?"

[꼭 무슨 이유가 있어야 하나? 그냥 목소리 들으려구~]

"나 온몸이 쑤시고 욱신거려. >_<"

[왜?]

"왜긴 무리했잖아. ㅠ_ㅠ"

[아~ 스케이트?]

"그래."

[그럼 지금 못 움직이겠네?]

"지금도 간간이 벽에 기대어 있는 거야. ㅠ_ㅠ"

[내가 갈까?]

"안 돼! 나 지금 방금 일어나서 추해. 오지 마."

[그렇게 말하니까 더 가고 싶잖아~ 못 움직인다고? 헤헤~ 화악 뽀뽀해 버려야겠다.]

"오, 오지 마아!!"

[풋, 간다!]

"안 돼! -0-"

하지만 내가 말리기도 전에 전화는 이미 끊겼다. -_-;; 지금 엄청 추할 텐데.

나는 몸을 살짝 돌려 문 옆에 있는 거울을 보았다. -O-! 눈이 무지 많이 부었다. 게다가 볼까지 땡땡. ()-.-() 이런 모습으로 어떻게 유한이를 만나. ㅠ_ㅠ 빨리 세수라도 해야 할 텐데 도저히 걸을 수가 없다.

대충 눈곱만 떼고 손을 뻗어 수건을 손에 쥐고 있는 힘을 다해 거실로 나갔다. 도저히 욕실까지 갈 기력이 못 되어 결국 소파로 가서 털썩 주저앉았다. 소파 맞은편에도 거울이 있어서 나를 더욱 괴롭게 했다. 자기는 예쁘니까 거울을 즐겁게 해줘야 한다면서 극구 반대하는 나를 제치고 저 위치에 당당히 거울을 걸어둔 세진이가 너무너무 싫어지는 순간이었다. ㅜㅜ

애써 거울을 피해보려고 몸을 이리저리 움직여 보았지만 이런 상태로 저 큰 거울을 피하기란 지금 이 글을 보는 그대가 바늘 구멍을 통과해야 하는 어려움이라고나 할까. -_-;; 임시 방법으로 우선 수건으로 얼굴을 가렸다.

딩동— 딩동—

왔다! ㅠ_ㅠ

"문 열렸어."

문이 달칵 열리면서 누군가 들어오는 소리가 들렸다. 그리고 그 들어온 누군가는 소파에 수건으로 얼굴을 가리고 앉아 있는 나를 뚫어져라 보기 시작했다. -_-;;

"유한아 왔어?"

“꼬맹아, -_- 지금 뭐 해?”

“응? 그, 그냥. ^-^;”

“너 혹시 ^^ 얼굴이라도 부은 거야?”

“아, 아니? 그냥~ 수건으로 얼굴 가려지나 보려고~”

“풋~ 너 양쪽 볼이 다 보여. 얼굴 크구나? ^^”

쿨럭. 자식, 눈치 챘구나.

“네 작은 얼굴이 그걸로 안 가려지겠어? 그러지 말고 어서 수건 걸어봐. 얼굴 좀 보자. ^^”

“싫어~ 진짜 추하단 말야. ㅠ_ㅠ”

“정말로 얼굴 부은 거 맞구나?”

유도심문에 걸려든 거야. ㅠ_ㅠ 바보 진세영.

“괜찮으니까 빨리 수건 치워봐. 얼굴 좀 보자.”

“안 돼. 이 모습 보고 네가 나 싫다고 하면 어떡해~ 온전한 모습만 보여줄 거야. -0- 그러고 있지 말고 나 좀 일으켜서 욕실로 바래다줘.”

“싫은데? 얼굴 보여주면 데려다줄게.”

하고는 내 앞으로 와서는 쪼그리고 앉는다. -_-

“유한아, 너 그 자세로 있으면 치질 걸려. -0-”

“괜찮아~ 네가 약 발라줄 거잖아.”

“어우~ 싫어. >_< 그걸 내가 어떻게 발라주니~”

“싫어? 내가 누구 때문에 치질 걸리게 생겼는데~”

“그게 나 때문이야?”

"당연하지."

그… 그런가? -_- 진짜 내 잘못인가?

"그럼 약속해~ 나 보고 웃으면 안 된다!"

"알았어~ 약속할게."

계속 가리고 있자니 팔도 아프고 또 유한이가 치질에 걸릴까 봐 두 눈을 질끈 감고 조심스럽게 수건을 내렸다.

"푸… 푸하하하하하하!!"

"웃지 않기로 했잖아. ㅠ_ㅠ"

"하하, 미안. 안 웃을게. ^^"

내가 거의 울 듯한 표정이자 유한이는 애써 웃음을 참으면서 내 볼을 꼬집었다.

"안 그래도 통통한 꼬맹이 볼이 더 빵빵해졌다. ^^"

ㅠ_ㅠ 너무해~ 나빴어.

"귀여워서 그래. ^^"

치이~ 내가 또 속을 줄 알고? -_-

"눈도 부었네? 어? 우리 꼬맹이 눈은 크고 예쁜데 너 누구야! 우리 꼬맹이 어디에다 감췄어~"

"우씨. ㅠ_ㅠ 왜 그래. 그러게 내가 싫다고 했잖아."

유한이는 내 뺨을 가볍게 톡톡 치면서 말했다.

"예쁘고 귀엽고 사랑스럽기만 한데 뭘~ ^^ 네가 이 모습으로 평생을 산다고 해도 내 눈에는 네가 제일 예쁘고, 너만 사랑할 테니까 걱정 마. 그래도 다행이다. ^^"

"뭐가? o_o"

"난 혹시나 에어리언으로 변신했으면 어쩌나 했지. 쿡."

에… 에어리언? -0- 아무튼 이런 내 모습마저도 사랑하겠다니.

"세수한다면서. ^^"

-0-! 그러고 보니까 세수도 안 한 상태로 유한이랑 마주보고 있었단 말이야. >_<? (>_<) (>_<)(>_<)(>_<)

"왜 또 고개를 내젓는 건데. ^^; 세수하기 싫다고?"

"아~ 아니.^-^; 빨랑 일으켜 줘~"

크허허허헉 ㅠ_ㅠ

"아아아아아아아!! >_<"

"많이 아파?"

"응. (ㅠ_ㅠ)(__)(ㅠ_ㅠ)(__)(ㅠ_ㅠ)"

"그럼 다시 앉아 있어~"

하고는 나를 조심스럽게 바닥에 앉혀주고는 욕실로 뛰어간다. 물 트는 소리가 들리기 시작한다. -0-; 혹시 이 녀석도 안 씻고 와서 지금 씻는 건가. 생각의 한계다. -0-

어느새 유한이가 세숫대야에 물을 받아와서는 내 앞에 놓았다. 그러더니 수건을 내 목에 둘러 주고는 자기 손에 물을 묻혔다. o_o 뭐 하려는 거야?

"헉! -0- 너 지금 뭐 해?"

"뭐 하긴 ^^ 우리 꼬맹이 세수시키려고 그러지~"

"뭐, 뭐?!"

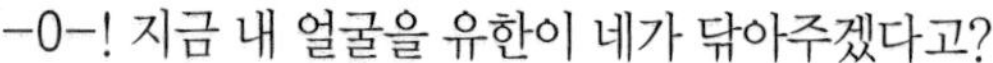

-0-! 지금 내 얼굴을 유한이 네가 닦아주겠다고?

"괜, 괜찮아. 세수는 내가 할 수 있어. >_<"

"싫어~ 내가 해줄 거야!"

"괜찮데도. 내가… 내가… 한……."

내가 자꾸 고개를 흔들자 유한이가 갑자기 내 얼굴을 한 손으로 딱 잡는다. 때문에 양쪽 볼이 유한이의 엄지와 검지에 끼었다. ㅠ_ㅠ 그러더니 반대쪽 손으로 물을 흠뻑 묻히고는 내 얼굴을 마구마구 문대기 시작했다.

"저… 저기 읍. -0-"

말도 못하게 얼굴을 사정없이 문질러 댄다. ㅠ_ㅠ 하려거든 살살 하든지~ 난 두 팔로도 유한이의 팔을 당해낼 수 없었다. 더군다나 얼굴이 잡혀 있는 상태라 더욱 그랬다. 내 얼굴이 그렇게 더럽다냐? -_- 뭘 그리 박박 문지르느냐. 얼굴 닳아 없어지겠다. -0-

유한이는 손을 멈추더니 이번에는 내 목에 둘린 수건을 걷어내어 물기를 닦아주기 시작했다. 이건 정말 혼자 할 수 있는데. 물기를 다 닦아주고는 얼굴을 두 손으로 덥석 잡더니 쪽 -0- 하고 입에다 뽀뽀를 해버렸다. 워낙 순식간에 일어난 일이라 *-_-* 당황스럽기 그지 없었다.

"끝! ^^"

이라고 말하고는 다시 대야를 들고 욕실로 가버린다. 녀석도 쑥스러운 게야. >_< 푸웁~

"그럼~ 우리 오늘 못 놀러가는 거야?"

"학교도 못 가게 생겼는데. ^-^;"

"에이~ 난 놀고 싶은데. 내가 업고 다닐 테니까 나가면 안 돼?"

어찌 저런 억지를. -_-; 유한아, 나 학교 가야 하는데 지금 학교도 못 가고 있거든? ㅠ0ㅠ

"^-^; 난 쉬는 게 더 나을 거 같은데? 빨리 나아야 더 많이 놀러 다니지. 안 그래?"

"그럼 푹 쉬어. ^^"

^-^; 근데 이 녀석이 갈 생각을 안 한다. -0- 흐음, 그럼 나보고 어떻게 쉬라는 거야. >_<

"너 쉬고 있는 동안 난 뭐 하지?"

뭐 하긴 -0- 당연히 학교에 가야지. 하지만 난 마음이 여려서 저런 말 하지 못한다. >_< 잘못했다. -_-; 그래, 나 굼세다. -0-!

"^-^; 글쎄~ 뭐 하고 있을래?"

"나도 잠이나 잘까?"

"으응?"

"그러고 보니까 아직 밥도 못 먹었어. 나 밥 줘."

"나도 주고 싶은 마음은 굴뚝 같은데 ^-^; 몸 상태가 이 모양인지라."

"그럼 앉아 있어. 내가 챙겨 올게."

0_0 네가? 유한이는 자신있다는 표정으로 씨익 웃곤 긴 다리로 휘적휘적 부엌으로 갔다. 이거 왠지 불안한데. -_-^ 영 불길한 느낌. 나의 이런 느낌은 불행하게도 정확히 맞아떨어졌다.

5··· 4··· 3··· 2··· 1!!

쨍그랑 !! -_-

이럴 줄 알았어. ㅠ_ㅠ 부잣집 도련님께서 어떻게 밥을 차려.

"유한아! 안 다쳤어? 괜찮아?"

몸이 쑤셔서 일어나지도 못하고 앉은 채로 유한이의 안전을 물었다.

"엉? 괜찮아~ 무슨 그릇이 이렇게 쉽게 깨져?"

그럼 유리가 금방 깨지지. -_-^ 하긴 유한이네 그릇은 단단하기도 하지. 전에 설거지를 하다가 한 번 떨어뜨린 적이 있는데 유한이네 그릇은 끄떡도 없었다. -0- 무쇠로 만들었나.

"정말 다친 데 없어?"

"응~ 기다려 봐."

한 5분이 지났는데도 아무 소리도 들리지 않은 채 유한이도 부엌에서 나오지 않고 있다. -_-; 도대체 뭘 하는 거야? -0- 일어나기도 힘든데. ㅠ_ㅠ 크흐흐흐흑. 어렵게 몸을 일으켜 역시나 허리를 구부린 채 엉거주춤 부엌으로 발길을 옮겼다. 유한이는 깨진 그릇 조각을 주우려는 생각이 전혀 없는 건지 -_- 쪼그려 앉아서 계속 조각들만 바라보고 있었다. 강렬한 눈빛으로 유리 조각들을 녹여 버리려는 건가?

"너 그렇게 앉아 있음 치질 걸린다니까. -_-"

하고 싶은 말은 못하고 또 헛소리만 지껄였다. 진세영 하는 말이 다 그렇지. 할 수 없이 나는 어정쩡한 자세로 제대로 앉지도 못하고

조각들을 줍기 시작했다. ㅠ_ㅠ

"그냥 둬. 내가 치울게."

치우긴 뭘 치워. 여태 이러고 있었으면서.

"빗자루로 쓸려고 했는데 조각들이 너무 많이 흩어져서 밖으로 나갈 수가 없잖아. 너 아픈데 빗자루 가져오라고 시킬 수도 없고. 그래서 어떻게 하면 저 조각들을 뛰어넘을 수 있을까 하고 생각하고 있었어."

-0-! 그랬던 거였어? 귀여운 녀석. ㅋㅋ 그냥 빗자루 가져다 달라고 하지. 우리 사이에 무슨. *-_-*

"빗자루 좀 가져다 줄래? ^^"

사실 빗자루를 가지러 가는 것조차도 버거웠지만 쪼그려 앉아서 깨진 그릇 줍는 것보단 나을 거라는 생각에… 풋, 사실은 유한이의 기특한 생각이 너무 예뻐서. ^-^ 또 엉거주춤 걸어서 빗자루를 가져다 주었다.

"어렸을 때 그릇 정말 많이 깨뜨렸어. ^^ 그래서 치우는 거 하나는 자신있어."

그, 그래. ^-^;

"이제 가서 앉아 있어. 내가 밥 차리면 부를게."

"저기… 나 그냥 여기 앉아 있을래."

"왜?"

"그냥. ^-^;"

"풋~ 솔직히 말해."

"사실 갈 수가 없어. ㅠ_ㅠ"

나의 어이없는 대답에 유한이는 크게 웃으면서,

"그럼 여기 앉아 있어. ^^"

하고는 나를 식탁 의자에 앉혀주었다. 그래, +_+ 한번 기대해 보마.

……

지금 몇십 분째 저러는 건지. -_-; 쌀이 다 불어버리진 않았을까란 생각이 들 정도다. 아까부터 쌀 씻고, 물 버리고, 쌀 가져와서 다시 씻고, 다시 물 버리고, 다시 쌀 가져와서… -_-^ 도대체 뭘 하는 거지? >_< 내가 식탁을 잡고 몸을 일으키자 유한이는 흠칫 놀란 표정으로 두 손을 내저으며 강하게 거부했다.

"오, 오지 마. ^^;"

그러니까 더 궁금하다. -_- 난 간신히 몸을 일으켜 유한이를 밀쳐 내고 싱크대로 얼굴을 들이밀었다. 허걱! -0- 쌀들이 싱크대에서 헤엄을 치고 있다. 쌀 씻을 줄 모르겠지. 그렇다고 쌀을 다 버리면 어떡해. >_< 아까운 내 쌀들! 에효~ 그래도 해보겠다고 하는데 뭐라 할 수도 없고, 그렇다고 굶을 수도 없는 노릇. -_-^

"저기 유한아, ^-^; 라면 좋아해? 나 라면 먹고 싶은데."

"라면? 좋아해~ 기다려!"

휴우, 다행이다. 하마터면 굶어 돌아가실 뻔했다. -0-

잠시 후 돌아온 유한이가 라면을 끓여줬다. 그래도 라면은 참 잘 끓인다. ^-^ 적어도 세진이가 끓인 것보다는 맛있다. 계집애가 어쩜

요리를 못하는지. -_-+

　유한이가 돌아간 후 씽크대를 보며 쌀이 아까워서 많이 울었다. 저녁에 돌아온 세진이는 왜 쌀이 씽크대에 버려져 있냐며 -_-; 혹시 쌀이 썩었냐고 물었다.

　오랫동안 유한이를 보지 못했다. ㅠ_ㅠ 급하게 유한이가 부모님을 따라 잠깐 외국을 가는 바람에 이 주일쯤 못 본 거 같다. 내일 저녁에 온다던데. 보고 싶어라~

　세진이 요 계집애는 며칠간 평소보다 더 늦게 들어온다. 요것이 확 집으로 쫓아버릴까 보다. -0-

　하지만 내가 지금 강력하게 대할 수 없는 이유가 있다. 늘 힘없이 어깨가 축 처져서 들어오는 세진이를 보면서 나 역시 기분이 좋지 않은 건 매한가지였다. 밖에서 안 좋은 일이 있었는지 울상으로 들어와서 한바탕 울고는 잠이 든다.

　그리고 또 나보다 먼저 일어나 집을 나간다. 요즘 들어 세진이랑 제대로 된 대화를 한 적이 없다. 그러고 보니 때는 바야흐로 스키장을 다녀온 뒤부터였다. 세진이가 자신의 마음을 준이에게 고백한 뒤로부터 힘이 하나도 없는 것 같다.

　우리 세진이……. 언니로서 제대로 해준 것도 없는데 오히려 아프게 하는 거 같아서 너무너무 미안하다. 오늘도 세진이가 힘이 없어 보이면 뭐라고 말을 건네지? 무슨 말이든 해주고 싶다. 그래서 잠도 자지 않고 세진이가 오기를 기다렸지만 -_-; 오늘도 역시 눈을 뜨니 아침이다.

학교에서 돌아와 달력을 보니 빨간 동그라미가 엄청나게 크게 그려져 있는 게 한눈에 들어왔다. ㅇ_ㅇ

꺄아아아~ 내 생일이 돌아오는구나! 유한이도 알고 있을까? 흐음, 그런데 왠지 모르게 불안한 기분이 든다. 여자에겐 직감이 있다고들 하지. 하지만 난 그다지 직감이 맞는 편이 아니기에 아닐 거라 생각하며 고개를 흔들어 버렸다. 그래, 아무 일도 없을 거야~

아우! 김유한! 보고 싶잖아. 오늘 왔을 텐데 왜 연락이 없지? 먼저 전화를 걸어볼까? 기다려라! 나의 꽃미남. ^-^ 이 누나가 곧 너를 찾아주마. -0-v 늦은 밤 난 유한이의 목소리를 듣기 위해 +_+ 1번을 꾸욱 눌렀다.

[고객이 전화를 받지 않아 소리샘으로…….]

어라? 왜 전화를 안 받지? 무슨 일 있나? 바쁜가? ㅇ_ㅇ 아님 벌써 자나? -0- 에효~ 나도 자야겠다. 하긴 외국에 다녀왔으니 피곤하겠지.

그날 나는 꿈속에서 유한이랑 노는 꿈을 꿨다~ 나 잡아봐라 하면서. >_<

"자기야~ 나 잡어봐랑. ^0^"

"잡히면 다리 몽둥이 뽀싸뻰다!"

저렇게 말할 줄이야! -0- 헉헉헉, 안 잡히려고 뛰어다니다가 힘들어서 죽는 줄 알았다. 사실은 잡혀서 흠씬 두들겨 맞을 뻔했다. 꿈이 엽기네.

다음날 나는 다시 유한이에게 전화를 걸었다. 몇 번의 신호음이 울리고 저편에서 받는 듯한 소리가 들리자 나는 잔뜩 긴장을 했다. 런데…

[여보세요?]

웬 여자가 받는다.

"김유한 씨 핸드폰 아닌가요?"

[맞는데 누구시죠?]

누구지? -0- 유한이가 아닌 여자 목소리에 당황한 난 전화를 끊어버렸다. 한참 동안 고민을 하는데 핸드폰이 울린다. 유한이일지도 몰라. >_< 낭군님아~ 보고 싶었어. ㅠ_ㅠ 난 재빨리 발신자를 확인했지만 나의 낭군님이 아니셨다. 그래도 그나마 위로가 되는 우리 낭군님 누님 되시는 김유진이구만.

"여보세요?"

[세영아, 지금 나올래?]

"왜?"

[나 지금 지훈이랑 같이 있는데 얘가 너 밥 사준다고 나오래.]

"갑자기 웬 밥? ㅇ_ㅇ"

[몰라. 여기 시내에 있는 비스 레스토랑이거든. 30초 내로 튀어와라! 알았지?]

하고는 또 툭 끊어버린다. -0-; 전화 예절을 가르치든지 해야지. 그나저나 캑! 30초 만에 어떻게 달려가냐. 하지만 배가 고팠던 터라 택시를 잡아타고 총알처럼 날아서 비스 레스토랑으로 갔다. ^-^;

“여기야~ 세영아!”

“웬일이야, 밥을 사주겠다니?”

“어? 그, 그냥. ^-^;; 이 집이 맛있다길래.”

“너 솔직히 말해 봐. -_-; 유진이한테 켕기는 거 있으니까 나 방패막이로 쓰려고 부른 거지?”

“아니! ^^; 무, 무슨 소리야~ 그럴 리가! 이야~ 이거 맛있다! 많이 먹어.”

수상한데. -_-^

“유지훈, 뭐야? -_-^ 세영이 말이 맞는 거야?”

어찌나 매섭게 노려보면서 묻는지. -_-^ 유진아 눈에서 레이저빔 나올라. -0-;

“아, 아니라니까. ^^;”

“뭐야! 짜샤! 말해!”

하면서 유진이는 밥 먹고 있는 지훈이 등을 마구마구 때리기 시작했다. 철썩철썩 소리가 나는 게 몹시 아프겠군.

“유, 유진아! 아, 아니라구!”

“유진아, ^-^; 진정해. 난 그냥 해본 소리야.”

그제야 유진이는 지훈이 때리던 손길을 멈추었다. 괜히 장난쳐서 미안해라. -_-;

“씩씩! 정말 아니지?”

“그, 그럼. ^^;”

지훈이가 사준 밥을 맛있게 먹고 셋이서 시내를 거니는데 저쪽에서 어떤 여자 아이가 깡총대면서 달려온다. -_- 그걸 본 지훈이의 얼굴이 하얗게 질렸다. 혹시? -_-+ 내 예상이 맞기라도 하듯 지훈이는 재빨리 유진이를 돌려 세웠다.

"저, 저기 유… 유진아! 노… 노래방 갈래?"

"갑자기 무슨 노래방이야~ 그리고 너 추워? 왜 갑자기 떨고 그래?"

하면서 돌아서려는 유진이를 막으려는 듯 그녀의 어깨를 지훈이는 꽈악 잡았다. -0-

"야! >_< 아파! 왜 그래?"

"노래방 가자니깐. ^^; 하핫."

"어머~ 지훈이 오빠~ ^-^)/"

지훈이 오빠? -0- 조금 전의 그 깡총 소녀가 달려와 다정하게 오빠라고 부르며 인사를 하자 지훈이는 당황하기 시작했다.

"누구신지… 사람 잘못 보셨어요. -_-;;"

"뭐야~ 뭔데 그래? 엉?"

당황한 지훈이의 목소리가 들리자 궁금한 듯 유진이가 뒤로 획 돌았고 그와 동시에 지훈이 이마에 송송송 맺히는 땀이 보였다. -_-; 더운 날씨도 아닌데 땀을 흘리는 건 필시… o_o 그래~ 이거였어!

"오빠~ 저 어제 미팅에서 오빠랑 파트너였잖아요. ^-^ 정말 잼있었어요~ 근데 오빠는 왜 연락처 안 가르쳐줘요? o_o 네? 가르쳐줘요~"

깡총 소녀의 말이 끝남과 동시에 유진이 눈이 퍼렇게 빛나는 것을

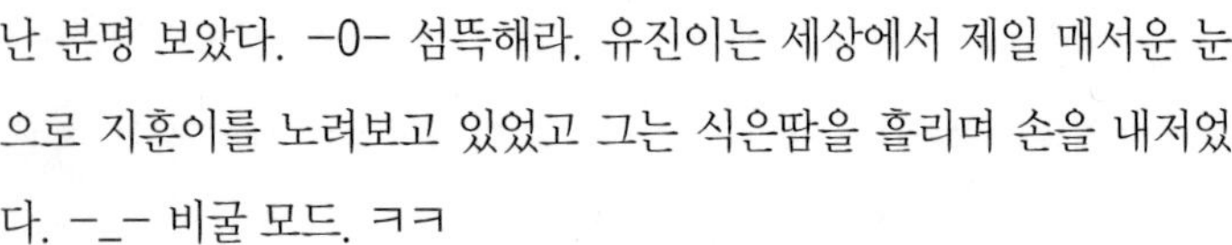

난 분명 보았다. -0- 섬뜩해라. 유진이는 세상에서 제일 매서운 눈으로 지훈이를 노려보고 있었고 그는 식은땀을 흘리며 손을 내저었다. -_- 비굴 모드. ㅋㅋ

"저, 저기 있잖아. 친구 녀석이! 머릿수만 맞춰달라고 해서~ 아, 알잖아. 나 너밖에 없는 거! 믿어줘~ 유진아! 응?"

ㅋㅋ 인간 유지훈! 멋있는 척 다 하더니 유진이 앞에서는 꼬랑지 풀린 강아지구나~ 푸헐헐헐. 유진이 표정을 보니 서서히 귀를 막아야겠다. 3초 후에 무슨 일이 생길 것이야. >_<

1초… 2초… 3초……!!

"야아아아아아아!!"

예상은 했었지만 목소리 정말 크다. -0- 귀를 막고 있었는데도 찢어지는 줄 알았네. ——;;

"잘못했어. ㅠ_ㅠ"

"그래? 그럼 죄의 대가를 치러야지?"

이를 악물고 주먹을 푸는 유진이를 보면서 벌벌 떨고 있는 불쌍한 지훈이. 터프가이가 어쩌다가, 원. -0- 지훈이는 눈을 꼭 감았다. 그래, 차라리 안 보는 게 낫지. 그때 유진이의 입꼬리가 살짝 올라가더니 주먹을 폈다. 헉! -0- 설마 뺨 때리려고? 설마가 사람 잡는다고 나는 유진이의 손이 지훈이의 뺨을 향해 가는 것을 보았다. -0- 그래도 이 많은 사람들 앞에서 뺨을 때리는 건 좀. -_-;

헌데 나의 예상과는 달리 찰싹 소리 대신 유진이는 지훈이의 얼굴을 화악 잡았다. 그러더니 키스를 하기 시작했다. -0-! 저, 저것들

이 미, 미쳤나! -0- 아까도 말했듯이 우리가 있는 이곳은 시내였기에 사람들이 굉장히 많았다. -_-^

처음에는 유진이가 적극적인 듯싶더니 점점 지훈이가 이끄는(?) 포즈로 변해갔다. -_-; 요즘 젊은 것들은 쪽팔리는 게 없어. 쯧쯧. 말세야, 말세!

깡총 소녀의 얼굴을 보니 얼굴이 붉으락푸르락하는 게 금방이라도 울 것 같았다. 나는 깡총 소녀를 향해 한 번 씨익 웃어주곤 손을 휘이 휘이 내저었다. 깡총이는 울먹거리더니 이내 자리를 떴다. 근데 이것들 언제까지 저러고 있을 건지. -_-; 사람들 다 쳐다보는데. 내가 더 쪽팔리잖아. 나는 유진이와 지훈이의 등짝을 한 대씩 철썩! 철썩! 쳐주었다.

"아야! 아파아~"

"아프라고 때린 거야! 죽을래?"

"우리가 뭘~"

"몰라서 물어?"

"부러우면 너도 유한이한테 해달라 그래애~"

"맞고 잡냐? -_-"

말은 저렇게 했지만… 그래! -0- 나도 빨리 우리 유한이 얼굴이라도 보고 싶다! 텔레파시가 통한 걸까? o_o 어라? 저기 유한이? 유한이가 보인다!! 진짜 유한이다! ^o^ 역시 텔레파시가 통했던 거야. 너무 반가운 나머지 손을 들어 아는 척을 하려는데… 유한이 옆에 어떤 여자애가 찰싹 붙어 있다. 정지윤……? 유한이는 기분 나쁜

표정이 역력한데 지윤이는 계속해서 유한이를 따라간다.

"유… 읍!"

유진이가 유한이를 부르려고 하길래 난 −_−^ 흠흠. 키가 작은 관계로 재빨리 튀어올라 유진이의 팔을 내리 잡아끌면서 입을 막아버렸다.

"푸~ 왜 그래?"

"어? 그, 그냥. ^−^;"

"저 녀석 어제 집에 오자마자 나가서 안 들어오더니 왜 이상한 계집애랑 돌아다녀? −_− 쟤 어디서 본 거 같은데."

그래, −_− 알겠지. 허나 워낙 눈썰미없는 유진이가 지윤이를 기억할 리가 없었다. 난 처음으로 내 결정에 많은 후회를 했다. 그때 유한이를 잡아서 인사를 해야 했다. 왜 난 유진이를 말렸을까. 아마도 이렇게까지 될 줄은 몰랐기에 그랬는지도 모른다. 너무 믿었기에……

그렇게 며칠 동안 유한이는 연락이 없었다. −_−^ 물론 나도 전화를 하지 못했다. 해도 받지도 않았을 뿐더러 받는다 해도 가끔씩 이상한 여자 아이가 전화를 받곤 했다.

하루는 마트에 가려고 시내를 지나가다 또 유한이와 지윤이란 애가 함께 있는 걸 보았다. 왜 같이 있는 거지……. 아무리 정당한 쪽으로 생각하려고 해도 도무지 이해할 수 없었다. 난 몰래 숨어 유한이를 지켜보면서 전화를 걸었다. 전화벨이 울리자 유한이는 발신자를 확인하지도 않고 밧데리를 뽑아버렸다. 왜야? 유한이는 의도적으로 날 피하는 듯 보였다. 그 후로도 계속 연락을 하지 않았으니까…….

　그러던 어느 날…….
　♬외로워도 슬퍼도 나는 안 울어♬
　처음 보는 번호다. 누구지?
　"여보세요?"
　[진세영?]
　"누구세요? -_-"
　[나 정지윤이야.]
　-0-! 정지윤?! 어떻게 내 번호를 알았지? 왜 전화한 걸까?
　[잠깐 만나지 그래?]
　왜 말하는 족족 반말일까. -_-; 기분 나쁘게시리. 내가 그렇게 만만하더냐! -0-
　[신원 공원으로 나와.]
　뚝!
　나참, -0- 이 계집애도 전화 예절 꽝이네. -_-; 그나저나 무슨 일로 보자는 건지. 난 만나고 싶은 생각도, 만날 이유도 없는데. 정말 나는 바보일까? 왜 그 찜찜 짐작을 아닐 거라고만 생각했을까. 아마 난 의심을 하면서도 애써 아니라고 부정하려 했는지도 모른다. 내가 유리한 쪽으로만 생각하려는 나의 버릇이 은연중에 나를 안심하게 만들었는지도 모른다. 한 번이라도 의심을 했다면… 조금만 더 강하게 나갔더라면… 이토록 후회하지는 않았을 텐데…….

"무슨 일이야? -_-"

당당해 보이고자 최대한 건방진 표정으로 말했다. -0-

"왔니?"

-_-; 영 씨도 안 먹히는 거 같다. 지윤이는 또 매섭게 나를 노려 봤다. 아가, -0- 눈에서 광선 나오겠다! 이내 간사하게 얇은 입술이 삐쭉 올라가더니 움찔움찔 움직이기 시작했다. 엄청 공포다.

"아무리 봐도 나보다 나은 구석이 없는데 왜 유한이가 너랑 사귀는 거지?"

"너 함부로 말하지 마. 이래 봬도 내가 너보다 언니야!"

"쳇. 언니 같아야 언니로 보지. 그리고 난 그런 거 신경 안 쓰거든?"

미치고 환장하겠네. -0- 도대체 뭘 믿고 이렇게 건방진 거야? 넌 유진이 있었음 죽었어. -_-;

"유한이 포기해라!"

다짜고짜 하는 말이라곤. -_-^

"싫다면?"

"오호라~ 또 유한이 누나한테 이르려고?"

어떻게 알았지? -_-;; 아냐! -0- 이럴 때일수록 세게 나가야 해!

"그거야 네가 상관할 바 아니지."

"우리 일은 우리끼리 해결하자고."

"너 뭔데 우리 유한이 자꾸 쫓아다니는 거야?"

“뭐?!”

헉! -0- 눈썹이 꿈틀댄다. 엄청 무서워. ㅠ0ㅠ 에잇! 죽기 아니면 까무러치기다! 이왕 시작한 거 끝까지 강하게 나가자! -0-

“우리 유한이는 너 싫다는 데 왜 자꾸 따라다녀?”

내가 생각해도 참으로 직설적인 질문이다. -_-;

“유한이가 나 싫어한다고 누가 그래?”

“……”

“뭔가 잘못 알고 있나 본데 너 혹시 그건 아니? 요즘 나 매일 유한이랑 같이 있었어.”

…할 말이 없다. 나도 직접 보았기 때문에. 하지만 진세영! 쫄지 마! 꿀릴 거 없어! 유한이는 내 남자 친구잖아? 쫄 거 없어! 당당해져야 해! 근데 왜 자꾸 눈물이 나지? 바보같이… 울면 지는 건데. 진세영! 눈물 흘리면 안 돼. 눈 크게 뜨란 말이야! 정말 울면 안 되는데… 뜨거운 액체가 빰을 타고 흐르는 걸 참아낼 수가 없었다. 다리에 힘이 풀린다. 진세영, 너 이거밖에 안 됐니? 이러면 안 되잖아! 울면 안 되는 거잖아!

“너 이건 아니?”

바보같이 약해져 울고 있는 내 눈앞에 보여진 것은 유한이와 지윤이가 함께 찍은 스티커 사진이었다.

김유한… 웃고 있다. 매우 다정한 연인 사이처럼 스티커 사진을 찍었다. 난 한 번도 유한이랑 사진 못 찍었는데… 내 눈에서 흐르는 원인 불명의 액체가 사진 위로 떨어지려고 하자 재빨리 사진을 주머니에 넣어버렸다.

"이래도 유한이가 날 싫어한다고 생각해?"

"……."

"유한이도 날 좋아해. 다만 너한테 미안해서 말을 못하는 거야. 너 요즘 유한이가 연락 안 하지?"

어떻게 알았지? 왜… 유한이와 나의 일을 네가 알고 있는 거야?

"요즘 유한이 핸드폰도 안 받지? 나랑 있을 때는 항상 꺼놓더라고~ 이래도 유한이가 아직 네 남자 친구라고 생각하니?"

김유한. 나 믿을게. 지금 지윤이가 너와 나를 떼어놓으려고 파는 함정이라고 생각할게. 그래, 틀림없어.

내가 이를 악물고 눈물을 참아내려 하자 지윤이는 내가 우는 게 우습다는 듯 비소를 흘리곤 가버렸다. 믿을 수 없었기에 난 재빨리 유한이에게 전화를 걸었다.

[여보세요?]

"유한아, 나 세영이……."

[응.]

"지금 바빠?"

[어떡하지? 나 지금 좀 바쁜데. 내가 나중에 전화할게! 미안.]

하고는 끊어버린다. 원래 먼저 끊는 유한이었지만 왠지 모르게 전과는 다른 기분이다. 유한아, 나더러 어떻게 하라는 거니. 나 솔직히 말야, 너 믿는 게 힘들어. 사실 처음부터 너와 나는 어울리지 않다고 생각했어. 나 바보같이 내가 너를 더 좋아해 버린 거 같아. 내가 한

걸음 다가가니까 이제 네가 나를 떠나려고 하는 것만 같아. 난 너의 인형일 뿐이니? 장난감이야? 아니면 지윤이와 함께하기 위한 질투 유발의 대상이었니?

그런데 말야… 그래도 네가 좋아. 나 정말 바보 같지? 한 번만이라도 만나보고 싶은데 너는 나를 피하는구나. 그래, 아닐 거야. 이런 식으로라도 나를 위로하고 싶었다. 이래야만 유한이를 좋아하는 내 마음이 조금은 더 정당해질 거라 믿었기에.

그렇게 시간은 자꾸만 흘러갔다. 빨간 동그라미가 가까워질수록 괜히 더 슬퍼지는 것만 같았다.

♬외로워도 슬퍼도 나는 안 울어♬

울고 싶은데……

"여보세요?"

기운이 없어서 발신 번호 확인도 하지 못하고 그냥 받았다. 그런데 상대방의 목소리는 나의 심장을 두근거리게 했다.

[꼬맹아, 목소리가 왜 그래?]

"김유한?"

[응. 뭘 그렇게 놀라? 내가 전화 걸면 안 되는 일이라도 있는 거야?]

"아, 아냐! 지금 어디야?"

[나 지금 꼬맹이 집 앞이야. 나와~]

"나갈게. 기다려!"

그래, 쓸데없이 의심한 거야. 우리 유한이가 그럴 리 없잖아.

밖으로 나가자 유한이가 환하게 웃으면서 나를 향해 손을 흔드는 게 보였다.

"나왔어?"

"왜 이렇게 보기가 힘들어~ 나 안 보고 싶었어?"

"그럴 리가. ^^ 얼마나 보고 싶었는데."

"거짓말~ 전화도 안 했으면서."

"하고 싶어도 꾹 참았던 거야~"

"왜 참아~ 못 본 사이에 야윈 거 같애. 밥은 제대로 먹고 다니는 거야?"

"꼬맹아… 울어?"

흑. 나도 모르게 그냥 눈물이 났다. 유한이는 내가 갑자기 울자 당황했는지 내 손을 꼭 잡고 다그치기 시작했다.

"무슨 일 있었어? 왜 그래?"

"아무것도 아니야. 그냥 널 보니까 너무 반가워서."

"이야~ 우리 꼬맹이 서방님이 그렇게 보고 싶었어?"

"응. (ㅠㅠ)(__)(ㅠㅠ)(__)(ㅠㅠ)"

"우리 꼬맹이가 이렇게 나를 좋아하니까 기쁜걸?"

"도대체 뭘 하길래 이렇게 야윈 거야? 전화도 안 받고."

"바빠서 그랬어. 나중에 얘기할게. 우리 뭐 먹으러 갈래?"

난 대답없이 그냥 고개를 끄덕였다. 유한이는 씨익 웃으면서 그런 내 머리를 조심스럽게 쓰다듬어 주었다.

“떡볶이 오랜만에 먹는 거 같다. 아줌마! 떡볶이 5인분이요!”

5인분? -0- 그건 좀 심하다. 아줌마도 놀라셨는지…

“친구들 더 오기로 한 거야?”

“아니요~ 제 여자 친구가 떡볶이를 좋아하거든요. 그러니까 많이 주세요. ^^”

ㅜ^ㅜ 진세영 이미지 다 망가지는구나~

“더 먹고 싶음 얘기해~”

아무리 내가 먹성이 좋다지만 -_- 이거 먹고 더 먹으면 어떡하겠니. 이것도 다 못 먹겠다!

하지만 그런 내 생각은 싸그리 사라지고 우리는 놀랍게도 5인분을 둘이서 후딱 해치우고 서로의 입가를 닦아주었다. 옆에 있는 여자애들이 재수없다는 눈빛으로 쳐다본다. 클클~ 부러우면 부럽다고 말로 해라. ^-^v 유한이도 시선을 느꼈는지 그 아이들을 째려보면서 말했다.

“야! 먹던 거나 퍼먹어. 내가 내 애인 입 닦아주는데 불만있냐? 불만있는 사람은 앞으로 나와. 포크로 입을 찍어버릴 테니.”

찌, 찍어버려? 내 애인이지만 말 참 무섭게 한다. -0-; 여자애들은 유한이의 무시무시한 발언에 쫄았는지 얼굴이 새빨개져서는 재빨리 눈을 돌렸다. 그러게 우리를 건들지 마시오. -_-; 유한이는 잘했냐는 표정으로 나를 바라보면서 씨익 웃었다. ^-^ 귀여운 녀석~ 내가 이런 너를 의심하다니. 진세영 너 바보구나. 이렇게 내 앞에서는 한없이 착해지는 김유한인데. 그렇지? 나 너 믿어도 되는 거지?

우리는 그렇게 배를 채우고 분식집을 나왔다. 이리저리 돌아다니다 보니 문득 스티커 사진점이 눈에 들어왔다. 갑자기 지윤이가 보여준 사진이 생각이 났다. 정말 둘이 같이 찍은 걸까?

"저기… 유한아, 스티커 사진 찍어봤어?"

"응? 응. 전에 친구 녀석들이 찍자고 졸라서 딱 한 번 찍은 기억이 있어. 왜?"

"누구? 여자?"

"뭐. 여자긴 하지만 −_−; 말하고 싶지는 않네."

여자랑 찍은 적이 있지만 말하고 싶지는 않다고……? ——a 아리송하다.

"꼬맹아, 우리 사진 찍을래?"

느닷없는 유한이의 제안에 난 뭐라 말도 못해보고 새로 생긴 사진관으로 끌려 들어갔다. −0−; 이미지를 전문으로 찍는 사진관이라 그런지 연인들이 참 많은 거 같았다.

"이쪽으로 오세요~"

사진사의 권유에 따라 나는 의자에 앉았고, 유한이는 내 오른쪽에 섰다. 그리고 사진사가 시키는 대로 포즈를 잡았다. 유한이는 앉아 있는 내 한쪽 어깨에 손을 올리고 몸을 최대한 낮춰 반대쪽 어깨에 자신의 얼굴을 갖다 댄 포즈였다. 내 얼굴에 유한이의 뺨이 닿자 나도 모르게 얼굴이 붉어지는 것을 느꼈다. 유한이 뺨은 정말 부드럽다.

"두 분 정말 다정하게 잘 어울리시네요. ^^ 여자분 얼굴이 조막만

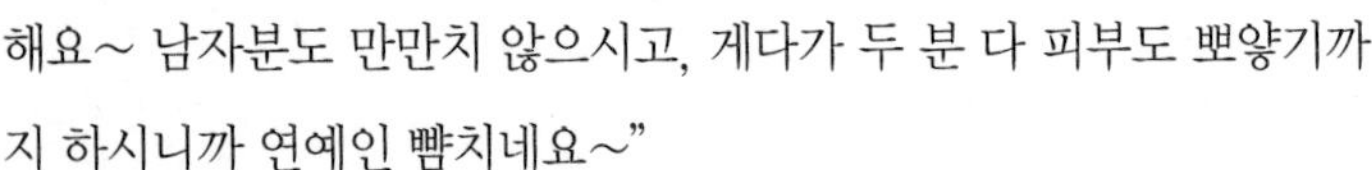

해요~ 남자분도 만만치 않으시고, 게다가 두 분 다 피부도 뽀얗기까지 하시니까 연예인 뺨치네요~”

사진사는 진심인지 아부인지 연신 칭찬을 늘어놓고는 우리가 미소를 띠운 틈을 잡아 재빨리 셔터를 눌렀다.

“잠깐만 기다리세요. ^^”

그렇게 사진이 나오는 동안 이리저리 둘러보고 있노라니 참 다정해 보이는 연인들이 많아 보였다. 나와 유한이도 다른 사람에게 이렇게 다정해 보일까?

“여기 사진 나왔습니다~”

사진사가 건넨 사진 속에서의 유한이와 나는 그 누구보다 다정한 연인이었다. 기분 좋아라. *-_-*

“저기요~ 이거 확대해서 걸어두어도 될까요?”

“네?”

“보시다시피 저희 가게가 새로 오픈했거든요. 두 분 사진이 너무 맘에 들어서 좀 걸어두고 싶은데.”

사진사의 제안에 유한이는 잠시 고민하는 듯싶더니 내 의사를 물었다.

“꼬맹아, 괜찮겠어?”

“응? 응~ 난 괜찮아. ^-^”

“나는 안 괜찮은데.”

“왜? 사진 잘 나왔는데?”

“그러니까 더 걱정이지. 네 사진 보고 남자들이 집적대면 어떡해.

겨우 그 녀석 떼어놨는데."

준이를 말하는 건가. 아직도 준이를 질투하다니. -_-; 그렇게 말하면 나도 불안하기는 매한가지라구. -0-

"그러고 보니 여자분 미소가 백만 불짜리네요. ^^"

"거봐! 벌써 이렇잖아. 넘보지 마세요!"

"네?"

"애는 내 꺼니까 넘보지 말라구요. -_-+"

"아~ 예. ^^; 염려 놓으세요~"

유한아, -0- 민망하게스리. 그래도 기분은 좋다. ^O^

"저기 그럼 우리 꼬맹이가 웃지 않고 있는 모습을 다시 찍어서 그거 걸어두면 안 될까요?"

"네?"

그건 내가 생각해도 받아들이기 힘든 제안이다. -_-^ 안 되겠다 싶어 내가 나서기로… -0- 이참에 유한이는 내 꺼다라고 광고하는 셈 치지 뭐~

"괜찮으니까 그냥 이걸로 해서 걸어주세요. ^-^ 걸어주신다니 저희가 더 고맙죠~"

"근데 남자분께서……. ^^;"

사진사는 유한이의 눈치를 보기에 여념이 없었다. 걱정 말래두요. -_-

"유한아~ 난 너밖에 없어. ^-^ 오히려 네가 걱정인걸??"

"걱정 마~ 나도 너뿐이야. ^^"

어지간히 닭살을 떨었던지 사진사의 얼굴이 점점 경직되는 거 같았다. -_-; 아, 민망해라. -0-

우리는 사진을 나누어 가지고 크게 확대되어 사진관 앞에 우리 사진이 걸리는 걸 뿌듯해하면서 밖으로 나왔다. 시내 중심가라서 지나가는 사람들 모두 한 번쯤은 보게 될 텐데… 제발 그 아이도 봐서 유한이를 포기하면 좋겠다. 근데 아무리 봐도 너무 멋있게 나왔단 말이야. 원래 멋있지만서도~ 혹 떼려다가 혹 더 붙으면 어떡해. >_<

"꼬맹아."

"응?"

"있잖아. 내가 먼저 연락하기 전에는 잠시만 연락하지 말래?"

ㅇ_ㅇ 이건 또 무슨 소리야? 설마!

"왜?"

"이유는 묻지 말구~ 나중에 저절로 알게 될 거야."

"그, 그래."

내가 울상을 짓자 유한이는 나를 졸려 세워 이마에 뽀뽀를 한다.

"나 믿지?"

"응?"

"나 믿으라고. ^^ 알았지?"

"응."

"사랑해~"

"나두."

"직접 말로 해줘. ^^"

“사랑해. ^-^”

유한이가 나를 꼬옥 안아주었다. 언제나 느끼는 거지만 유한이 품은 정말 따뜻하다. 시간이 이대로 멈춰 버렸으면 좋겠다.

이별 6

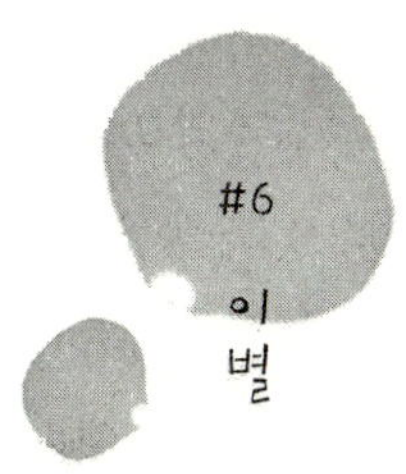

　그렇게 헤어진 후로 유한이에게 별다른 소식은 없었다. 휴~ 정말 무슨 일이 있는 건가? 가끔씩 시내에서 어떤 여자 아이와 있다는 걸 봤다고 친구들이 말해 줄 뿐이었다. 유진이는 당장에 혼내주겠다고 했지만 참으라고만 했다. 유한이가 믿어달라고 했으니까.

　아아~ 고3이 싫어. ㅠoㅠ 저녁에도 공부하러 가야 하는 고3이 싫어. >_< 싫어싫어싫어싫어! >_< 투덜투덜.
　다시 학교로 발걸음을 옮기는데 계속해서 누군가가 따라오는 기분이 들었다. 영 찜찜하네. -_- 내가 뛰어가니까 뒤에 있는 사람도 막 뛰어온다. ㅠ_ㅠ 점점 걸음이 빨라질수록 그 사람과 나의 거리도 점

점 가까워졌다.

"읍……!!"

어무이! ㅠ0ㅠ 이게 말로만 듣던 납치란 말인가! 살려줘요. 그 사람은 강한 힘으로 나를 골목 쪽으로 끌고 갔다.

"데려왔어."

"잘했어."

ㅠ_ㅠ 이건 또 무슨 소리래. 누군가가 시켜서 잡아온 거란 말이지? 저 재수없는 목소리. ﹣0﹣ 정말 끝까지 사람 괴롭히네. 정지윤, 정말 나를 유한이한테서 떼어놓을 작정인가 보다. 난 도움을 청하기 위해 핸드폰을 찾았다. 어라… 어디 갔지?

"이거 찾나 보지?"

지윤이가 내 핸드폰을 손에 쥐고 내 눈앞에 갔다 댔다. 그러더니 1번을 꾸욱 누른다. 안 돼! 유한아, 전화 받으면 안 돼! 좀 전에 나를 납치해 온 남자 아이는 내 입에 손수건을 물리고 청테이프로 입을 막았다.

"여보세요~ 나야, 세영이."

유한아, 속으면 안 돼. ㅠ_ㅠ 설마 내 목소리도 구분 못하는 거 아니지?

"응~ 목이 좀 아파서."

행여 자신의 목소리를 알아볼까 봐 다른 목소리를 내는 지윤이. 유한아! 속으면 안 돼!

"나 너한테 할 말이 있어."

도대체 무슨 말을 하려는 거야.

"우리 헤어지자."

-0-! 이게 무슨 소리야!

"미안해. 나 다른 남자가 생겼어. 지금 그 남자랑 같이 있어."

하더니 나를 끌고 왔던 남자애를 바꿔준다.

"너, 이제 우리 세영이한테 연락하지 마라."

하고는 전화를 뚝 끊어버린다. 계속해서 전화가 울리자 귀찮다는 듯이 배터리를 빼버리고는 핸드폰을 던져 버렸다. 우으으으~ ㅠ_ㅠ 난 이제 어떻게 되는 것인가.

"김갑인, 너 애 가져라."

-0-! 지윤이는 나를 그 남자한테로 밀었다. 헉. -_- 갖긴 뭘 가져! 너 나한테 손대면 죽어! 유한이한테 다 일러줄 거야. ㅠ_ㅠ

"그럼 난 갈 테니까 네가 알아서 해."

나와 그 갑인이라는 애만 남겨둔 채 지윤이는 뒤도 돌아보지 않고 가버렸다. 나는 최대한 애처로운 눈으로 놈을 쳐다봤다. ㅠ_ㅠ 살려 주세요.

한 시간 정도를 그렇게 그 녀석은 겁에 질린 나를 신경도 쓰지 않고, 혼자서 골똘히 무언가를 생각하는 듯했다.

그러다 문득 나를 확 노려본다. -0-! 무서워라. -_-; 내가 머리 속으로 이것저것을 생각하는 동안 녀석은 내 입에 붙은 청테이프를 쫘악 뜯어냈다. 허미… 아파라.

"살려주세요……."

아까와는 달리 녀석의 얼굴이 풀린다. 이 녀석아, ㅠ_ㅠ 어쩜 그렇게 인상 풀린 표정도 무섭니.

"빨리 가라."

o_o? 날 보내주는 거야? 이거 너무 순순히 보내주는 거 아닌가? 아아, 물론 나야 좋지만. -0-;

"정말 가도 돼요?"

"그래, 가."

녀석의 표정이 왠지 모르게 슬퍼 보였다.

"그럼 저 갈게요."

하고는 일어서서 재빨리 도망가려고 하는데 녀석의 슬픈 목소리가 나를 돌려 세웠다.

"너도 내가 한심해 보여?"

조금 전까지만 해도 당장에 도망가고 싶었던 마음이 왠지 모르게 사그라드는 기분이 들었다. 내가 뒤돌아보았을 때, 녀석은 담배 하나를 물고 긴 한숨을 내쉬고 있었다.

"……."

무섭긴 했지만 왠지 사연이 있는 것만 같아서 난 녀석의 얼굴을 빤히 쳐다보고 있었다.

"정지윤, 내가 사랑한다."

o_o 이건 또 무슨 소리야?

"사랑하는 사람을 위해서 이런 짓까지 하고… 네가 봐도 참 한심하지?"

"……."

"잘 알면서도 난 왜 저 애를 잊지 못하는 걸까. 지독히도 나를 거부하는데. 날 항상 이용하기만 하는데. 왜 난 그녀한테서 빠져나오지를 못 하는 걸까……. 왜 항상 그녀의 종이 되어야만 할까. 아니, 사실 난 종이 되어서라도 지윤이 옆에 있고 싶어. 중학교 입학식 때부터 지윤이를 좋아했어. 일 년 동안을 사귀었었는데 이젠 내가 싫대. 내가 싫어졌대. 지겹다며 꺼지라고 하더군. 후후, 그런데도 난 지윤이를 따라서 같은 고등학교까지 오고… 참 한심하지? 오늘 일은 내가 사과한다. 너 여기 데려온 거 내가 정말 사과할게."

갑인이란 애는 지윤이를 진심으로 사랑하는 것 같다. 그래서 지윤이가 시키는 대로 날 이리로 데려온 거구나.

골목길을 뛰쳐나오면서 또다시 수많은 생각들을 떠올렸다. 유한이한테는 뭐라고 말을 해야 하나. 틀림없이 지금 어디선가 나를 찾고 있을 텐데.

아참! 난 재빨리 공중전화로 달려가서 유한이에게 전화를 걸었다.

[여보세요?]

또 여자 목소리다.

[김유한 핸드폰인데 누구시죠?]

"그러는 그쪽은 누구신가요?"

[아~ 진세영이야?]

"……!"

"나 정지윤이야."

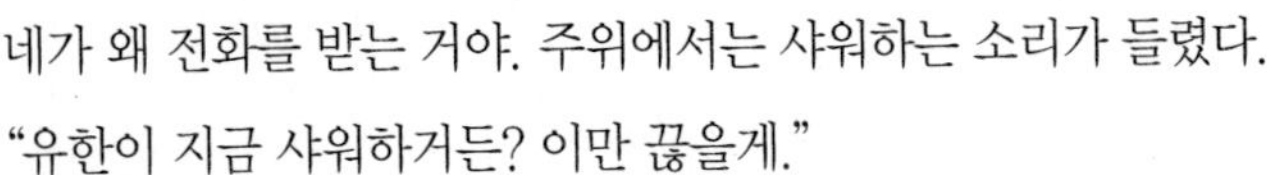

네가 왜 전화를 받는 거야. 주위에서는 샤워하는 소리가 들렸다.

"유한이 지금 샤워하거든? 이만 끊을게."

온몸에 힘이 빠지는 기분이었다. 반대쪽에선 이미 전화를 끊었는지 뚜뚜 하는 소리가 귓전을 맴돌았지만 난 쉽사리 수화기를 내려놓지 못했다. 샤워… 중이라고? 샤…… 샤워?? 샤워를 하고 있다구? 정말 둘이 그런 사이었어? 그럼 나는 뭐야. 나만 바보였어. 왜 이렇게 발길이 무거운지… 속은 기분이라는 게 이런 거구나. 내가 겨우 김유한 네 장난감이었다는 거 이제야 알았어.

집에 돌아와 찬물로 샤워를 했다. 피부가 찢어지는 것처럼 아팠지만 지금 내가 받은 상처에 비하면 아무것도 아니었다. 처음 만나서 내게 목도리를 해주던 유한이의 모습이 떠올라서 눈물이 났다. 나 이제 어떡하니? 널 많이… 아주 많이 사랑하게 돼버렸는데.

믿어달라는 말 못 지킬 거 같아. 네가 믿음을 깨버렸으니까. 바쁘다는 게 그거였어? 지윤이 만나느라고… 그러느라고 바빴던 거야? 진작 말하지 그랬어. 힘든 약속이었던 거야. 아직 내가 널 믿기엔 많이 부족한가 봐. 너에 대한 내 사랑 충분하다고 믿었는데… 아니었나 봐.

이런 게 네 이별 방식이었니? 연락을 끊어서 점점 너를 잊게 한 뒤 천천히 이별을 고하려고 했던 거니? 너 정말 잔인해. 그런데 어쩌지? 미안하지만 네 뜻대로 되지 않았어. 너와 연락을 하지 못하는 동안 너를 잊어간 게 아니라 더 깊이 사랑하게 되어버렸거든. 그리움마저 사랑하게 되었거든. 앞으로도 널 잊을 수 있을지 장담은 못하겠어.

하지만 노력해 볼게. 네가 원한다면 널 보내줄게. 그리고 행복하길 빌어줄게.

　대신 이것만은 허락해 줘. 나 혼자만이라도… 너를 사랑할 수 있게 허락해 줘. 겨우 며칠 안 봤는데도 이토록 보고 싶은데 앞으로 그 긴 시간을… 네가 없는 긴 시간을 어떻게 견뎌야 할지… 이별이란 게 이런 거였구나. 이렇게 가슴 아플지 몰랐어. 이렇게 아플 줄 진작에 알았다면 애초부터 사랑하지도 않았을 거야. 하지만 너이기에 이별까지 사랑할게.

　그 후로 나는 전혀 다른 사람이 되었다. 어쩌면 내게 있어서 더 나을지도 모른… 미치도록 공부만 하고 싶었다. 그렇게 해서라도 마음 아프게 누군가를 그리워하지 않아도 된다면 그렇게 하고 싶었다. 날 가상 가까운 곳에서 지켜봐 주던 유진이도 나의 그런 모습을 믿고 존중해 주었다. 일체 유한이에게는 아무런 말도 하지 않을 것이며, 내가 원하는 대로 해주겠다고 했다. 난 유한이를 잊기 위해 유진이에게 부탁해서 소개팅도 해보았다. 유진이는 항상 내게 말했다. 자신은 유한이의 누나이기도 하지만 너의 친구이기도 하다며, 늘 나를 즐겁게 해주려고 노력해 주었다.

　사랑으로 생긴 상처는 사랑으로 치유해야 한다지. 유진이가 소개시켜 주는 남자들은 하나같이 정말 괜찮은 사람들이다. 그런데 하나같이 다르다. 어느새 내 기준의 한쪽이 되어버린 그로 인해 나는 다른 사람을 만날 수조차 없게 되었다. 유한이는 애교도 부리는데, 이

들은 전혀 그런 게 없다. 유한이와는 떡볶이를 먹고 나면 서로 입가도 닦아주는데, 이들과는 떡볶이조차도 먹지 않았다. 유한이는 항상 전화를 먼저 끊는데, 이들은 이런 게 남자의 매너라고 하면서 늘 내게 먼저 끊으라고 말한다. 예전엔 먼저 끊는다고 투정을 부렸던 나였지만, 그게 그리워지는 이유는 뭘까. 유한아, 난 너의 그 잘못된 방식마저도 사랑했나 봐. 누군가를 잊는다는 게 이렇게 힘들 줄은 정말 몰랐어. 누구를 만나든지 모든 사람이 너와 비교되는걸.

네가 내게 해주었던 일들을 그 사람들은 해줄 수가 없는 거잖아. 오늘은 유진이가 소개해 준 태웅이라는 아이한테 연락이 왔다. 한참 동안 시내를 걷는데 자주 가던, 하지만 유한이와 헤어진 후로는 갈 수 없었던 그 분식집 앞에서 낯익은 누군가가 쪼그려 앉아 있는 걸 보았다. 보통 때 같으면 먼 거리라서 누군지 알아볼 수 없겠지만 난 느낄 수 있었다. 그게 술에 취해 있는 유한이란 것을……. 하지만 내가 그에게로 다가가기도 전에 누군가가 유한이의 팔을 잡아끌었다.

"김유한, 일어나~"

지윤이었다. 늘 나보다 먼저 유한이를 발견하고는 나보다 먼저 유한이를 데려가 버리는 나쁜 아이. 하지만 내가 목소리를 낼 수 없었던 건 힘없이 지윤이에게 기대어 가버리는 유한이 때문이었다.

김유한, 나를 봐. 응? 바보야. 나 여기 있어. 나 좀 봐줘. 입 안에서 맴도는 그리움의 말들은 마치 무언가에 막힌 것처럼 나오질 못했다. 그런데 거짓말처럼… 유한이가 서서히 뒤돌아본다. 지윤이에게 부축을 받고 있는 모습 그대로… 취해서 붉어진 뺨 그대로… 그리고 다가

오는 그 모습 속에 그의 동공이 점점 커진다.

"세영아, 가자."

갑자기 태웅이가 내 팔을 잡으며 가자고 했다. 이를 본 유한이의 표정이 서서히 일그러지더니 지윤이를 밀쳐 내고 내 쪽으로 다가오고 있었다. 지윤이도 그제야 나를 보았는지 놀란 표정으로 쳐다보았다. 그리고 이내 다급한 표정으로 유한이를 잡아끌었고, 나 역시 태웅이에게 이끌렸다. 술에 취해서 힘을 쓰지 못해 지윤이에게 부축을 받은 채 그렇게 가버리는 유한이 때문에 힘이 풀려 버린 나는 서로 다른 길을 가고 있었다.

집에 가는 길에 태웅이는 바래다주겠다고 했지만 난 절대 그러고 싶지가 않았다. 나를 집에다 바래다줄 수 있는 사람은 유한이로만 남기고 싶었는지도 모른다.

집 앞에 거의 도착했을 때 나는 우리 집 앞에 누군가가 쪼그려 앉아 있는 것을 볼 수 있었다.

유… 한… 이…….

작은 상자를 만지작거리며 계속 열었다 닫았다를 반복하면서 나를 기다리는 듯했다. 당장이라도 달려가 그의 품에 안기고 싶었지만 무거운 발걸음은 이를 허락하지 않았다. 그래, 차라리 그냥 돌아서자. 그와 눈이 마주치면 눈물이 날까 봐 그냥 돌아서려 했다. 그런데…

"진세영."

너무나도 그리웠던 목소리… 듣고 싶어도 들을 수 없었던 그 목소리가 내 귓전을 타고 흘렀다. 입 안에서 맴도는 그의 이름을 한없이

내뱉고 싶었지만 난 아무 말도 할 수가 없었다.

"진세영!"

술에 취해 화가 난 듯한 목소리였다. 하지만 이에 아랑곳하지 않은 채 뒤도 돌아보지 않고 앞만 보고 걸었다. 그런 나의 행동에 유한이는 화가 났는지 따라와서는 나를 세차게 돌려 세웠다.

"진세영!!"

많이 취한 것 같았다. 하지만 그는 여전히 그대로였다. 하얀 피부, 붉은 입술, 따뜻한 눈동자…… 모두가 그대로였다. 너무나도 사랑하는 유한이가 그 모습 그대로 내 앞에 있는데 나는 아무 말도 할 수가 없다.

"너 정말 다른 남자가 생긴 거니?"

묻고 싶은 게 그거였니. 애써 널 피하려는 나를 잡은 이유가 고작 그걸 묻기 위해서였니. 그래, 네가 원하는 대답 해줄게.

"그래, 다른 남자가 생겼어."

유한이는 더 이상 묻지 않고 웃기만 했다. 마치 그럴 줄 알았다는 듯한 그의 표정이 나를 비웃는 것만 같았다.

"그랬구나… 그랬어."

"……"

"하하! 그랬던 거였어."

"네가 원하던 거잖아."

"무슨 말이야!"

"아니야, 됐어. 이만 돌아가. 이제 나 널 보고 싶지 않아. 아까 봤

지? 내 남자 친구야. 이제 그 앨 사랑하기로 했어. 김유한 널 잊기로 했다고. 너도 그 애와 잘되길 바랄게."

생각과는 달리 엉뚱한 말이 나왔다. 마음속에서는 사랑한다고… 제발 떠나지 말라고… 나를 잡아달라고 말하고 있었지만, 정작 내 입에서 나온 말은 나조차도 상상하지 못한 말들이었다. 난 유한이가 강하게 잡아주길 바랐다. 하지만 유한이는 그대로 그렇게 내게서 뒤돌아섰다.

"잘 지내."

라는 말과 함께. 매정하게 돌아서는 그에게서 난 실오라기 같은 아픔이라도 읽고 싶었다. 바보야, 나 너 많이 사랑한단 말야. 그런데 왜 몰라줘. 한 번만… 한 번만이라도 잡아주면 안 될까? 제발… 내게서 돌아서지 마.

그렇게 어두운 밤에 나는 그 자리에 주저앉아 한없이 눈물만 흘렸다. 평생 눈물만 흘려 누군가를 잊을 수만 있다면 얼마나 좋을까. 하지만 난 그게 안 되나 봐, 유한아.

길게만 느껴지는 하루하루가 지나가고 있었다.

수업이 끝나 집으로 가려는데 핸드폰이 울렸다.

"여보세요?"

[세영아, 나 태웅이.]

"응."

[지금 잠깐 볼래?]

“미안. 나 그냥 집에 가서 쉬고 싶어.”

[집에 있으면 기분만 더 우울해져. 내가 기분 풀어줄 테니까 어서
나와.]

“…….”

[세영아?]

“알았어. 그래, 거기서 만나.”

약속 장소로 가니 깔끔하게 정장을 차려입은 태웅이가 나를 향해
손을 흔들고 있었다.

“세영아, 여기야~”

“미안. 많이 기다렸어?”

“아니, 나도 좀 전에 나왔어. 난 널 기다리는 시간이 좋아.”

이렇게 좋은 애한테 내가 상처를 줘도 되는 걸까?

“우리 어디 갈까?”

“태웅아, 나 술 좀 사줄래…….”

태웅이는 나의 제안에 조금은 놀란 듯싶었지만 이내 환하게 웃으
면서 고개를 끄덕였다.

태웅이가 데려간 곳은 아는 형이 운영한다는 호프집이었다. 최대
한 나를 배려하여 주문하는 태웅이의 모습에 나는 왠지 더 미안해지
는 기분이었다.

한 잔… 두 잔… 세 잔… 비워가는 술잔이 점점 많아질수록 왠지
마음은 더 허전해지는 것만 같았다. 가슴 한쪽이 뻥 뚫려 버린 듯한
기분이 나를 더욱더 슬프게 만들었다.

"세영아, 괜찮아?"

걱정스러운 듯 물어오는 태웅이의 목소리에 그제야 고개를 들었다. 너무 많이 마셨나? 태웅이의 얼굴이 뿌옇게 흐려진다. 그리고 어느새 나도 모르게 그리워하는 이의 얼굴을 떠올리고 있었다. 내 옆으로 다가와 나를 감싸안으며 걱정해 주는 태웅이의 모습이 마치 유한이를 보고 있는 것만 같았다. 유한아… 보고 싶어…….

내가 갑자기 눈물을 흘리자 태웅이는 당황스러운 듯 물었다.

"세영아, 괜찮아?"

"흑… 유한아……."

"……."

"유한아, 나 어떡해? 널 못 잊겠어. 나… 잊으려고 노력하면 할수록 더욱더 생각나. 응?"

"세영아, 나 태웅이야."

"유한아, 나 버리지 마. 흑흑……."

난 그렇게 내 앞에 보이는 그의 품에 안겨 눈물을 쏟았다. 그리고 그에게 하고 싶었던 말을 남김없이 했다.

그렇게 한참 동안을 울며 술이 점점 깨는 동안 난 유한이가 아닌 태웅이에게 고백했다는 사실을 알았다.

"세영아."

"미안해."

휴우… 진세영. 상처 주지 말자. 너 알잖아. 상처받는 게 얼마나 아픈 건지. 그러니까 너는 다른 사람한테 상처 주지 말아야지. 그렇지,

진세영?

"태웅아, 고마워."

"……?"

"나 이렇게 힘들 때 곁에 있어줘서 고맙다구. 바보같이 다른 사람 잊지 못하는 내 옆에 있어줘서 고마워."

"세영아, 강요하지 않을게. 날 좋아하라고… 날 사랑하라고 강요하진 않을게. 그냥 네 옆에서 너를 볼 수 있게라도 해줘. 너 평생 유한이만 생각해도 괜찮아. 그냥 내가 너를 볼 수 있게만 해줘."

태웅아, 나 말야. 정말 나쁜 애인가 봐. 너같이 좋은 애한테 상처를 줬으니 말야. 이런 널 받아들여야 하는 걸까. 계속해서 흐르는 눈물을 닦고 긴 숨을 내쉬었다. 그러고 나니 한결 마음이 가벼워지는 것 같았다. 나는 태웅이를 향해 웃으면서 손을 내밀었다.

"태웅아, 이제 그만 나가자."

"그래. ^^"

내가 웃는 모습에 함께 웃어주는 너의 모습… 정말 고마워, 태웅아.

"세영아, 우리 사진 찍을래?"

"사진?"

"응~ 나 지금 기분 되게 좋거든. ^^"

"그래."

엷은 미소를 띠고 있는 나의 손목을 잡고 태웅이는 걸음을 재촉했다.

휴우… 여기는 유한이와 내가 헤어지기 얼마 전에 사진을 찍었던 곳이다. 그때가 가장 행복했던 순간이었는데… 그때로 돌아가고 싶다.

난 두리번거리며 우리의 사진을 찾았다. 그런데… 없었다……. 창밖에 크게 걸려 있던 우리의 사진이… 없었다.

"빨리 들어가자."

멍하니 있는 나를 태웅이가 잡아끌었다.

"잘 찍어주세요~"

태웅이는 내 손을 꼬옥 잡은 채로 사진사에게 말했다. 난 문득 사진이 궁금해져 용기를 내어 사진사에게 말을 건넸다.

"저기… 혹시……."

"네?"

"저 기억하시겠어요?"

나의 갑작스러운 물음에 사진사는 태웅이의 눈치를 보았다. 아마도 내가 유한이와 헤어지고, 새로운 남자 친구를 사귄다고 생각했던 모양이다.

"저 모르시겠어요?"

"아뇨, 기억나요."

"사진은 어디 있나요?"

"그때 그 남자 분이 가져가셨는데요."

"언제요?"

"몇주 전이에요. 어떤 여자 분이랑 와서는 그 사진을 가져가겠다고 하면서 가져갔어요."

"네……."

"세영아, 무슨 일이야?"

"응? 아무것도 아니야. ^^ 우리 빨리 사진 찍자."

애써 웃음 지으며 어리둥절해하는 태웅이와 함께 앉았다. 나는 태웅이의 손을 꼬옥 잡고 환한 미소를 지었다.

"잘 나왔다. 그치? ^^"

"응."

"이거 내가 가져도 되지?"

"그래. ^^"

태웅이는 사진들을 자신의 지갑 속에 넣었다.

그랬구나. 유한이 네가 그 사진을 가져가 버렸구나. 나와 함께 찍은 사진이 이곳에 걸려 있는 게 그렇게 마음에 걸렸니? 지윤이가 싫어해서 그랬나 보구나. 너는 다른 사랑을 위해 그렇게 배려를 하는데 난 그러지 못하고 있어. 미안해.

그렇게 며칠이 흘렀는지 모른다. 유진이에게는 내가 유한이와 헤어진 거라고 말했다. 그리고 지윤이가 한 짓에 대해서도 더 이상 말하지 않았다. 그냥 아무것도 묻지 말아달라고 했다. 유한이도 많이 힘들 테니까. 비록 내가 장난감이었겠지만 그런 장난감조차도 소중하게 대해주는 유한이었으니까… 장난감을 잃은 기분에 마음이 조금은 허전할 테니까. 정말로… 지윤이와 잘되길… 빌어줘야지.

오늘은 내 생일이다. 휴… 유한이와 함께 맞이하고픈 생일이었는데……. 내가 많이 걱정스러웠는지 유진이는 계속 전화를 했지만 더 이상은 유진에게 미안한 맘 갖기 싫어 받지 않았다.

그리고 지금은 태웅이를 만나러 가는 길이다. 정말 좋은 아이다. 늘 내게 따뜻하게 대해주고, 나를 좋아해 주고, 또 언제나 나를 먼저 배려해 주는… 내 상처를 조금이나 지워줄 수 있는 그런 아이인 것 같다.

약속 장소로 가는 길에 계속해서 전화벨이 울렸다. 세진이와 유진이가 번갈아가면서 전화를 했다. 난 더 이상 미안해지기 싫은 마음에 종료 버튼을 길게 눌렀다. 오늘만큼은 무엇이든 다 잊어버리고 싶었다.

약속 장소인 카페로 들어서니 아무도 없었다. 불도 꺼진 채 깜깜했다. 잘못 왔나?

"생일 축하합니다!! 생일 축하합니다!! 사랑하는 세영이의 생일 축하합니다~!!"

하는 소리와 함께 폭죽이 터지면서 불이 켜지고 케이크를 들고 서 있는 태웅이가 눈앞에 보였다.

"생일 축하해."

"고마워."

열아홉 개의 초가 빛을 발하고 있었다. 이유없이 눈물이 났다. 저녁 식사를 하는 내내 애써 웃음 짓는 내가 많이 안쓰러웠는지 정말 괜찮냐고 몇 번씩이나 물어대는 태웅이에게 너무 미안했다.

“저기… 세영아.”

“응?”

태웅이는 무슨 말을 하려는지 잔뜩 긴장한 표정이었다. 물을 한 컵 마시고는 심호흡을 크게 하더니 나를 똑바로 쳐다보고 말했다.

“사귀자.”

“태웅아…….”

“지금 네 마음속에 있는 사람 내가 지워줄게. 나 너 많이 좋아해. 더 이상 네가 아파하는 모습을 볼 수가 없어.”

“알잖아, 나 나쁜 애란 거… 그리고 유한이 못 잊는다는 거. 내 첫 사랑이니까… 처음으로 내게 사랑이란 게 어떤 건지 가르쳐 줬으니까. 그래서 나 지금은 유한이 외에는 아무것도 생각하고 싶지 않아. 오늘도 사실 나올까 말까 고민 많이 했어. 너 좋은 애라는 거… 정말 좋은 사람이라는 거 너무나도 잘 알아서… 상처 주기 싫어서… 상처 받는 게 얼마나 가슴 아픈 건지 너무나도 잘 알아서… 흑흑…….”

애써 참았던 울음이 터져 버렸다. 아무런 말도 하지 못하는 태웅이에게 너무 미안해서였고, 또 내 마음속에 가득 차버린 유한이가 그리워서였다.

“미안해. 나 화장실 좀.”

태웅이 앞에서 유한이를 생각하면서 우는 게 너무 미안했다. 갑자기 세진이와 유진이 생각도 났다. 화장실에 와서 핸드폰을 켜보니 음성이 도착해 있었다.

[언니! 어디야? 지금 유한이 병원에 입원했어! 교통사고래. 장한

병원이야. 도대체 어디 있길래 전화도 꺼져 있어? 응?!]

탁—!

핸드폰을 떨어뜨리고 말았다. 유한이가 병원에 있다고? 난 미처 더 생각할 틈도 없이 핸드폰만 주워 들고 카페에서 나와 앞만 보고 달렸다.

"세영아! 세영아!!"

뒤에서 태웅이가 부르는 소리가 들렸지만 멈출 수가 없었다. 마음이 유한이에게로 가 있었으므로. 김유한… 무사해야 해. 미안해. 나 때문이야. 나 아직 너 잊지도 못했는데 이젠 아예 떠나려는 거니? 나를 위해 웃어주지 않아도 좋아. 하지만 이제 다신 너를 볼 수 없다는 건 싫어. 싫다구. 이젠 네가 나 싫다고 해도 소용없어. 내가… 내가 너 잡을 거야. 날 두고 떠나지 못하게 내가 잡을 거야.

나는 쉬지 않고 병원까지 뛰었다. 얼마 동안을 얼마의 거리를 뛰었는지 모른다. 더군다나 힐을 신고 달리느라 발이 부은지도 모른 채 몇 번이고 넘어질 듯하면서 그렇게 달렸다.

"헉헉…… 김유한 환자…… 어딨죠?"

302호.

조금스럽게 문을 열자 유진이와 세진이, 지훈이, 준이가 보였다. 그리고 침대 위에 가슴과 머리, 다리에 붕대를 감고 있는 유한이가 보였다.

"세영아."

유진이가 나를 불렀지만 난 쉽게 다가갈 용기가 나지 않았다. 세진이는 나를 조심스럽게 유한이의 곁으로 끌었다. 상처투성이에 붕대를 감은 유한이의 모습을 보자 참았던 눈물이 왈칵 쏟아졌다. 바보야, 일어나… 일어나란 말이야. 왜 여기에 누워 있는 거야… 흑흑.

"세영아, 할 얘기가 있어."

유진이는 내게 할 얘기가 있다면서 밖으로 데리고 나왔다.

"우리가 오해하고 있었어."

"갑자기 그게… 무슨 말이야?"

"김유한, 여전히 진세영 너 하나뿐이라고."

"아니야, 네가 몰라서 그래. 내가 말 안 했지? 유한이 지윤이랑 사귀나 봐. 네가 유한이 다그칠까 봐 말 안 했었어."

"오해라구."

"……."

"어제 유한이가 술에 잔뜩 취한 채로 집에 왔어. 그리고는 울면서 얘기하더라. 처음엔 그냥 단순한 술주정이라고 생각했는데 그게 아니었어. 난 너와 헤어진 줄로만 알았으니까 아무것도 묻지 않으려고 했는데 유한이가 방문을 두드리더라. 자기 얘기 좀 들어달라고……. 사내는 울면 안 된다고 그렇게 말하던 녀석이 얼마나 아파하면서 눈물을 흘리던지… 처음 봤어, 유한이가 그렇게 서럽게 울면서 힘들어하는 거."

유한 이야기—믿음 7

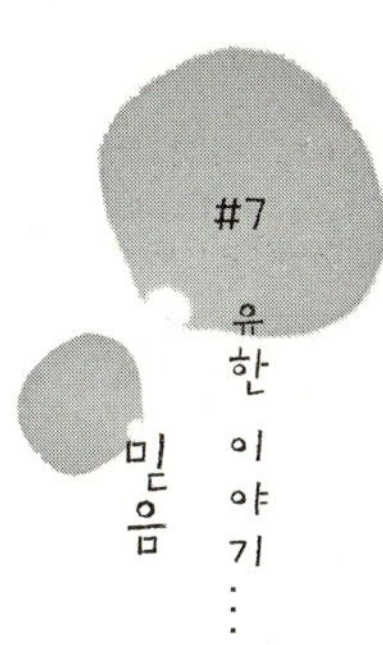

엄마와 함께 외국에 다녀오는 바람에 우리 꼬맹이 얼굴을 한동안 보지 못해서 미치는 줄 알았다.

"유한아, 이제 한 달 정도 있으면 세영이 생일이야."

"뭐? 생일? 그걸 왜 이제야 얘기하는 거야!"

"네가 외국에 있었는데 어떻게 말해. -_-"

"전화는 뒀다가 엿 바꿔 먹을래?"

음, 우리 꼬맹이 생일이란 말이지. 나와 처음으로 맞는 우리 예쁜 꼬맹이 생일. ^^ 뭘 해주지? 그래, 반지! 반지를 사면 되겠구나. 이왕이면 커플링으로 해야지. 음, 그러려면 돈이 필요한데… 엄마한테 달라고 할까? 아니지. 내 힘으로 벌어서 해줘야겠다.

그날부터 난 알바 자리를 구하기 위해 시내를 돌아다녔다. 때문에 꼬맹이에게 전화할 시간이 줄었다. 보고 싶고, 목소리도 듣고 싶어서 미칠 지경이었지만 그러고 나면 계속 함께 있고 싶어서 일을 못할 것만 같았다. 꼬맹아, 예쁜 반지 들고 네게 달려갈 때까지 기다려라. 겨우 한 달인데 참을 수 있지? ^^*

아우, 짜증나. 알바 자리를 구하는 데마다 지윤이 그 계집애가 자꾸 따라붙는다. 씨발. 도대체 하루에 몇 번이나 알바를 그만두는지 모르겠다. 날 따라다니면서 오는 전화마다 누구냐고 물어대는데 짜증나 죽겠다. 그냥 화가 나서 핸드폰을 꺼버렸다. 이러다가는 한 달 내내 이년 피해 다니느라 돈도 못 벌겠다.

할 수 없이 마지막으로 택한 곳이 패스트푸드점. 여기서 또 재수없는 그년을 보았다. 휴우, 정말 엎어버리고 싶지만 내가 우리 세영이를 봐서 참는다. 지점장이 수입을 올린 만큼 월급을 준댄다. 그래, 그런 거라면 자신있지. 이 패스트푸드점은 유명하기로 소문이 나 있었다. 내가 택한 거지만 생각보다 그리 어렵진 않았다. 그냥 가만히 있어도 사람들이 내 앞에만 줄을 선다. 그것도 여자들만. ——; 남자들은 죄다 그 재수없는 년 앞에 선다. 씨발, 저년이 내 수입 다 깨네.

한참 정신없이 일을 하는 도중에 저년은 비번이라고 놀러 나간다. 들어오지 마!

"네, 손님 뭘로 하시겠습니까?"

주문을 받는데 전화가 온다. 어라, 꼬맹이네?

"여보세요?"

[유한아, 나 세영이.]

"응."

[지금 바빠?]

"어떡하지? 나 지금 좀 바쁜데. 내가 나중에 전화할게! 미안."

손님이 계속 쳐다보는 바람에 급하게 전화를 끊었다. 꼬맹아, 미안해. 이해해 줄 거지?

그렇게 몇 시간을 쉬지 않고 주문을 받고 나니 몸에 피곤이 몰려오는 것을 느낄 수 있었다. 그나저나 우리 꼬맹이는 지금쯤 뭐 하고 있을까? 나처럼 내 생각 해주고 있을까? 보고 싶어서 미치겠네. 흐음. 천하의 김유한의 마음을 이렇게 오 년 동안 뒤집어놔도 되는 거야? 그리고 보니 꼬맹이랑 찍은 사진이 하나도 없다. 조만간에 찍으러 가자고 해야지. 꼬맹이가 즐거워할 모습을 상상하면서 일을 하니까 너무 즐겁나. 꼬맹아, 조금만 기다려~

오늘은 가게 쉬는 날이라 오랜만에 우리 꼬맹이 좀 만나야겠다.

[여보세요?]

왜 이렇게 목소리에 힘이 없지? 무슨 일 있나?

"꼬맹아, 목소리가 왜 그래?"

[김유한?]

"응. 뭘 그렇게 놀라? 내가 전화 걸면 안 되기라도 하는 거야?"

[아, 아냐! 지금 어디야??]

"나 지금 꼬맹이 집 앞이야. 나와~"

[나갈게. 기다려!]

잠시 후 우리 귀여운 꼬맹이가 폴짝폴짝 뛰어나오는 게 보이자 오랫동안의 피로가 한 번에 싹 가시는 것 같았다.

함께 떡볶이도 먹고, 시내를 돌아다니면서 사진도 찍었다. 이야~ 누구 여자 친구인지 정말 예쁘네~

꼬맹이를 바래다주는 길에 생일 때문에 알바를 하고 있단 얘기를 꺼내려다가 깜짝 놀래켜 주고 싶은 마음에 그저 잠깐 동안 연락하지 말라고 했다. 꼬맹이가 어찌나 놀라던지 난 혹시나 꼬맹이가 오해하지 않을까 싶어서 걱정스러웠다.

"나 믿지?"

"응?"

"나 믿으라고. ^^ 알았지?"

"응."

"사랑해~"

"나두."

"직접 말로 해줘. ^^"

"사랑해. ^-^"

나 믿고 조금만 기다려 줘. 내가 예쁜 반지 사서 네 손에 꼭 끼워줄 테니까…… .

다음날—

알바를 하러 가는데 재수없게 지윤이가 또 있다. 아휴, 내가 꼬맹이 때문에 참는다. 내가 잠시 자리를 비운 사이에 내 핸드폰을 만지작거리고 있는 것을 보았다. 죽으려고 환장했나.

“야! 너 지금 뭐 하는 거야?”

“이거 어때?”

씨발, 뭐야. -_- 정말 놀랐다. 내가 언제 애랑 스티커 사진을 찍었던가? 사진이라고는 예전에 세진이한테 끌려가서 한 번 찍은 것밖에는 없는데.

“뭐야.”

“아무튼 요즘 기술 좋다니까? 포토점 가서 네 사진 위에 내 사진 덧발랐지. 어때? 감쪽같지?”

“좋은 말 할 때 내놔라.”

“싫어!”

“내놔!”

“내 맘이야. 내 꺼 내 맘대로도 못 가지고 있니?”

“씨발, 그럼 맘대로 하고 빨리 꺼져.”

“도대체 세영이가 어디가 좋다는 건지.”

“입 닥쳐라.”

“내가 개보다 못한 게 뭐 있어?”

“씨발, 마음씨 더러운 여자가 세상에서 제일 재수없는 거 모르냐?”

“뭐……? 너!”

“입 닥치고 가만히 있어라. 볼수록 재수없으니까.”

“너 나중에 그 말 후회하게 될 거야. 그 애! 내가 너한테서 저절로 떨어지게 만들겠어.”

“너 우리 세영이 털끝 하나라도 건드리면 죽을 줄 알아. 난 여자라고 봐주지 않아. 알았어?!”

한 대 치려다가 내 손이 더러워지는 것 같아서 그만두었다. 눈 하나 깜짝 하지 않고, 도도한 척 돌아서는 모습이 더 더욱 재수없다. 우리 꼬맹이 건드리면 정말 가만 안 둔다.

재수없는 년이 가고 열심히 일을 하다가 우연히 남자 손님의 얘기를 듣게 되었다. -_-

“야, 있잖아. 저기 새로 생긴 사진점 말야.”

“응. 왜?”

“거기에 엄청 귀여운 여자애 사진 걸렸다?”

“진짜? 얼마나 예쁜데?”

“으유~ 짱 귀엽더라. 딱 내 이상형이야. 근데.”

“근데 왜? 알고 보니까 술집 여자든?”

“쉐끼. -_-^ 생각하는 거 하고는. 그게 아니라 남자 친구가 있나 보더라고.”

“어떻게 아는데?”

“남자랑 같이 찍은 사진이거든. -_-”

“그냥 남매일 수도 있잖아.”

“넌 남매끼리 얼굴 맞대고 사진 찍냐? 아주 좋아서 죽드만~”

“남자는 어땠는데?”

“못생겼으면 당장 그 여자한테 대쉬하지. 잘생겼드라. 아무튼 끼리끼리야. 근데 그 여자 다시 사진점에 오지 않을까?”

“왜? 꼬셔보게?”

“또 혹시 아냐? 그 여자가 나 같은 스타일을 더 좋아할지. 큭.”

“꿈 깨라. -_-”

“야, 우리 이거 먹고 가보자!”

“너 안 귀여우면 죽어!!”

“귀여우면 술 사라. 알았지?”

날 향해 계산을 하러 온다. -_- 그리고는 내 얼굴을 뚫어지게 본다. 뭘 봐. 씹. 사람 얼굴 처음 보냐? 나가면서 조용히 속삭이는 소리가 여기까지 들렸다.

“아까 말한 그 남자 저 새끼 같애.”

저 새끼가 죽으려고 환장했나. -0- 잠깐!! 그럼 저 새끼들이 좀 전에 귀엽다느니 꼬셔본다느니 하던 여자가… 우리 꼬맹이?! 내가 이럴 줄 알았어. 그래서 안 걸어두려고 한 건데. 난 바로 유니폼을 벗어 던지고 사진점으로 향했다.

“김유한!”

아, 씨발. -_- 또 누구야. 목소리가 재수없는 걸 보니 누군지 알겠군. 짜증나.

“헉헉… 김유한! 부르면 대답 좀 해라.”

“좀 꺼져라.”

“싫은데?”

그래, 상관하지 말자. 신경 쓰지 말자. 저런 년 상대하고 있을 시간 없지. 옆에서 쫑알대는 지윤이를 철저히 무시하곤 사진점 문을 열었다.

"안녕하세요? 저 기억하시죠?"

사진사는 나를 당연히 안다는 듯 미소를 지었다.

"어쩐 일이세요? ^^"

하더니 옆에 서 있는 년을 쳐다본다. 정지윤. 진짜 좀 꺼져라. 혹시 이상한 관계로 보는 건 아니겠지? -_-

"얘 상관하지 마세요. 모르는 애니까."

"어머~ 김유한 무슨 말이야? 전 얘 애인이에요. ^^"

상관하지 말자. 참자. 으으.

"저 이 사진 가져가도 돼죠?"

난 꼬맹이랑 같이 찍은 사진을 가리키며 단도직입적으로 물었다.

"저… 그게."

장작 두 시간을 졸라 겨우 사진을 받아냈다. 사진을 들고 나오는데 좀 전에 패스트푸드점에서 보았던 남자 둘이 사진관 앞에서 기웃기웃거리는 것을 보았다.

"어라, 틀림없이 있었는데."

"새꺄, -_- 너 나랑 장난하냐?"

나는 티격태격하는 두 남자에게 다가가 사진을 척하니 내밀었다. 그러자 녀석들은 당황한 듯 움찔했다. 나는 녀석들에게 꼬맹이랑 함께 찍은 사진을 보여주면서 말했다.

"경고하는데 내 꺼 넘보면 죽여 버린다."

그러자 녀석들은 주춤하며 슬그머니 사진관으로 들어갔다. 그러게 누가 우리 꼬맹이 넘보래?

한참 동안 실갱이 끝에 그 계집애를 따돌리고 혼자 다시 패스트푸드점으로 돌아왔다. 저녁 늦게까지 알바를 하고, 가게를 나오는데 전화가 온다. ㅋㅋ 우리 꼬맹이다.

"여보세요~"

[여보세요~ 나야, 세영이.]

어라. 우리 꼬맹이 목소리가 아닌데. 다시 한 번 발신 번호를 확인해 보니 번호는 틀림없는 꼬맹이었다.

"꼬맹아, 목소리가 왜 그래?"

[응~ 나 지금 목이 좀 아파서.]

"많이 아파? 왜 아픈데? 감기 걸렸어?"

[나 너한테 할 말이 있어.]

"뭔데? 얘기해~"

[우리 헤어지자.]

-0-! 이게 무슨 소리야!

[미안해. 나 다른 남자가 생겼어. 지금 그 남자랑 같이 있어.]

쿵―!!

이게 무슨 소리지? 갑자기 무언가가 뒤통수를 세게 내려친 것 같았다.

"진세영!"

[너 이제 우리 세영이한테 연락하지 마라.]

어떤 놈의 마지막 말로 전화가 뚝 끊겼다. 믿을 수 없어. 진세영…

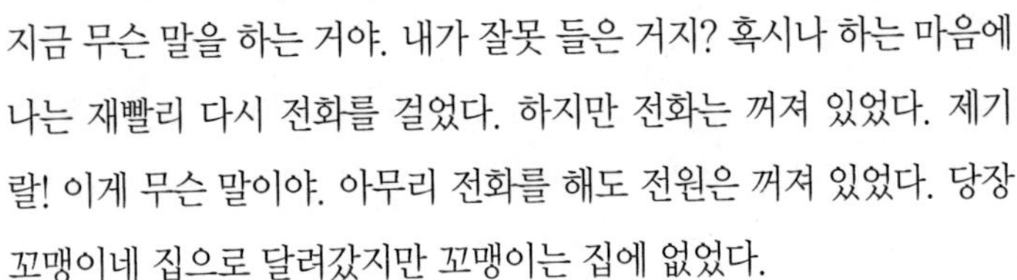

지금 무슨 말을 하는 거야. 내가 잘못 들은 거지? 혹시나 하는 마음에 나는 재빨리 다시 전화를 걸었다. 하지만 전화는 꺼져 있었다. 제기 랄! 이게 무슨 말이야. 아무리 전화를 해도 전원은 꺼져 있었다. 당장 꼬맹이네 집으로 달려갔지만 꼬맹이는 집에 없었다.

술을 마셨다. 얼마나 마셨는지 나 스스로도 몸을 가눌 수가 없었 다. 그렇게 몇 시간이 흘렀을까. 몇 시간 동안 한 번도 쉬지 않고 술 잔을 기울이니 정신이 흐릿해짐을 느꼈다.

"김유한."

누구지? 누군가가 나를 부르는데 누군지 알아볼 수가 없다. 얼떨 결에 나를 부축해 주는 사람을 따라 어디론가 들어갔다. 씻으라는 말 에 왜 난 조금도 의심하지 않았을까. 샤워를 하고 정신을 차린 나는 눈앞에 있는 그 아이를 믿을 수가 없었다. 정지윤. 네가 왜 여기 있는 거지? 난 재빨리 옷을 챙겨입고 밖으로 나와 버렸다. 재수없는 년. 정말 끝까지 사람 열받게 하는구나.

그 후로 며칠 동안 난 계속해서 꼬맹이 집을 찾아가고 전화를 했지 만 꼬맹이는 나를 만나주지도, 내 전화를 받지도 않았다. 왜… 어째 서… 내가 기다린 오 년, 그리고 우리가 함께한 그 시간들… 그게 너 한테는 아무것도 아니었니? 네가 먼저 돌아서 버리는 이유… 도대체 뭐야. 난 널 너무나 사랑하는데… 이제는 너 없으면 아무것도 할 수 없는데, 아니, 오 년 전부터 난 너 아니면 아무것도 못하는데. 내가 이렇게 행복한 이유… 지금 이렇게 열심히 일하는 이유… 다 너 하나 때문인데. 유진이도 내게 아무런 말을 해주지 않았다. 다만 꼬맹이가 이제는 다른 남자를 만난다는 말밖에는.

다음날도, 그 다음날도 난 술이 없으면 견뎌낼 수가 없었다. 미칠 것만 같았다. 혹시나 떡볶이를 좋아하는 우리 꼬맹이가 그때 그 분식점을 찾아오진 않을까 매일 그 자리에서 꼬맹이를 기다렸다.

오늘도 나는 꼬맹이를 기다린다. 술에 잔뜩 취한 채로…….

"유한아."

누구야… 꼬맹이야? 잘 들리지는 않지만 너무나도 내가 그리워하던 꼬맹이었다. 꼬맹이는 나를 일으키고는 부축을 해주었다. 부축을 받으며 가는데 누군가가 나를 바라보는 느낌이 들었다. 꼬맹이……? 그럼… 내 옆이 아닌 저 멀리 서 있는 세영이는 마음으로 나를 부르고 있었다. 그게 느껴질 만큼 난 세영이에게 절실해져 있었다. 그리고 내 옆에서 나를 부축하는 사람이 꼬맹이가 아닌 지윤이란 사실을 알았을 때 난 절망했다. 너무나도 그리워했기에 잠시 다른 이를 착각했던 내 자신이 너무나도 싫어지는 순간이었다.

꼬맹이에게로 가기 위해 몸을 돌리려는데 마음대로 되지가 않는다. 그리고…… 꼬맹이 역시 다른 남자와 함께 내게서 시선을 거두고 있었다.

안 돼. 가지 마. 가지 마… 세영아. 진세영, 어디 가는 거야. 널 사랑하는 내가 지금 여기 있는데…… 세영이는 뒤도 돌아보지 않고 그 남자와 함께 가버렸다. 아, 씨발. 왜 몸이 말을 듣지 않는 거지? 한참 동안을 내 의지와 실갱이하면서 나는 술을 깨기 위해 노력했다.

내가 비틀거릴 때마다 지윤이는 나를 부축했다.

“놔!”

“김유한!”

“너 내 눈앞에 얼쩡대면 죽여 버린다.”

“난 왜 안 돼? 봤잖아, 진세영 딴 남자랑 있는 거.”

“됐어. 다 필요없어. 난 그 딴 거 몰라. 내가 사랑하면 그만이야. 내가… 내가 직접 확인할 거야.”

“김유한!!”

“비켜! 좋게 말할 때 꺼져.”

“사랑해. 나 너 사랑한다구!”

“그래 봤자 소용없어. 나한테는 진세영 하나야.”

지윤이의 손길을 뿌리치고 꼬맹이네 집으로 향했다. 가면서 얼마나 많이 넘어졌는지 모른다. 씨발. 내 몸도 못 가누는 바보, 머저리. 난 스스로를 자책하며 그렇게 한참을 걸었다. 아무리 넘어져도 까짓거 아프지 않다. 마음이 너무 아파서 몸의 아픔을 느낄 새도 없었다.

꼬맹이네 집에 도착해 털썩 주저앉았다. 그리고 주머니에서 작은 상자를 꺼내 열었다. 반지… 우리 꼬맹이에게 주고 싶었던 반지가 보였다. 내가 이토록 열심히 일했던 이유… 오직 너만 보고 그렇게 살았는데.

얼마나 흘렀을까. 저만치에서 기척이 느껴졌다. 그게 세영이라는 걸 알았을 때 난 몇 번이고 확인했다. 재차 확인해도 틀림없는 세영이었다. 그런데… 나를 그냥 스쳐 지나가려 한다. 난 흥분을 가라앉히고는 낮은 목소리로 세영이를 불러 세웠다.

"진세영."

대답해…….

"진세영!"

터져 나오는 화를 억누르며 난 계속 그녀의 이름을 불렀고 그제야 꼬맹이는 나를 쳐다봤다. 너무나도 예쁜 눈으로 나를 바라본다. 그래, 아닐 거야. 저렇게 사랑스러운 눈길로 나를 보는데 그럴 리가 없어.

"너 정말 다른 남자가 생긴 거니?"

이게 아닌데. 그냥 사랑한다는 말만 하면 되는데… 돌아오라는 말만 하면 되는 건데. 뭐가 그렇게 확인하고 싶은 거냐, 김유한.

나의 물음에 세영이는 실소를 터뜨리더니 이내 잔인한 말을 내뱉었다.

"그래, 다른 남자가 생겼어."

하늘이 무너지는 기분이었다. 더 이상… 물을 말이 없었다.

"아니야, 됐어. 이만 돌아가. 이제 나 널 보고 싶지 않아. 아까 봤지? 내 남자 친구야. 이제 그 앨 사랑하기로 했어. 김유한 넌 잊기로 했다고. 너도 그 애와 잘되길 바랄게."

진세영, 너 지금 무슨 말 하는 거야. 아니지? 거짓말하는 거지? 난 다시 한 번 확인하려 했지만, 고개를 돌려 버린 세영이를 보고 돌아서야만 했다.

"잘 지내."

이 말밖에는 해줄 말이 없었다. 행복하기를 바라는 말밖에는.

사실 내가 진정으로 하고 싶은 건 널 잡는 건데. 떠나지 말라고… 나를 믿어달라고… 한 번만 더 기회를 달라고… 사랑한다고 말해 주고 싶은데… 잘 지내라는 말밖에 해주지 못했다.

하지만… 널 놓아줄 수는 없을 거 같다. 미안해. 이것만은 허락해 줘. 네가 다른 사람을 만나더라도 내가 너를 사랑할 수 있게만이라도 허락해 줘. 진정으로 누군가를 사랑하면 그를 위해 포기라는 것도 할 줄 알아야 한다고. 하지만 난 이기적이게도 그렇게는 못할 거 같다.

널 포기하면… 내 자신을 포기하는 거니까… 너는 내 삶의 전부거든.

그렇게 며칠이 흘렀는지… 더 이상 무언가를 할 기력조차 없었다. 그냥 꼬맹이가 보고 싶다는 마음이 간절할 뿐이다. 유진이가 이제는 꼬맹이를 놓아주라고 한다. 근데 난 그럴 수가 없다. 차라리 나 스스로를 잊으라고 해. 나, 김유한 없는 걸로. 오직 진세영을 사랑하는 한 남자로만 기억되는 거 그게 더 빠를 테니까. 사랑할 수 없다면 잊어야 한다고들 하지만, 난 아니야. 난 사랑하고 싶어서 널 택한 게 아냐. 너이기 때문에 사랑하는 거야. 네가 아니면 난 그 누구도 사랑할 수 없어. 나를 사랑하지 않아도 좋아. 제발 너를 잊으라는 말… 다른 좋은 사람을 만나라는 말만 하지 말아줘.

꼬맹이가 나를 피한다. 정말로 다른 남자가 생겼나 봐. 친구들이 시내에서 다른 남자와 함께 있는 꼬맹이를 봤다고 한다. 웃고 있었다고… 행복해 보였다고… 한다.

오늘도 술을 마셨다. 그리고 끝내는 울면서 유진이에게 모든 말을 했다. 난 아직도 세영이를 많이 사랑한다고. 지윤이 그 계집애가 아무리 꼬리를 치고, 옷 벗고 달려들어도 난 꼬맹이밖에 없다고. 그런데 느닷없이 유진이가 나와 지윤이가 사귀는 게 아니었냐고 묻는다.

절대 아니야. 알잖아. 나한테는 오직 꼬맹이뿐이라는 걸.

유진이는 많이 놀란 것 같았다. 오해였어… 라는 말을 반복하면서 어디론가 전화를 거는데 매번 낭패였는지 전화기를 던져 버리고는 나를 안아준다.

"누나, 나 세영이 정말 많이 사랑해… 세영이 없으면… 우리 꼬맹이 없으면 살 수가 없어……. 흑."

"유한아, 미안해. 누나가 잘못했어. 흑흑… 우리 세영이한테 가자."

유진이와 함께 꼬맹이를 만나기 위해 일어섰다. 내가 몸을 잘 가누지 못하자 유진이는 나를 부축했다. 내가 계속 몸을 가누지 못하자 횡단보도 앞에서 멈춘 유진이는 잠깐 약국에 들렀다 오겠다고 했다. 유진이가 나오기만을 기다리는데 반대편에 꼬맹이가 지나가는 게 보였다.

"세영아!"

난 꼬맹이의 이름을 부르면서 달렸다. 그때 밝은 불빛이 내 눈을 가리면서 끼익— 하는 소리와 함께 유진이의 목소리가 들렸다.

"김유한!! 안 돼!!"

유진이의 찢어질 듯한 목소리와 함께 몸이 하늘로 부웅 뜨는 느낌

을 받았다.

"김유한—!!"

세영아, 나 너 많이 사랑해. 너무 사랑해서 너를 놓아줄 수가 없다.

기분이 이상해. 머리가 뜨거워진다. 눈이 감기려고 해. 안 되는
데… 아직 우리 꼬맹이 얼굴 못 봤는데… 진세영… 사랑한다. 진심으
로… 사랑해.

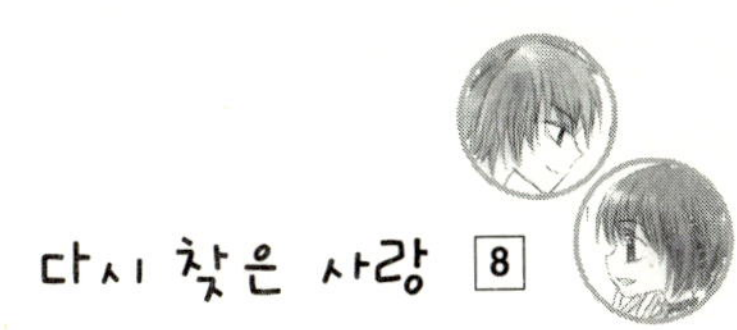

다시 찾은 사랑 8

#8

다시 찾은 사랑

유진이의 얘기를 들으면서 난 한없이 눈물을 흘리고 있었다. 그리고 유진이의 얘기가 끝이 났을 때 난 주저하지 않고 병실을 향해 뛰었다. 흑, 난 그것도 모르고… 유한아, 미안해.

아직도 몸에 붕대를 감고 누워 있는 유한이를 보니까 참으려 했던 눈물이 마구 쏟아졌다.

"유한아, 눈 좀 떠봐. 내가 잘못했어. 흑… 그러니까 빨리 일어나. 너 없으면 나 역시 안 되는 거 알잖아… 응?"

유한이는 아무 대답이 없었다. 나는 조용히 유한이의 머리를 쓸어 올리며 한없이 흐르는 눈물에 흔들리는 목소리를 가다듬으며 유한이에게 속마음을 얘기했다.

"유한아, 나 세영이야. 내 목소리 들려? 나 말이야… 너 그렇게 보내고, 얼마나 후회했는지 몰라. 널 정말 많이 사랑했나 봐, 아니, 지금도 사랑해. 그래서 더 많이 아팠어. 널 사랑하는 만큼 혼자 지낸 그 짧은 시간이 십 년처럼 길게 느껴질 정도로 네가 보고 싶었어. 흑… 미안해. 네가 믿어달라고 했을 때 그러겠다고 다짐했는데… 널 의심했어. 널 잡고 싶었는데 매달리면 네가 힘들어할까 봐. 하지만 이젠 알았어. 사랑한다면 잡아야 한다는 걸. 흑… 김유한. 나 너 잡으려고 이렇게 왔는데 누워 있으면 어떡해… 일어나서 나 좀 봐줄래? 응? 사랑해… 사랑해, 김유한."

유한이는 내 목소리가 들리지 않는 걸까? 얼마나 많이 울었던지 목이 서서히 잠겨갔지만 아무래도 상관없다. 탈진하는 한이 있더라도 유한이가 내 목소리를 단 1초만이라도 듣기를 바라며 나는 유한이 이름을 수십 번 수백 번을 불렀다. 몸이 점점 지쳐 온다. 목소리도 이젠 나오지 않는다.

"유… 유한……."

눈앞이 뿌옇게 흐려지면서 정신이 아련해지는 걸 느꼈다.

눈을 떠보니 하얀 천장이 보였다. 여기가 어디지?

"언니! 언니 나 보여?"

"세진아."

세진이는 얼굴이 하얗게 질린 채로 나를 보고 있었다.

"왜 그렇게 놀라?"

"언니! 언니 바보야? 그렇게 몸이 안 좋았으면서 왜 여태 말 안
했어!"

"세진아."

"언니 도대체 얼마 동안을 누워 있었는지 알아?"

"……."

"자그만치 오 일 동안 누워 있었다고!"

오 일……? 잠깐 눈감은 것뿐인데 오 일이나 지났다구? 내가… 기
절했었나?

"바보야! 언니도 아프면서 왜!"

"미안해."

"그래도 깨어났으니까 다행이지. 방금 전까지 유진 언니도 있었는
데 하도 많이 울어서 방금 전에 잠깐 머리 식히러 갔어."

"유한이는?"

"아직 깨어나지 않았어. 하지만 의사 선생님 말로는 놀랍게도 마
음의 안정은 되찾은 것 같대. 이제 일어나는 건 자기 의지라고 하니
까 지켜봐야지."

"다행이야. 정말 다행이야. 흑흑……."

"울지 마. 안 그래도 울다가 기절한 사람이 왜 또 울어. 물 떠올 테
니까 어디 가지 말고 기다려."

오 일 동안을 누워 있었다는 게 믿어지지가 않았다. 유한이는 좀
어떨까? 세진이와 유진이가 오기 전에 빨리 유한이한테 갔다 와봐야
겠다는 생각에 링거를 뽑고 일어나는데 병실 문이 열렸다. 유진인

가? 이런, 또 한소리 듣겠구나. 혼나기 전에 내가 먼저 미안하다 말
하려고 하는데… 유진이가 아니었다.

"정지윤……."

"안녕?"

안녕은 무슨 얼어죽을 안녕. -_-

"네가 입원을 했을 줄은 몰랐는걸?"

"……."

"나랑 얘기 좀 할래?"

"……."

하고는 병실 문을 나선다. 그래, 못 나갈 것도 없지.

지윤이가 한참을 걸어서 간 곳은 약간 병원 건물과는 떨어진 병원
뒤쪽 공터였다. 병원 뒤쪽에 이런 곳도 있었나?

쫘악—!

지윤이는 걸음을 멈춰 서자마자 내 뺨을 세게 때렸다. 하지만 아직
은 그 힘을 이길 만한 힘이 없었던 나는 휘청였다. 며칠 동안 아무것
도 먹지 못했던 터라 현기증도 났다. 지윤이는 화가 잔뜩 난 목소리
로 내게 소릴 질렀다.

"유한이가 저렇게 된 건 다 너 때문이야!!"

"……."

"내가 너보다 유한이를 더 좋아해!"

"그건 집착이야."

"뭐? 집착?"

또 표정이 바뀌더니 나를 또 치려고 한다. 하지만 난 피할 기력조차 없을 뿐더러 지금 이렇게 서서 한마디 하기조차도 참으로 버거웠다..

"정지윤! 그 손 내려!!"

소리가 들리는 곳을 보았을 때 그곳에는 세진이가 서 있었다. 갑작스런 세진이의 등장에 지윤이는 많이 놀란 듯했다.

"세진이 네가 여긴 왜……?"

나와 세진이가 자매인 걸 몰랐나 보다. 세진이는 지윤이를 비웃으며 다가오더니 뒤이어 화난 표정으로 지윤이의 뺨을 세게 쳤다. 듣기에도 소름이 끼칠 정도의 소리였다.

"진세진! 너 뭐야?! 네가 무슨 상관이야!!"

"무슨 상관? 지금 네가 괴롭히는 이 사람이 우리 언니야! 나 이제 상관할 자격 있지?"

"뭐? 거짓말하지 마!"

"거짓말? 내가 그렇게 한가한 줄 아니? 잘됐어. 그렇지 않아도 어떻게 하면 너 한번 밟아줄까 했는데 말야. 그 통로가 우리 언니라 좀 맘이 아프지만 말야."

"……"

"넌 좀 맞아야겠어. 우리 언니 아프게 한 죄, 그리고 유한이 저렇게 만든 죄."

"그게 왜 나 때문이야? 유한이가 사고난 건 모조리 저년 때문이라구!!"

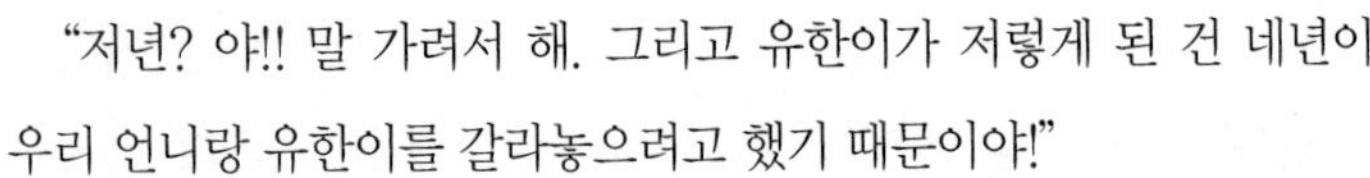

"저년? 야!! 말 가려서 해. 그리고 유한이가 저렇게 된 건 네년이 우리 언니랑 유한이를 갈라놓으려고 했기 때문이야!"

하고는 말이 끝남과 동시에 세진이는 아주 무서운 손놀림으로 지윤이의 머리채를 휘어잡고는 주먹으로 때리기 시작했다. 지윤이는 매우 아픈 듯 마구 소리를 질렀지만 세진이는 신경도 쓰지 않았다. 지윤이도 뒤질세라 달려들었지만 세진이의 주먹 한 방에 또 쓰러지고 말았다. 정말 세진이가 저렇게 무섭게 돌변하는 건 처음이다. 세진아. ㅠ0ㅠ

"내가 없는 사이를 틈타 우리 언니를 데리고 나가? 어쩐지 아까 그 뒷모습 너 같았어. 그때 널 잡아야 했는데. 네가 감히 우리 언니를 때려?"

"진세진! 그만!"

누구지? 그 목소리에 세진이 역시 손을 멈추었다. 갑인이?

"그만 하면 됐어. 그만 때려."

"뭐? 너 아직도 지윤이 꼬봉이야? 정신 차려! 지윤이는 너를 이용하는 것뿐이야."

"괜찮아… 그래도 괜찮아. 난 바라보는 걸로도 족해."

정지윤. 저렇게 자기를 생각해 주는 사람이 있는데. 갑인이라는 애 정말 불쌍해 보여.

쫘악—!

ㅇ_ㅇ 세진이 손에서 벗어난 지윤이가 갑자기 갑인이의 뺨을 때렸다. 왜지? 갑인이는 자기를 지켜주려는 건데. 갑인이는 뺨에 손자국

이 날 만큼 세게 맞았는데도 움직이지 않고 지윤이만을 바라봤다. 지윤이는 울면서 갑인이의 가슴을 마구 치기 시작했다.

"이 나쁜 놈아! 다 너 때문이야! 너 때문에 일이 다 이렇게 된 거야. 너! 내가 나 좋아하지 말랬잖아. 난 너 싫어. 넌 세진이 말대로 나한테 이용당하는 것뿐이야. 바보 같은 새끼! 네가 그날 약속대로 저년 가지기만 했어도 나 유한이랑 잘될 수 있었어. 바보 같은 새끼야. 죽어! 죽어버려! 내 눈앞에서 사라지란 말이야!"

거의 울분에 가까웠다. 갑인이는 계속 맞고만 있었고 지윤이는 지칠 때까지 그를 마구 치고 있었다.

"그게 무슨 말이야?"

김…… 유…… 한……?

너무나도 듣고 싶었던 목소리… 하지만 들을 수 없었던 목소리. 환청이 들리는 건가? 이곳에 올 수가 없는 사람인데 하면서 뒤를 돌아봤을 때 심장이 멎어버리는 듯했다. 목발을 짚은 채 환자복을 입고 화가 난 듯한 표정을 한… 너무나도 보고 싶었던 유한이가 서 있었다.

유한이의 목소리에 지윤이는 많이 놀란 듯했다. 세진이, 갑인이 역시도 놀란 표정을 감추지 못했다. 그리고 유한이 뒤에는 유진이도 서 있었다.

"저… 그, 그게……."

지윤이는 말을 잇지 못했다. 나를 가지기만 했어도 자신이 유한이와 잘됐을 거라는 말을 유한이가 들었다는 사실에 겁에 질려 있었다.

유한이는 화가 많이 나 있었다. 난 당장 유한이에게 달려가 안기고 싶은데 세진이가 나를 붙들었다.

"유한이가 어떻게 하는지 지켜봐."

유한이는 목발을 내팽개치고는 지윤이에게로 성큼성큼 다가갔다.

"김유한! 잠깐 멈춰!"

갑인이가 말리려 했지만 이어지는 유한이의 대답에 모두들 굳어버렸다.

"나 막는 사람 다 죽여 버리겠어."

갑인이가 지윤이를 보호하기 위해 앞으로 나가 막았다. 지윤이도 겁에 질린 듯 갑인이의 뒤로 몸을 숨기려 했다.

"비켜."

낮은 목소리로 짧게 말하는 유한이의 목소리는 오히려 위협적이었다.

"애 얼굴 좀 봐. 세진이한테 많이 맞았어. 너와 저 누나 떼어놓으려고 했던 대가는 충분히 치렀다고."

"웃기지 마. 이년 때문에 내가 겪었던 아픔, 그리고 세영이 몸 더럽히려 했던 저 더러운 생각! 아직 치르지 못했어."

털썩.

갑인이가 무릎을 꿇었다. 알 수가 없다. 저런 애한테 일편단심인 갑인이를 이해할 수가 없다.

"비켜. 안 그럼 너도 죽고, 저년도 죽어."

"내가 대신 맞을게. 지윤이는 여자야."

"난 여자라고 봐주지 않아. 정지윤, 내가 경고했을 텐데."

"아니야, 아니야."

뭐가 아니라는 거지? 갑자기 지윤이는 울면서 말을 하기 시작했다.

"아니야. 내가 잘못이 있고, 죄가 있는 거라면 그건 널 많이 좋아한다는 것뿐이야. 나 너 많이 좋아해. 김유한, 사랑해서 그랬어. 할 수만 있다면 세영이 저 계집애 영영 네 품에 못 돌아가게 하고 싶었단 말야!"

지윤이의 말이 끝남과 동시에 유한이의 주먹이 지윤이에게 꽂혔다.

"난 여자라고 봐주지 않는다."

그리고는 일으켜서 또 세차게 뺨을 때렸다. 눈물 범벅으로 울어대는 지윤이를 갑인이가 또다시 막아섰다.

"그만! 치라리 나를 때려!"

"비켜."

하고는 유한이의 주먹이 허공을 가로질러 갑인이를 무참히 때리기 시작했다. 나쁜 계집애. 갑인이가 자기 때문에 맞고 있는데도 말릴 생각도 하지 않고 울고만 있다.

"그만!!"

"……."

"김유한, 그만 해."

나도 모르게 외친 말이었다. 하지만 나의 말이 유한이의 주먹을 멈추게 할 줄은 몰랐다. 누가 말려도 전혀 흔들리지 않을 것처럼 들은 척 만 척 계속해서 죽을 때까지 때릴 것 같던 유한이의 주먹이 거짓말처럼 멈췄다. 유한이의 눈동자는 떨리고 있었다. 그런 유한이를 보니 또 눈물이 왈칵 쏟아진다.

"나… 여기 있어. 김유한… 아무것도 보지 말고 나만 봐. 응?"

유한이는 나를 보고 있었지만 내게 다가오지는 않았다. 무언가를 꺼려하는 눈빛으로 흔들리는 눈동자로 그냥 나를 보고만 있었다.

"김유한."

"나 너 안아봐도 돼?"

유한이의 눈동자는 심하게 떨리고 있었다. 아마도 내가 여기에 있는 줄 몰랐던 모양이다. 유한이는 내가 자신을 뿌리칠까 봐 조심스러워하고 있었다. 미안해, 유한아. 내가 나빴어. 흑흑.

나는 대답 대신 한걸음에 달려가 유한이의 허리를 끌어안았다. 붕대에 감긴 유한이의 딱딱한 가슴이 얼굴에 닿아 흐르는 내 눈물이 유한이의 가슴을 적시고 있었지만 따뜻한 품만큼은 여전히 느낄 수 있었다.

"유한아, 미안해. 정말 미안해."

"울지 마. 네가 울면 내가 아프잖아. 사랑하는 사람끼리는 미안하단 말 하지 않는 거야. 네가 날 사랑하지 않아도 내가 널 아주 많이 사랑하니까… 미안하단 말 하지 마. 그런데 이거 꿈 아니지? 내가 지금 꿈꾸고 있는 거 아니지? 지금 내 품에 안겨 있는 사람이 꼬맹이 맞지? 꿈이면 어떡하지? 꿈에서 깨기 싫어. 세게 안으면 네가 꿈처럼 사라질까 봐 두려워."

"꿈 아니야. 나 좀 꼭 안아줘. 그동안 바보같이 널 의심했어. 난 정말 나쁜 애야. 흑."

"아니야, 내 잘못이야. 우리 꼬맹이를 혼자 뒀으니까. 늘 내가 옆에 있어줘야 하는데 잠시 자리를 비웠으니까."

유한이는 나를 안은 팔에 점점 힘이 들어갔다.

"다신… 다시는 너를 놓지 않을 거야."

"나도… 네가 나 싫다고 해도 널 놓지 않을 거야."

"그래. 무슨 일이 있어도 나 놓지 마."

유한이는 나를 품에서 떼어 두 손으로 내 얼굴을 쥐었다. 그리고 흔들리던 눈동자를 내 눈에 고정시킨 채 나를 바라보았다. 맑고 예쁜 유한이 눈에서 투명한 액체가 고였다. 유한이는 믿을 수 없다는 듯이 내 얼굴을 어루만지며 말을 했다.

"잘 지냈어?"

"너는?"

"난 잘 못 지냈어. 늘 네 생각만 했어. 아무것도 하지 못한 채 진세영 네 생각만 했어. 사랑한다고… 사랑한다고 수십 번, 수백 번 외쳤어."

"나도 늘 네 생각만 했어. 너 없으면 나도 없어."

그때 내 핸드폰이 울린다. 태웅이었다.

"여보세요?"

[세영아! 지금 어디야? 괜찮은 거야? 며칠 동안 연락 안 되길래.]

"응. 미안. 그게……."

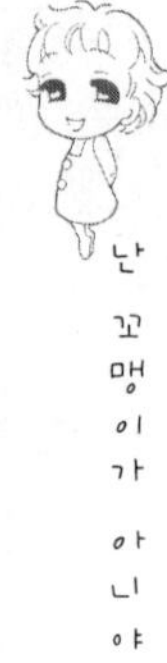

머뭇거리는 나를 보며 유한이의 표정이 또다시 어두워졌다. 혹시나 내가 또다시 멀어질까 봐 걱정하는 걸까? 나 다시는 유한이 마음 의심하지 않아. 그리고 잃은 줄 알았던 내 마음 잃은 게 아니야. 너무나 소중해서 잠시 숨겨두려고 했던 것뿐이야.

나는 다시는 똑같은 실수를 하지 않기 위해 태웅이에게 마지막 말을 건넸다.

"태웅아, 미안해. 나 말이야, 지금 내가 세상에서 제일 사랑하는 사람이랑 함께 있어. 나 유한이와 떨어지지 않아."

하고 전화를 끊어버리고는 유한이를 향해 미소를 띠었다.

"김유한, 내겐 오직 너뿐이야."

유한이는 나를 와락 끌어안았다. 주위에 있던 유진이와 세진이, 그리고 언제 왔는지 지훈이와 준이도 함께 박수를 쳐주었다. 모두가 축하해 주는 가운데 오직 지윤이만이 인정하지 않고 있었다. 그걸 본 유진이는 지윤이에게 또박또박 말을 했다.

"한 번만 더 유한이와 세영이 사이에 끼어들면 여기 있는 모두가 널 용서하지 않을 거야."

지윤이는 그 말이 꽤 위협적이었는지 기절하듯 힘없이 쓰러졌다. 그리고 그 애가 땅에 쓰러지지 않게 재빨리 지윤이를 품에 안는 갑인이. 정말 좋은 애 같아. 다른 사람을 좋아하는, 게다가 자기를 이용까지 하던 사람을 사랑하는 순정파 사나이!

"네가 지윤이를 꼭 잡아. 사라지지 않게."

세진이가 갑인이에게 한 말이다. 갑인이는 말없이 고개를 끄덕이며 지윤이를 안아 올려 자리를 떠났다. 유한이는 그들의 존재에 화가 났는지 쫓아가려 했지만, 나는 유한이의 허리를 더 꼭 끌어안으며 속삭였다.

"너와 나, 아니, 우린 여기에 지금처럼 있으면 되는 거야. 누가 뭐래도 우린 서로 사랑하고 믿으면 돼. 우리만 생각하자."

내 말에 유한이는 내 머리를 한 손으로 쓰다듬어 주었다.

"다시는 나 버리지 마."

"당연하지."

"난 네가 나 버린 줄 알았어."

"나도 마찬가지야. 난 네가 나 버린 줄 알았어."

"그러면 나 사고나길 잘했다. 널 다시 만날 수 있었으니까."

"그런 소리 하지 마~ 우린 어떤 일이 있어도 다시 만날 수 있었어."

"정말?"

"당연하지. ^-^ 진심으로 사랑하는 사람은 하나님께서 꼬옥 다시 만나게 해주시거든. 근데 어떻게 일어난 거야? 난 너 못 깨어나는 줄로만 알았어. 얼마나 무서웠는데."

"많이 아팠는데 갑자기 마음이 따뜻해지는 느낌이 들었어. 마치 네가 옆에 있는 것처럼. 사실 꿈속에서 너를 봤거든. 네가 나한테 사랑한다고 빨리 눈 뜨라고 말하더라구. 네 목소리가 뚜렷한데 눈이 안 떠지는 거야. 얼마나 속상했는지 몰라. 네 향기가 나는 거 같은데… 네 목소리가 너무나도 생생하게 들리는데……."

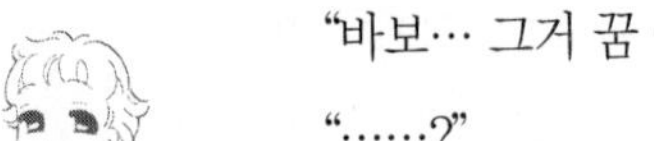

“바보… 그거 꿈 아냐.”

“……?”

“내가 너 사랑한다고 말한 거 꿈 아니라구.”

“그래서 널 찾아서 이렇게 뛰었잖아. 유진이한테 물으니까 너 왔다고 했거든. 이것 좀 봐! 목발 짚고 다녀야 하는데 그냥 뛰어다녀서 깁스가 더러워졌어.”

유한이 다리의 깁스는 정말 새까매져 있었다. 아픈 다리로 날 찾기 위해 얼마나 많이 뛰었을까. 눈물샘이 고장나 버렸나 보다. 눈물이 쉴 새 없이 흐른다.

“울지 마. ^^”

“응. ^-^ 안 울어.”

우리는 말없이 또 서로를 꼬옥 끌어안았다.

“이제 그만들 좀 해라.”

유진이는 민망하다며 떨어지라고 했다. 그러자 유한이가 기분 좋은 목소리로 낮게 읊조렸다.

“그러지 말고 조용히 가라. 나 여기서 하루 내내 꼬맹이랑 이러고 있을 거니까. ^^”

김유한, 다행이야. 정말 다행이야. 널 다신 볼 수 없을까 봐 얼마나 걱정했는지 몰라. 이젠 절대 헤어지지 말자.

“내가 뜨라고 할 때까지 눈 뜨면 안 돼. 알았지?”

“그래, 알았어.”

이미 지나 버린 내 생일을 굳이 해야 한다면서 유한이가 고집을 부려 눈을 감게 한 채 어디론가 데려가고 있다. 유진이와 세진이가 따라오겠다고 발버둥(?)을 쳤으나 유한이의 카리스마 ^-^; 있는 눈빛에 쫄아서 우리 둘이서만 어디론가 가고 있다. 유한이는 자꾸 내가 눈을 뜰 거 같다며 기어이 손수건으로 내 눈을 가렸다. 계단을 오르려는 것 같은데, 앞이 보이지 않으니까 불안해서 발을 뗄 수가 없다. ㅠ0ㅠ 한 계단 한 계단 오를 때마다 난간을 꼭 붙잡고 무서워하는 나를 보더니 크게 웃는다.

"하하하하하!!"

"왜 웃어~ 난 무섭단 말야."

"알았어. 안 무섭게 해줄게~"

까아!! >_< 갑자기 몸이 부웅 뜨는 느낌이 들었다. 유한이가 나를 안아 올린 것이다. 아이~ >_< 기분 좋아~

"이제 됐지? ^^"

난 눈을 가린 채로 고개를 세차게 끄덕였다. 보이진 않았지만 유한이가 미소를 짓고 있다는 게 느껴졌다. 유한이는 나를 든 채로 계단을 오르기 시작했다. 무거울 텐데. -_-

"유한아, 나 무겁지 않아?"

"응~ 무거워."

"피이~"

그래도 안 무겁다고 말해 주길 바랐는데. ㅠ0ㅠ

"괜찮아. 꼬맹이 너라면 10kg 정도 더 쪄도 거뜬하게 들 수 있어.

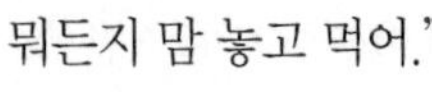

뭐든지 맘 놓고 먹어.”

역시 김유한이야. 우리 감동적인 유한이. *-_-*

어느새 다 오른 듯 멈춰 선 유한이는 무슨 문을 벌컥 하고 열었다. 찬바람이 쌔앵 하고 부는 게 무슨 옥상 같기도 했다. -0-; 유한이는 나를 조심스럽게 내려놓았다.

“다 왔다. ^^ 잠깐만~”

하더니 혼자 어디론가 열심히 뛰어가더니 잠시 후 저쪽에서 유한이 목소리가 들렸다.

“이! 제! 풀! 어! 도! 돼!”

답답했는데 드디어 푸는구나~ 근데 왜 이렇게 긴장이 되는 거지? 휴우~

나는 심호흡을 크게 하면서 조심스럽게 손수건을 풀었다. 앞이 보이기 시작함과 동시에 눈앞에는 아름다운 폭죽들이 시끄러운 소리를 내면서 하늘로 올라 오색빛을 찬란하게 뿌리고 있었다. ㅠ0ㅠ

“세영아, 여기 좀 볼래?”

유한이가 있는 곳을 보니 그곳은 하트 모양으로 된 많은 초들이 불을 밝히고 있었고, 그 많은 촛불 하트 안에는 유한이가 두 팔을 벌리고 서 있었다~♡ 너무너무 감동적이다. ㅠ0ㅠ

“뭐 해? 나 팔 떨어지겠어. ^^ 빨리 와~”

나는 조심스럽게 촛불을 건너 유한이의 품에 안겼다.

“꿈만 같아.”

“꿈 아니야. 멋진 생일 파티 해주고 싶었어. 내가 다치지만 않았어도 진작에 해줬을 텐데."

"그 얘긴 하지 마. 생각도 못했어. 난 그냥 네가 옆에 있어주는 것만으로도 행복해."

유한이는 나를 조심스럽게 떼어내더니 갑자기 무릎을 꿇었다. 헉, 당황. -0-

"유한아. 왜 그래? 일어나."

내가 유한이를 잡아 일으키려 했지만 유한이는 나의 말에 동요하지 않고 무릎을 꿇은 채로 누군가에게 말하듯이 말을 하기 시작했다.

"제가 오 년 동안 한결같이 사랑해 온 그녀가 있습니다. 그녀의 마음을 갖기 위해 기다린 오 년이 제게는 가장 행복한 시간이었고, 일생일대에 가장 보람된 일이었습니다. 그녀는 제가 누군가를 사랑한다는 게 얼마나 행복한 일인지를 알게 해주었고, 굳지 말하지 않고도 그녀의 손짓, 눈짓 하나하나는 제가 그녀를 사랑하지 않고는 버틸 수 없게 했습니다. 많은 시련들이 저와 그녀를 가로막고 떼어놓으려고 했지만, 전 한순간도 그녀를 잊어본 적도, 사랑하지 않은 적도 없습니다. 나의 하나뿐인 그녀이기에, 나의 사랑이기에 죽을 때까지 사랑한다고 말해 주어도 모자랄 나의 그녀. 나만의 꼬맹이. 내가 오래오래 사랑할 그녀도 나를 사랑하길 바랍니다. 세영아~"

하고 이름까지 부르고는 그대로 무릎을 꿇은 채로 나를 올려다보았다. 나? 이미 눈물 콧물 범벅이다. ㅠ0ㅠ 그런 내 모습에 유한이는 미소를 지으며 양쪽 주머니에서 무언가를 꺼냈다. 그리고는 오른손에 든 버튼 같은 것을 꾸욱 눌렀다. ㅇ_ㅇ 유한이 뒤로 천 개쯤은 족

히 되어보이는 전구들이,

진 세 영 사 랑 해♡

라고 빛을 발하고 있었다. 감동 백만 개. ㅠ0ㅠ

"꼬맹아."

내가 다시 유한이를 돌아봤을 때 유한이의 손에는 상자가 들려 있었고 그 상자 안에는 너무나도 예쁜 커플링이 빛나고 있었다.

"진세영, 사랑해. 너도 날 사랑해 줄래?"

좀 느끼하지만 이 얼마나 감동적인 말인고. ㅠ0ㅠ 당근이다마다!!

유한이는 황홀한 꽃미소를 날리며 나의 네 번째 손가락에 반지를 끼워주었다. 어쩜! 꼭 맞다. *-_-* 유한이는 남은 반지 하나를 나에게 내밀었다. 나는 상자를 건네받아 유한이 앞에 무릎을 꿇고는 그의 손가락에 반지를 끼워주었다.

"나한테 해주고 싶은 말 없어?"

알면서. *-_-*

"내가 널 생각하는 마음을 표현할 말 같은 거 없어. 한마디만 할게. 이게 가장 솔직한 내 마음이야. 김유한, 사랑해~♡"

내 말이 끝나기가 무섭게 유한이는 나를 와락 끌어안았다. 이러다가 뼈가 다 으스러지겠다. -0- 그렇지만 아무렴 어때. ^-^ 갈비뼈가 으스러져도 좋은걸~ 유한이는 내 얼굴을 빤히 쳐다보았다. 부끄럽게. *-_-* 유한이의 얼굴이 점점 가까워진다. 난 나도 모르게 눈을

274

감아버렸다. 유한이의 입술이 내 입술에 살며시 포개어졌다. 따뜻한 입김이 내 입술을 간지럽히고 나는 유한이를 조심히 받아들였다. 서서히 서로의 입술이 열리고 우리는 누가 먼저랄 것도 서로의 숨결을 나누었다.

번외

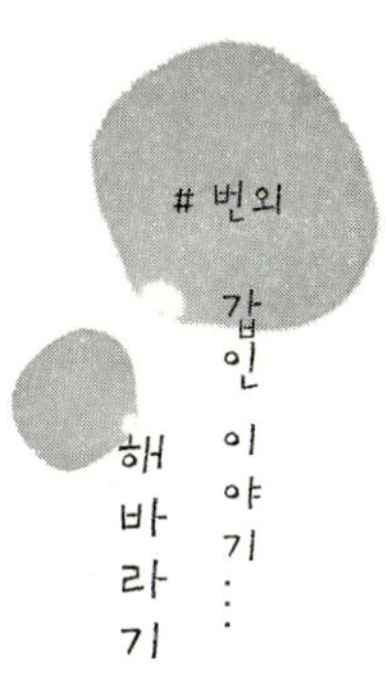

나는 문제아다. 선생이란 인간들은 어떻게 해서든 내가 학교를 벗어나기만을 바라고 있다. 매일같이 내게 날아오는 것은 나를 터지게 하는 몽둥이나 내 머리를 휘어갈기는 출석부뿐이다.

"김갑인! 네가 그러고도 사람이야? 나가 죽어!"

씨발. 나도 모든 게 엉망인 이런 학교 다니기 싫다고!

죽기보다 싫었다, 이 거지 같은 학교를 다니는 것. 하지만 내가 학교를 미친 듯이 다니는 이유는 단 한 가지였다. 엄마… 하늘에 계신 우리 엄마를 위해서이다. 평생 나 하나만 바라보다 돌아가신 우리 엄마. 엄마는 내가 중학생이 되고, 고등학생이 되고, 대학생이 되길 그토록 바라셨다. 비록 엿 같은 남편이란 작자의 술주정에 못 이겨 돌

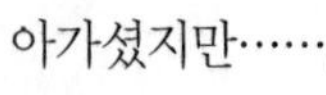

아가셨지만…….

난 세상에서 최고로 우리 엄마를 사랑한다. 아니, 사랑했다. 그녀를 만나기 전까진…….

"학교 가지 말고 돈이나 벌어. 이런 X자식. 지 애미를 닮아서."

"그만 해……."

"뭐?"

"그만 하라고!!"

엄마 욕 하지 말란 말야! 아버지란 작자는 매일같이 술을 먹고 들어와 나를 때리기 일쑤였다. 그전까지는 항상 엄마에게 향했던 발길질이 돌아가신 후에는 항상 나에게로 향했다. 맞는 게 아파서가 결코 아니다. 까짓 거 죽도록 맞아줄 수 있다. 하지만 엄마를 욕하는 건 용서할 수 없다.

우리 엄마는… 술집 여자였다. 술집에서 웃음을 파는 여자였다. 하지만 우리 엄마는 누구보다 순결하고 깨끗했다. 저 더러운 인간을 사랑하지만 않았어도 그렇게 불행하게 살다 가진 않으셨을 거다. 평생 백수로 살아가는 저 인간을 뒷바라지하기 위해 원치 않은 술집에 나가면서 더러운 여자라 손가락질을 받았다. 누구 때문에 그랬는데…….

저 인간은 술만 먹으면 어머니를 때리기 일쑤였다. 죽어버리라고… 더러운 년 죽어버리라고… 욕과 폭력을 일삼았다. 그리고 그 아픔을 이기지 못한 엄마는 몇 달을 끙끙 앓다가 돌아가셨다. 마지막으로 내 손을 잡고 했던 그 뼈아픈 말을 나는 잊지 못한다.

"갑인아… 네… 아빠… 미워하지 말고… 잘 보살펴 드려. 그리고… 꼭… 학교… 다… 니……."

죄송합니다, 어머니. 전 저 사람을 용서할 수 없습니다. 어머니를 죽인 저 사람을 전 절대 용서할 수 없습니다. 하지만 난 엄마를 위해서 미치도록 돈을 벌었다. 중학교에 가기 위해서…….

그리고 드디어 중학교에 입학했다. 학교가 다니고 싶어서가 아니라 단지 엄마를 위해서라고……. 그런데… 난 그날 내 인생을 바꿔버릴 한 여자를 만났다. 도도하고 깨끗해 보이는 외모가 차가움에 가까웠지만 무엇보다 가장 나의 눈을 끌었던 것은 엄마… 우리 엄마를 너무나도 닮은 그 아이의 모습이었다.

"지윤아, 우리 4반이래~"

누군가가 그 여자 아이에게 다가가서 그렇게 말했다. 지윤… 그 아이의 이름은 지윤이었다. 난 마치 무언가에 이끌리듯 그녀에게 다가가고 있었다. 어쩌면 그녀는 엄마가 보내준 천사일지도 모른다는 생각이 문득 들어서였다.

"그래, 가자."

무척이나 도도하고 차갑게 말하는 그녀는 얼음공주를 연상케 했다. 하얀 피부, 붉은 입술이 이를 더 증명해 주었다. 난 재빨리 내 반을 확인했다.

4반!! 미칠 듯이 기뻤다. 그녀와 같은 반이었다. 난 처음으로 학교 안을 기분 좋게 달렸다. 그녀를 보기 위해… 우리 엄마를 닮은 그녀를 보기 위해…….

헉헉… 어디 있지? 난 그녀를 찾기 위해 이리저리 두리번거렸다. 그리고 얼마 지나지 않아 교실 맨 끝 쪽에 앉아 있는 그녀를 볼 수 있었다. 예쁜 그녀를 아무도 그냥 내버려 두지 않았다. 남자 아이들에게 둘러싸여 있는 그녀.

"이름이 뭐야?"

"알아서 뭐 하게?"

"저… 난……."

"꺼져."

그녀는 한마디로 일축해 버렸다. 남자 아이들은 그대로 쫄아버린 듯 아무런 말도 건네지 못했다. 무엇이 그토록 그녀를 차갑게 만든 것일까. 난 나도 모르게 어느새 그녀의 앞까지 와 있었다. 그녀의 차가운 눈이 나를 향해 있었다. 그녀의 이름표에는 '정지윤' 이라는 세 글자가 뚜렷하게 적혀 있었다.

"정지윤."

내가 자신의 이름을 부르자 그녀는 서서히 고개를 들었다. 아무런 관심조차 없는 듯한 투명한 그녀의 눈이 나를 똑바로 응시하고 있었다. 그리고 여전히 차가운 표정으로 다시 시선을 돌리려 할 때 난 뚜렷한 목소리로 말했다.

"첫눈에 반했어."

그때 나는 분명히 보았다. 살짝 달라지는 그녀의 눈빛을… 그리고 처음으로 그녀가 누군가에게 먼저 말을 건다는 그런 행복한 기분으로 나는 그녀의 질문을 받았다.

"이름이 뭐야?"

"김갑인."

"너 나랑 사귈래?"

사실 의외였다. 이런 말이 나올 줄은 상상조차 하지 못했다. 그렇지만 역시 내가 원하는 바였기에 난 조금도 망설이지 않았다.

"그래, 사귀자."

그렇게 우리는 처음 만난 그날부터 사귀기 시작했다. 얼음공주인 것만 같던 그녀는 의외로 부드러운 면도 없잖아 있었다. 가끔 욕을 일삼는 것만 빼면 여느 여자와도 다름없었다.

"넌 참 바보 같애."

어느 날 그녀가 내게 한 말이다.

"왜?"

"나한테 하는 거 보면 그래. 바보 같아… 참."

"후후."

"왜 웃어?"

"내가 너한테 미쳐 버렸나 보다."

"아무튼 말은 잘해."

"진심이다."

“그래, 알았어.”

나는 처음으로 살아간다는 것을 느꼈다. 엄마가 아닌 누군가에게서 따뜻함을 느끼고, 절실함을 느끼기는 처음이었다. 아침에 눈을 뜨는 게 죽기보다 싫었던 나날들이… 가방을 메고 학교에 나와야 한다는 사실이 죽기보다 싫었던 나날들이… 이제 서서히 내게 행복으로 다가오고 있었다. 그녀를 볼 수 있다는 행복이 나를 숨 쉬게 만들었다. 사실 그녀도 나 못지 않은 문제아였다. 하지만 나와 다른 점은 그녀는 엄청난 부자라는 사실이었다. 다만 자신이 그 짐을 이겨내기 못한 것뿐이었다.

어느 날은 똑같이 학교를 가지 않은 적이 있었다. 그리곤 다음날 학교에 갔을 때의 차별은 지극히도 일상적이었다.

“야, 이 새끼야. 공부를 못하면 학교라도 잘 다녀야 할 거 아냐!”

내게 날아온 것은 까만 출석부였다. 머리가 쥐어 터지도록 맞았다. 하지만 아프다는 생각은 들지 않았다. 학교가 싫다고 말하는 그녀를 위해 함께 나와준 것이기에 그녀를 위해 맞는 것이라 생각하니 전혀 아프지 않았다. 나를 죽도록 때리던 선생은 지윤이에게로 가더니 나긋나긋한 목소리로 말했다.

“어디 아팠니? 부모님이 얼마나 걱정하시겠어. 오늘도 아프면 집에 가서 쉬렴.”

그러면서 지윤이의 머리를 쓰다듬었다. 지윤이의 부모님은 학교에서 운영직을 맡고 계셨다. 그래서 그선생들이 자신에게 굽신거리는 거라고 지윤이는 말하곤 했다.

“치워.”

지윤이는 그 선생의 손을 쳐내버렸다.

“더러운 새끼, 내 몸에 손대지 마.”

당차게 말을 하고는 그녀는 나의 손을 잡고 교무실을 나와 버렸다. 그리고는 조금 전에 출석부로 미친 듯이 맞았던 내 머리에 손을 얹어주었다.

“이래서 세상은 거지 같은 거야. 씨발. 돈 있으면 다인 세상. 난 그래서 살기가 싫어.”

그렇게 일 년이 흘렀다. 난 평생 그녀만을 사랑하고 싶었다. 그리고 그녀도 평생 나만 사랑해 주길 바랬다. 하지만… 그건 어디까지나 나의 바람이었고 착각일 뿐이었다.

“우리 헤어지자.”

“정지윤!!”

“말 번복하게 하지 마. 우리 헤어져.”

그녀는 너무나도 단호했다. 처음 그 도도했던… 차가웠던 그 표정으로 그녀는 내게 이별을 고했다. 순간 무언가에 머리를 얻어맞은 기분이었다. 엿같이 두들겨 맞는 것보다 그녀의 말은 비수가 되어 내 심장을 찌르고 있었다.

“갑자기 왜……?”

“원래부터 아니었으니까.”

“뭐?”

"원래부터 우린 아니었다고. 단지 궁금했어. 너란 애는 어떨까 하고. 돈 많은 다른 녀석들과는 뭐가 다른지."

"정지윤!!"

"이제 다 알고 나니까 별 거 아냐. 나 좋아하는 사람이 생겼어."

"그건 얼마나 가는 거냐?"

"뭐?"

"그 궁금증은 얼마나 가는 거냐고. 난 일 년이잖아. 그 녀석은 얼마짜리냐고."

"너와는 달라."

"……"

"차원이 달라. 그 앤 평생이야. 처음으로 내 껄로 만들고 싶다는 생각이 들었어."

"……"

"잘 가."

그녀는 차갑게 돌아섰다. 뒤도 한 번 돌아보지 않고 냉랭함을 가득 지닌 채로 어디론가 가버렸다. 그리고 나는 다른 아이들을 통해 알게 되었다. 그녀가 새로 좋아하게 된 남자의 정체를. 김유한. 키도 크고 얼굴도 잘생기고, 돈도 많은 녀석이었다. 그렇게… 지윤이가 좋아할 만한 완벽한 녀석이었다. 그런 녀석… 그 녀석은 냉랭함으로 가득 차 보였다. 아무도 다가서게 할 수 없는 카리스마가 있었다.

지윤이는 그 녀석에게 다가가지 않았다. 도대체 이유가 뭘까. 그렇게 철철 넘치던 자신감은 어디로 간 걸까. 하지만 지윤이는 절대 내게 돌아오지 않았다. 모든 건 기회가 있는 거라며 아직은 때가 아닌 거라고만 말하면서 분명 김유한을 자신의 것으로 만들 거라고 자부했다.

그렇게 시간이 흘러 어느새 우리는 고등학생이 되었다. 난 어떻게 해서든 그녀의 마음을 되돌려 보려 그녀와 같은 고등학교에 입학했다. 진명 상고. 그녀의 부모님은 절대적으로 반대하셨지만 그녀는 기어코 그 학교에 들어갔다. 상고에서 그녀는 마치 우상 같은 존재였다. 여학생들은 그녀의 존재를 두려워했고, 모두 그녀 밑에서 아부를 떨었다. 세진이가 나타나기 전까지는 말이다.

진세진. 지윤이한테 전혀 뒤지지 않는 외모였다. 그리고 지윤이보다 몇 배 더 나은 싸움 실력을 가진 듯싶었다. 서서히 세진이와 지윤이는 갈라지고 있었다. 그리고 두 사람은 점점 서로의 적이 되어가고 있었다.

처음에는 두 사람 모두 서로에게 신경을 쓰지 않는 것 같았다. 그랬기에 나는 마음이 놓였지만 나중에 그것이 큰 화를 불러오게 될 줄은 꿈에도 상상하지 못했다.

그녀는 공고로 간 몇몇 친구들에게 부탁해 김유한을 만나게 해달라고 했다. 그리고 그녀의 노력이 결실을 맺던 날 나는 바보처럼 숨어서 그녀를 따라갔다. 무척이나 오만한 표정으로 나타난 유한이는 지윤이의 존재를 달가워하지 않았다. 하지만 그런 건 아무런 장애물도 되지 않는다는 듯 지윤이는 당당하게 다가섰다.

"김유한, 우리 사귀자."

어이없다는 표정을 짓는 김유한.

"난 너같이 싸가지없게 생긴 애 정말 싫다."

단호한 그 녀석의 말로 인해 지윤이는 조금 당황한 듯싶었다. 한 번도 거절당해 보지 않았기 때문이리라.

"난 정지윤이야!"

"그래서?"

"나 너 좋아해."

"난 좋아하는 사람 있어."

"그래도 넌 내가 찜했어. 꼭 나를 좋아하게 될 거야."

그녀 역시 단호했다. 그리고 유한이는 그대로 돌아서 버렸다. 하지만 지윤이는 한참 동안 그 자리에 서서 그 뒷모습을 바라보았다. 그리고는 혼자서 조용히 중얼거렸다.

"아무리 그렇게 오만방자해도 소용없어. 넌 나를 좋아하게 될 테니까."

김유한을 좋아해서는 안 된다고 말렸어야 했다. 그래, 알았더라면 나는 분명히 말렸을 것이다. 그가 좋아한다고 말하던 여자가 진세진의 언니라는 사실을 조금이라도 빨리 알았더라면 절대 그런 일은 없었을 텐데.

그날부터 지윤이는 유한이의 뒤를 쫓기 일쑤였다. 내게 명령 아닌 명령을 하기도 했다. 분명 그녀 입으로는 부탁이라고 했지만… 명령이었다.

“유한이가 만나는 여자애를 내 앞에 무릎 꿇게 해줘.”

“정지윤……!”

“부탁이야.”

“…….”

“날 좋아한다 해놓고 그 정도도 못해줘? 그러면서 날 좋아한다고 말할 수 있어?”

“…….”

“기억해. 정확히 저녁 6시 40분이야. 이름은 진세영. 1번가 골목 뒤로 데리고 와줘. 그리고 나머지는 내가 시키는 대로 하면 돼.”

그녀는 내게 세영이라는 여자 아이의 생김새를 정확히 설명해 주었다. 고3이라서 오후에 자율학습을 하러 가는 그 아이를 데려다 달라는 것이었다. 난 바보처럼 그 약속 날 시간을 정확히 맞춰 그 장소에 갔다. 저 멀리서 귀엽게 생긴 세영이란 아이가 투덜대면서 걸어오는 게 보였다. 실행에 옮기기 위해 두 눈을 꼭 감았다. 이번 일만 도와주고 그만두라고 설득시켜야지.

세영이란 아이는 내가 뒤쫓는 것을 느꼈는지 점점 걸음을 빨리했다. 미안하다. 다치게 하진 않을게. 난 그 아이의 입을 막고 끌었다. 처음에는 발버둥을 치더니 이내 힘이 빠졌는지 더 이상은 반항하지 못했다.

“데려왔어.”

“잘했어.”

지윤이는 너무나도 흐뭇한 표정을 지었다. 그리고 나에게 눈치를

주며 이 아이의 핸드폰을 가져오라고 했다. 세영이라는 누나는 지윤이의 등장에 무척이나 놀랐는지 급히 핸드폰을 찾았다.

"이거 찾나 보지?"

그러더니 지윤이는 그 아이의 핸드폰을 열어 1번을 꾸욱 눌렀다.

"여보세요~ 나야, 세영이."

정지윤. 그 아이의 목소리를 흉내 내고 있었다. 그녀는 점점 실행에 옮기고 있었다. 내가 설득할 틈을 주지도 않고 즉각즉각 행동에 옮기고 있었다.

"응, 목이 좀 아파서. 나 너한테 할 말이 있어."

정지윤…….

"우리 헤어지자."

…….

"미안해. 나 다른 남자가 생겼어. 지금 그 남자랑 같이 있어."

하더니 내게 핸드폰을 넘겨준다. 그리고는 빨리 말하라는 듯 눈빛으로 나를 재촉했다. 바보처럼 왜 그녀의 명령을 나는 거절하지 못할까.

"너 이제 우리 세영이한테 연락하지 마라."

내가 이 말을 마치자마자 지윤이는 전화를 끊고 배터리까지 빼버렸다. 정지윤. 너의 이 비겁함은 어디까지 계속되는 거냐. 내가 이토록 사랑하는 여자가 이런 짓을 할 줄은……. 하지만 더욱 비참하고 비겁한 것은 나였다. 이런 그녀를 사랑하기에 그녀가 시키는 대로 하는 꼭두각시 인형.

"김갑인, 너 애 가져라."

지윤이는 세영이란 누나를 내게로 밀어버리면서 먼저 가겠다는 말과 함께 어디론가 가버렸다. 정지윤… 언제까지 그럴래.

내가 다가가자 그 누나는 겁을 잔뜩 먹은 것 같았다. 입에 붙여놓았던 청테이프를 떼어주자마자 기다렸다는 듯 말했다.

"살려주세요…….…"

"빨리 가라."

"정말 가도 돼요?"

"그래, 가."

"그럼 저 갈게요."

"너도 내가 한심해 보여?"

금방이리도 도망갈 것 같던 그 누나는 내 말 한마디에 걸음을 멈추었다. 나는 내가 왜 그 말을 꺼냈는지 조차도 모른 채 괴로워하고 있었다.

"정지윤, 내가 사랑한다."

그 누나는 나의 말에 놀란 듯한 표정을 지었다.

"사랑하는 사람을 위해서 이런 짓까지 하고… 네가 봐도 참 한심하지?"

"……."

"잘 알면서도 난 왜 저 애를 잊지 못하는 걸까. 지독히도 나를 거부하는데. 날 항상 이용하기만 하는데. 왜 난 그녀한테서 빠져나오지를 못 하는 걸까……. 왜 항상 그녀의 종이 되어야만 할까. 아니, 사실 난 종이 되어서라도 지윤이 옆에 있고 싶어. 중학교 입학식 때부터 지윤이를 좋아했어. 일 년 동안을 사귀었었는데 이젠 내가 싫대. 내가 싫어졌대. 지겹다며 꺼지라고 하더군. 후후, 그런데도 난 지윤이를 따라서 같은 고등학교까지 오고… 참 한심하지? 오늘 일은 내가 사과한다. 너 여기 데려온 거 내가 정말 사과할게.”

내가 왜 이런 말을 하는지도 모른 채… 생각없이 중얼거리고 말았다. 그렇게 그 누나는 슬픈 표정을 짓다가 도망치듯 가버렸다. 그리고 한참이 지나서야 나는 나의 행동이 너무나도 큰 실수였다는 것을 알았다. 지윤이를 돕지 말았어야 했는데…….

“언니—!!”

어디선가 세진이의 목소리가 들렸다. 난 순간 당황해서 몸을 숨겼다. 여러 아이들을 데리고 누군가를 찾고 있는 듯한 세진이는 화가 잔뜩 나 있었다. 그리고 그 다음 세진이의 입에서 나오는 이름에 나는 눈을 꼭 감았다.

“언니! 세영 언니—!!”

진세영… 진세진… 그 두 사람이 연관이 있을 거라는 것을 왜 진작 생각하지 못했을까. 그리고 세영이라는 누나와 유한이가 사귄다는 것에 지윤이가 끼어든 것은 절대로 세진이가 용납하지 않을 거라는 것을 왜 짐작하지 못했을까. 세진이는 그 자리에 멈춰 선 채로 주먹을 쥐고 낮게 읊조렸다.

“정지윤… 우리 언니 털끝 하나라도 건드렸으면 절대 용서하지 않아.”

난 미친 듯이 지윤이를 세진이로부터 보호해야 했다. 다행히 세진이도 학교에 자주 나오지 않았고, 지윤이도 마찬가지였다. 하지만 내 신경은 잠시도 가만히 있지를 못했다. 두 사람이 밖에서 마주치기라도 했다간 정말 큰일이 터질지도 모를 일이었다. 세진이 역시 차갑기 그지없는 아이었지만 언니의 일에 있어서는 물불 가리지 않았기 때문이다. 만약 요즘 자기 언니의 괴로움이 지윤이로부터 붉어져 나온 거란 걸 알게 된다면 절대 용서하지 않을 것이다.

며칠 후 유한이와 세영이 누나가 헤어졌다는 소문을 들었을 때 난 차라리 아니길 바랬다. 하지만 지윤이는 그걸 아는지 모르는 지 계속해서 유한이에게 접근을 시도했다. 정지윤, 제발 그만둬. 설득해도 전혀 소용이 없었다.

그러던 중 유한이는 사고를 당해 병원에 입원을 했고 지윤이는 기다렸다는 듯 병원을 찾았다.

잠시 후 지윤이는 세영이를 데리고 병원 공터로 나타났다.

쫘악—!

허공을 가르는 소리와 함께 지윤이의 손에 의해 세영이의 얼굴이 돌아가는 게 보였다.

"유한이가 저렇게 된 건 다 너 때문이야!"

"……"

"네가 너보다 유한이를 더 좋아해!"

"그건 집착이야."

"뭐? 집착?"

집착이라는 말에 지윤이는 참을 수 없다는 듯 다시 반대쪽 손을 들었다. 막으러 나가려는 찰나 나는 두 눈을 꼭 감아버렸다.

"정지윤! 그 손 내려!!"

세진이었다. 내가 원하지 않았던 일이 그대로… 그대로 일어나고 있었다. 지윤이는 몹시 놀란 표정으로 말을 더듬었다.

"세진이가 여긴 왜……?"

쫘악―!

조금 전보다 더 소름 끼치는 듯한 소리와 함께 지윤이의 뺨이 빨갛게 물드는 것이 보였다.

"진세진! 너 뭐야?! 네가 무슨 상관이야!!"

"무슨 상관? 지금 네가 괴롭히는 이 사람이 우리 언니야! 나 이제 상관할 자격 있지?"

"뭐? 거짓말하지 마!"

"거짓말? 내가 그렇게 한가한 줄 아니? 잘됐어. 그렇지 않아도 어떻게 하면 너 한번 밟아줄까 했는데 말야. 그 통로가 우리 언니라 좀 맘이 아프지만 말야."

"……"

"넌 좀 맞아야겠어. 우리 언니 아프게 한 죄, 그리고 유한이 저렇게 만든 죄."

"그게 왜 나 때문이야? 유한이가 사고난 건 저년 때문이라구!!"

"저년? 야!! 말 가려서 해. 그리고 유한이가 저렇게 된 건 네년이 우리 언니랑 유한이를 갈라놓으려고 했기 때문이야!"

 말이 끝남과 동시에 세진이는 인정사정 봐주지 않고 지윤이를 때리기 시작했다. 오래전부터 익히 들어왔었다. 세진이의 주먹은 웬만한 남자 못지 않다는 것을. 그랬기에 지윤이 역시 함부로 대하지 못하던 상대였다. 다만 그동안 세진이가 지윤이를 건드리지 않았던 건 그만한 명분이 없었기 때문이다. 하지만 이번은 달랐다. 그 누가 보아도 충분한 이유였고, 아무도 말릴 수가 없었다. 그렇다고 그대로 둘 수는 없었다. 단 한 번 피해보지도 못하고 계속해서 맞는 그녀를 그대로 둘 수가 없었다.

 "그만 하면 됐어. 그만 때려."

 세진이는 나를 쳐다보더니 이내 불쌍하다는 투로 말했다.

 "뭐? 너 아직도 지윤이 꼬붕이야? 정신 차려! 지윤이는 너를 이용하는 것뿐이야."

 "괜찮아… 그래도 괜찮아. 난 바라보는 걸로도 족해."

 나의 말에 세진이는 서서히 지윤이의 멱살을 놓았고 그와 동시에 지윤이는 내게 달려와 나를 마구 때리기 시작했다.

 "이 나쁜 놈아! 다 너 때문이야! 너 때문에 일이 다 이렇게 된 거야. 너! 내가 나 좋아하지 말랬잖아. 난 너 싫어. 넌 세진이 말대로 나한테 이용당하는 것뿐이야. 바보 같은 새끼! 네가 그날 약속대로 저년 가지기만 했어도 나 유한이랑 잘될 수 있었어. 바보 같은 새끼야. 죽어! 죽어버려! 내 눈앞에서 사라지란 말이야!"

 그래, 때려. 그렇게 해서 네 분이 풀린다면 차라리 때려.

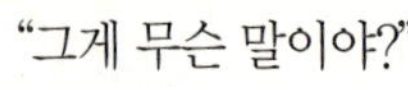

"그게 무슨 말이야?"

순간 나는 그 목소리를 믿을 수가 없었다. 여기서 끝나기를 그토록 바랐건만… 유한이의 등장은 모두의 걸음을 얼게 만들었다. 후…….

화가 난 유한이를 아무도 말릴 수가 없었다. 그렇게 지윤이는 용서받지 못할 죄로 인해 모두에게 벌을 받고 있었다. 아무리 여자라고 해서 봐주지 않는다고 소문난 유한이라지만 그렇게 때릴 줄은 몰랐다. 나는 필사적으로 그를 말렸다. 그리고 지윤이를 대신해 맞았다. 그렇게 해서 그들의 화가 풀린다면… 지윤이의 죄를 용서받을 수 있다면 얼마든지 맞을 수 있었다. 지윤이만 용서해 준다면…….

"김유한, 그만 해."

진세영이 그를 말렸다. 그의 주먹은 거짓말처럼 멈추었다. 만약 진세영이 아니었더라면 난 이미 반은 죽었을지도 모른다. 그리고 잠시 후 지윤이는 정신을 잃은 듯 그대로 쓰러져 버렸다. 나는 그녀를 안아 들었다. 그러자 세진이가 조용히 내게 말했다.

"네가 지윤이를 꼭 잡아. 사라지지 않게."

고맙다, 진세진. 지윤이 용서해 줘서… 고마워…….

정지윤… 넌 내가 사랑해. 네가 아무리 다른 곳을 바라보아도 넌 내가 사랑해……. 내가 싫어 발버둥을 쳐도 내가 너를 사랑할게.

그러니까… 제발 내 곁에만 있어줘.